AGATHA CHRISTIE EDITOR'S CHOICE

THE BODY IN THE LIBRARY

AGATHA CHRISTIE EDITOR'S CHOICE

THE BODY IN THE LIBRARY

서재의 시체 애거서 크리스티 장편 소설 | 박선영 옮김

황금가지

THE BODY IN THE LIBRARY
by Agatha Christie Mallowan

나는 한국에서 우리 할머니의 작품을 정식으로 출간한다는 소식을 듣고 무척 기뻤다. 할머니가 1920년부터 1970년 무렵까지 오랜 세월에 걸쳐 집필한 작품들은 21세기인 지금 읽어도 신선하고 재미있다. 등장 인물들이 워낙 자연스러워서 요즘 사람들과 다를 바 없고 이들이 등장하는 상황과 장소가 전 세계 사람들의 애정과 향수를 자극하기 때문이다. 한국 독자들은 이번에 새로 나온 정식 한국어 판을 통해 그 동안 접하지 못했던 애거서 크리스티의 일부 작품들을 읽을 수 있을 것이다. 덕분에 한국에 새로운 세대의 애거서 크리스티 팬들이 탄생할지도 모르겠다는 생각을 하면 가슴이 벅차다.

애거서 크리스티는 대표적인 두 명의 주인공으로 기억되는 작가이다. 14권의 작품에 등장하는 마플 양은 영국의 작은 시골 마을에서 평온한 나날을 보내며 뜨개질과 수다로 소일하는 미혼의 할머니

이지만, 놀라운 기억력과 날카로운 두뇌 회전으로 주변에서 벌어진 살인 사건을 해결한다.

그리고 마플 양과 상반되는 성격을 지닌 에르퀼 푸아로는 자신만만하고 콧수염을 포함한 자신의 외모와 벨기에라는 국적에 대한 자부심이 상당하다. 그는 이집트와 이라크를 비롯한 세계 각지에서 수수께끼를 해결하며 『오리엔트 특급 살인 *Murder On The Orient Express*』, 『나일 강의 죽음 *Death On The Nile*』, 『애크로이드 살인 사건 *The Murder Of Roger Ackroyd*』 등 애거서 크리스티의 여러 대표작에 모습을 드러낸다.

황금가지의 대담하고 참신한 표지와 전반적인 디자인 덕분에 작품의 성격이 잘 살아난 것 같아 기쁘다. 또한 한국 독자들이 할머니의 원작이 지닌 참된 묘미를 느낄 수 있도록 충실한 번역을 위해 애써 준 점도 높이 사고 싶다.

할머니의 작품이 20세기의 그 어떤 작가들보다 많이 팔리고 있는 이유는 나이와 국적에 상관없이 읽을 수 있는 재미와 감동을 갖추었기 때문이다. 모쪼록 한국 독자들도 황금가지에서 선보이는 애거서 크리스티 작품들을 즐겁게 감상하기를 바란다.

매튜 프리처드

애거서 크리스티의 손자

ACL 이사장

이 책을 친구 낸에게 바칩니다

차례

서문

　특정한 종류의 소설에는 거기에 어울리는 판에 박힌 표현들이 있다. 멜로드라마에는 '머리가 벗어진 사악한 준남작'이 그렇고, 추리소설에는 '서재의 시체'가 그렇다. 나는 몇 년 동안 '잘 알려진 주제에 적절한 변화'를 줄 가능성을 분명하게 적어 두었다. 그리고 스스로 어떤 조건을 설정했다. 우선 문제의 그 서재는 매우 흔하고 틀에 박힌 것이어야 한다. 반면 시체는 전혀 있을 법하지 않은 대단히 기상천외한 것이어야 한다. 이런 것이 문제의 조건이었다. 하지만 몇 년 동안 나는 이것을 연습장에 몇 줄 끼적거려 놓은 채 그대로 두었다. 그러던 중 어느 해 여름에 해변의 멋진 호텔에서 며칠 동안 머물다가 식당의 한 테이블에 앉아 있는 가족을 보았다. 불구의 노인 한 명이 휠체어에 타고 있었고, 젊은 사람들이 그와 함께 가족 모임을 가지고 있었다. 다행히도 그들은 다음 날 호텔을 떠났기 때문에 나는 그들에 대한 어떤 종류의 지식에도 구속받지 않고 마음껏 상상의 나래를 펼칠 수 있었다. 사람들이 "책을 쓸 때 실제 인물들을 모델로 하시나요?"라고 물으면 나는 내가 알고 있거나, 얘기를 해 본 적이 있거나, 심지어 얘기를 들어 본 적이 있는 어느 누구에 대해서도 글을 쓰는 것이 절대로 불가능하다고 대답한다. 그렇게 하면 어떤 이유에선지 완전히 죽은 인물이 나온다. 하지만 '가공의 인물'을 택해서 그 사람에게 내 마음대로 성격과 상상의 산물을 부여할 수는 있다.

그렇게 해서 불구의 노인이 이야기의 중심축이 되었다. 마플 양의 오랜 친구들인 밴트리 대령과 그 부인은 얘기에 딱 어울리는 서재를 가지고 있었다. 거기에 요리하듯이 테니스 코치, 젊은 댄서, 영화배우, 소녀 단원, 직업 댄서 등과 같은 재료를 넣는다. 그리고 마플 양 식의 식탁을 차려내면 되는 것이다.

애거서 크리스티

제1장

I

밴트리 부인은 꿈을 꾸고 있었다. 그녀가 출품한 스위트피*가 방금 꽃 품평회에서 1등을 차지한 것이다. 발목까지 내려오는 수단**에 흰 중백의(中白衣)를 걸친 목사가 교회에서 수상자를 발표하고 있었다. 목사의 아내가 수영복 차림으로 어슬렁거리며 지나갔지만 교회에 모인 사람들은 그녀를 비난하지 않았다. 현실에서 이런 일이 있었다면 분명히 큰 소동이 벌어졌을 텐데, 역시 꿈은 꿈인 모양이다.

밴트리 부인은 단꿈에 푹 빠져 있었다. 그녀는 언제나 이른 아침

---

* 콩과의 원예 식물.

** 예복을 입기 위해 기본적으로 입는 의상.

차를 내오기 전까지의 이런 아침 꿈을 즐겼다. 그러나 아침 일찍부터 집 안에서 들리는 여러 가지 소리를 어렴풋이나마 의식하기는 했다. 하녀가 2층에서 커튼을 젖힐 때 커튼 고리가 울리는 소리, 다른 하녀가 바깥 복도에서 빗질하는 소리가 났다. 멀리서 현관 빗장을 벗기는 묵직한 소리도 들렸다.

새로운 하루가 시작되고 있었다. 그 사이에 꽃 품평회에서 상을 받는 즐거움을 가능한 더 많이 누려야 했다. 그것이 꿈이라는 느낌이 점점 강해지고 있기 때문이었다.

아래층에 있는 응접실에서 커다란 나무 덧문이 열리는 소리가 났다. 밴트리 부인은 들려오는 소리를 듣지 않으려 애를 썼다. 앞으로 30분은 더 일상적인 집안일을 할 때의 낮고 조심스러운 소리가 나겠지만, 너무 익숙한 소리라 꿈을 꾸는 데 방해되지는 않을 것이다. 이제 복도를 조심스럽게 빨리 걸어오는 소리, 옷이 스치는 소리, 바깥 식탁에 쟁반을 놓을 때 찻잔이 살짝 부딪히면서 달그락거리는 소리가 들리리라. 그리고 드디어 메리가 조용히 방문을 두드린 후 커튼을 젖히려 들어오는 소리가 들릴 것이다.

밴트리 부인은 잠결에 눈살을 찌푸렸다. 뭔가 꺼림칙한 소리가 꿈결 속으로 파고들어 왔다. 늘 듣던 일상적인 소리가 아니었다. 복도에서 누군가 매우 서두르며 잰걸음으로 오고 있었다. 그녀는 무의식중에 찻잔이 달그락거리는 소리를 들으려 했지만 찻잔끼리 부딪히는 소리는 들리지 않았다.

누군가 문을 두드렸다. 밴트리 부인은 비몽사몽간에 무의식적으로 말했다.

"들어와요."

문이 열렸다. 이제 커튼을 걷을 때 고리가 부딪히는 소리가 들릴 것이다.

그러나 커튼 고리 소리는 들리지 않았다. 희미한 녹색 빛을 등지고 메리가 몹시 흥분한 채 숨 가쁜 목소리로 말했다.

"오, 마님, 서재에 시체가 있어요."

그러고 나서 그녀는 이성을 잃은 채 울음을 터뜨리며 방을 뛰쳐나갔다.

II

밴트리 부인은 침대에서 몸을 일으켰다. 꿈이 이상한 방향으로 흘렀거나 그렇지 않으면 메리가 정말로 방으로 뛰어들어와서 서재에 시체가 있다고(믿을 수 없어!) 말한 것일 터였다.

"말도 안 돼."

그녀는 혼잣말을 했다.

"분명히 꿈을 꾼 걸 거야."

그러나 이렇게 말하면서도 침착하기로 둘째가라면 서러울 메리가 그런 터무니없는 말을 한 게 꿈이 아니라는 느낌은 점점 더 확실해졌다.

밴트리 부인은 잠깐 곰곰이 생각해 보고 나서 옆에서 자고 있는

남편을 급히 흔들어 깨웠다

"아서, 아서, 일어나요."

밴트리 대령은 툴툴거리고 불평하면서 돌아누웠다.

"일어나요, 아서. 메리가 한 얘기 들었어요?"

"그런 것 같군."

밴트리 대령은 잠이 덜 깬 목소리로 대답했다.

"당신 말이 무조건 옳아, 돌리."

그리고 그는 곧 다시 잠들어 버렸다.

밴트리 부인은 그를 다시 흔들었다.

"들어 보셔야 한다니까요. 메리가 와서 서재에 시체가 있다고 했어요."

"뭐라고?"

"서재에 시체가 있대요."

"누가 그래?"

"메리요."

밴트리 대령은 정신을 수습해서 상황에 대처하기 시작했다. 그가 말했다.

"여보, 그건 말도 안 되는 소리요. 꿈을 꾼 거겠지."

"아니에요, 저도 처음엔 꿈을 꾸고 있다고 생각했지만 그렇지 않아요. 분명히 메리가 방에 들어와서 그렇게 말했다니까요."

"메리가 들어와서 서재에 시체가 있다고 했다고?"

"네."

"하지만 그럴 리가 없잖아."

"네, 그건 그래요."

밴트리 부인이 어정쩡하게 대답했다.

그러나 그녀는 다시 생각을 가다듬고 말했다.

"그럼 메리가 왜 그렇게 말했겠어요?"

"메리가 그랬을 리가 없어."

"그랬어요."

"당신이 그런 상상을 했겠지."

"상상이 아니라니까요."

밴트리 대령은 이제 완전히 잠에서 깨어 이 상황에 냉정하게 대처할 태세를 갖추었다. 그는 상냥하게 말했다.

"당신은 꿈을 꾸고 있었던 거요, 돌리. 맞아, 당신이 『부러진 성냥』이라는 추리 소설을 읽고 있었기 때문일 거야. 거기에 에지바스톤 경이 서재 벽난로 앞 양탄자 위에 금발 미인의 시체가 있는 모습을 발견하는 얘기가 나오잖아. 책에서는 항상 서재에서 시체가 발견되지만, 실제로는 한 번도 그런 일이 일어났다는 얘기를 들어본 적이 없어."

"이제 듣게 될지도 모르죠. 어쨌든 일어나서 확인 좀 해 보세요, 아서."

밴트리 부인이 말했다.

"돌리, 하지만 그건 정말로 꿈이었을 거야. 잠에서 막 깼을 때 꿈이 굉장히 생생하게 느껴질 때가 있잖아. 그래서 당신은 그 꿈을 정말로 일어난 것처럼 믿고 있는 거야."

"저는 전혀 다른 꿈을 꾸고 있었는걸요. 꽃 품평회에서 목사 부인이 수영복을 입고 돌아다니는 그런 꿈이었어요."

갑자기 기운이 넘치는 것을 느낀 밴트리 부인은 침대에서 벌떡 일어나 커튼을 젖혔다. 맑은 가을 햇빛이 방 안으로 쏟아져 들어왔다.

"그건 꿈이 아니었어요."

밴트리 부인이 단호하게 말했다.

"빨리 일어나요, 아서. 아래층에 내려가서 확인 좀 해 봐요."

"나더러 아래층에 가서 서재에 시체가 있는지 물어보란 말이야? 다들 내가 완전히 미쳤다고 생각할걸."

"물어볼 필요는 없어요. 서재에 시체가 있다면 누군가 곧 얘기해 주겠죠. 물론 메리가 갑자기 정신이 나가서 있지도 않은 걸 봤다고 생각할 수도 있지만요. 당신은 한 마디도 할 필요가 없을 거예요."

밴트리 대령은 투덜거리며 가운을 몸에 두르고 방을 나왔다. 그는 복도를 지나 계단을 내려갔다. 계단 밑에는 하인들이 삼삼오오 모여 있었고, 그들 중 몇 명은 흐느껴 울고 있었다. 그때 집사가 앞으로 걸어 나왔다.

"마침 잘 오셨습니다, 주인님. 주인님께서 오실 때까지 아무것도 건드리지 말라고 지시해 두었습니다. 경찰에 연락하는 것이 좋을 것 같은데요?"

"경찰에 연락한다고? 무엇 때문에?"

집사는 요리사의 어깨에 기대어 이성을 잃은 채 흐느끼고 있는 키 큰 젊은 여자를 비난하듯이 흘긋 뒤돌아보았다.

"메리가 이미 알려 드린 줄 알았습니다, 주인님. 말씀드렸다고 해 시요."

메리가 숨넘어가는 목소리로 말했다.

"전 너무 당황해서 무슨 말을 했는지 기억도 안 나요. 그 광경이 다시 떠오르면서 다리가 부들부들 떨리고 속이 메슥거렸어요. 그런 걸 발견하다니……. 아, 아!"

그녀는 다시 요리사인 에클레스 부인의 어깨에 기댔다. 에클레스 부인은 음식 냄새를 풍기며 그녀를 위로했다.

"그래그래, 이제 괜찮아."

"그 끔찍한 현장을 처음 발견한 사람이 메리라서 당연히 저렇게 정신을 못 차리는 것 같습니다."

집사가 설명했다.

"메리는 평소처럼 커튼을 걷으려고 서재에 들어갔다가…… 시체 에 걸려서 거의 넘어질 뻔했답니다."

"지금 내 서재에 시체가 있다는 얘긴가? 내 서재에?"

밴트리 대령이 물었다.

집사는 헛기침을 했다.

"아마 직접 확인하고 싶으시겠죠."

III

"여보세요, 여보세요. 경찰서입니다. 네, 누구시죠?"

파크 경관은 한 손으로 수화기를 들고 다른 한 손으로 제복의 단추를 채우고 있었다.

"네, 네, 가싱턴 홀이요. 네? 아, 안녕하세요, 대령님."

파크 경관의 말투가 약간 달라졌다. 전화를 건 사람이 경찰서에서 주최하는 운동 경기의 인심 좋은 후원자이자 그 지역 최고의 치안판사라는 것을 알아차리자 딱딱하던 경관의 말투가 다소 누그러졌다.

"네, 대령님. 무슨 일이십니까? ……죄송합니다, 잘 안 들리는데요. ……시체요? 지금 시체라고 하셨습니까? ……네? ……네, 글쎄요. ……맞습니다. ……모르는 아가씨라고요? ……그럼요, 대령님. 네, 제가 전부 알아서 하겠습니다."

파크 경관은 수화기를 내려놓고, 길게 휘파람을 불고 난 후 상관에게 전화를 걸기 시작했다.

베이컨 볶는 맛있는 냄새가 풍기는 부엌에서 파크 부인이 걸어나왔다.

"무슨 일이에요?"

"당신이 들어 본 중에 가장 이상한 사건일걸."

그녀의 남편이 대답했다.

"가싱턴 홀에서 젊은 여자의 시체가 발견되었다는군. 대령님의 서재에서."

"살해된 거예요?"

"목 졸려 살해됐다고 하더군."

"누구였대요?"

"대령님은 전혀 모르는 사람이라고 하던데."

"그럼 그 여자는 대령님의 서재에서 무슨 짓을 하고 있었던 거죠?"

파크는 아내를 나무라듯이 쳐다보며 입을 다물게 한 후 전화기에 대고 사무적으로 말했다.

"슬랙 경감님이십니까? 파크 경관입니다. 오늘 아침 7시 15분에 젊은 여자의 시체가 발견되었다는 신고가 방금 들어왔습니다."

IV

마플 양이 옷을 입고 있을 때 전화벨이 울렸다. 전화 소리는 그녀를 약간 당황하게 했다. 이 시간에 전화가 오는 것은 드문 일이었다. 미혼인 그녀의 생활은 매우 규칙적이었기 때문에 예상치 못했던 전화는 온갖 추측을 낳았다.

'나한테 온 전화라······.'

마플 양이 전화기를 혼란스러운 마음으로 바라보며 중얼거렸다.

"도대체 누굴까?"

9시에서 9시 30분까지는 마을 사람들이 이웃에게 안부 전화를 거는 시간이었다. 그러면 언제나 그 날의 계획이나 초대 등에 대한 얘기가 나왔다. 정육점 주인은 고기를 파는 데 문제가 생기면 9시 직전에 전화를 거는 것으로 알려져 있다. 밤 9시 30분 이후에 전화하는 것은 실례라고 여기긴 하지만, 낮 동안에는 이따금씩 전화가 울리기도 한다. 작가라서 엉뚱한 구석이 있는 마플 양의 조카 레이먼드 웨스트는 가장 특이한 시간대에 전화를 하는 것으로 유명한데, 한번은 밤 11시 50분에 전화한 적도 있었다. 그러나 아무리 엉뚱하다 해도 그 조카는 일찍 일어나는 것과는 거리가 먼 사람이었다. 마플 양이 아는 사람들 중 어느 누구도 아침 8시 전에 전화를 걸 것 같지는 않았다. 정확하게는 7시 45분에. 우체국은 8시나 되어야 문을 여니 그때는 전보가 오기에도 너무 이른 시간이었다.

'잘못 걸려 온 전화일 거야.'

마플 양은 이렇게 결론을 내렸다.

그녀는 그렇게 생각을 정리한 후 시끄럽게 울리고 있는 전화기 앞으로 가서 수화기를 들어 소란을 잠재웠다.

"여보세요?"

"여보세요, 제인?"

마플 양은 깜짝 놀랐다.

"네, 제인이에요. 아주 일찍 일어났네요, 돌리."

금방이라도 숨이 넘어갈 듯이 흥분한 밴트리 부인의 목소리가 전화선을 타고 들려왔다.

"끔찍한 일이 일어났어요."

"이런, 무슨 일인데요?"

"방금 서재에서 시체를 발견했어요."

마플 양은 잠시 친구가 정신이 나갔나 하고 생각했다.

"무엇을 발견했다고요?"

"알아요. 믿기지 않겠죠. 저도 그런 일은 책에서나 일어난다고 생각했거든요. 그것 때문에 오늘 아침에 남편이 아래층에 내려가서 확인하기 전까지 한참 동안이나 입씨름을 했다니까요."

마플 양은 정신을 수습하며 숨 가쁘게 캐물었다.

"대체 누구의 시체인데요?"

"금발머리예요."

"누구라고요?"

"금발머리요. 책에서나 나오는 예쁜 금발 여자예요. 하지만 우리 중에 그 여자를 본 적이 있는 사람은 아무도 없어요. 그런 낯선 여자가 서재에 죽어 있어요. 그래서 당신이 당장 와 주셔야 해요."

"제가 갔으면 한다고요?"

"네, 지금 차를 보내 드릴게요."

마플 양이 어정쩡하게 말했다.

"물론 제가 조금이라도 위로가 되어 줄 수 있다면……."

"오, 위로는 필요 없어요. 하지만 당신은 시체라면 훤히 알고 계시잖아요."

"이런, 천만에요. 그나마 조금 알아맞힌 것들은 주로 이론적인 거였어요."

"하지만 살인 사건을 많이 해결했잖아요. 그 여자는 목이 졸려서 살해됐어요. 이해하시겠지만, 자기 집에서 실제로 살인이 일어났다면 차라리 그 사건을 즐기는 편이 낫다고 생각해요. 그래서 당신이 오셔서 누가 그런 일을 했는지 알아내고 수수께끼를 푸는 일을 도와주셨으면 하는 거예요. 정말이지 너무 흥미진진하지 않아요?"

"글쎄요, 물론 제가 조금이라도 도움이 될 수 있다면요."

"좋아요! 아서는 좀 까다롭게 굴고 있어요. 제가 그런 일로 재미를 느껴서는 안 된다고 생각하나 봐요. 물론 매우 딱한 일이라는 건 알지만 전 그 아가씨를 모르는걸요. 그리고 당신도 와서 보면 그 여자가 책에서나 나오는 것 같다고 한 게 무슨 의미인지 아실 거예요."

V

운전사가 자동차 문을 열어 주자 마플 양은 황급히 밴트리가의 차에서 내렸다. 현관 계단까지 나와 있던 밴트리 대령은 약간 놀란 것 같았다.

"마플 양 아니세요? 어…… . 잘 오셨습니다."

"부인께서 전화하셨거든요."

마플 양이 설명했다.

"이것 참. 돌리에게는 누군가 같이 있어 줘야 한다니까요. 안 그러면 미쳐 버릴지도 모릅니다. 지금이야 잘 참고 있지만, 그게 어떤 건지는 잘 아시겠죠."

그때 밴트리 부인이 나타나서 큰소리로 말했다.

"식당으로 돌아가서 아침 식사를 마저 끝내세요, 아서. 베이컨이 식어요."

"난 또 경감이 온 줄 알았지."

밴트리 대령이 변명했다.

"경감도 금방 올 거예요. 그러니까 우선 아침 식사부터 하라는 거예요. 아침은 드셔야죠."

"당신도 마찬가지요. 들어와서 뭘 좀 먹으면 훨씬 좋아질 거요. 돌리."

"금방 들어갈게요. 먼저 드시고 계세요, 아서."

밴트리 대령은 말 안 듣는 닭처럼 식당으로 쫓겨 들어갔다.

"지금이에요! 이쪽으로 오세요."

밴트리 부인이 의기양양하게 말했다.

그녀는 재빨리 동쪽으로 뻗은 긴 복도를 앞장서서 걸었다. 서재 문 밖에는 파크 경관이 보초를 서고 있었다. 그는 근엄한 몸짓으로 밴트리 부인을 가로막았다.

"아무도 들어가서는 안 될 것 같습니다, 밴트리 부인. 경감님의 명령입니다."

"말도 안 돼요, 파크. 마플 양을 잘 아시잖아요."

밴트리 부인이 말했다.

파크 경관은 마플 양을 안다고 인정했다.

"마플 양이 꼭 시체를 봐야 해요. 바보 같이 굴지 말아요, 파크. 어쨌거나 이건 제 서재잖아요, 안 그래요?"

파크 경관은 길을 비켰다. 그는 천성적으로 상류 계급 사람들에게 복종하는 습관을 가지고 있었다. 다만 경감이 이 일을 알아서는 안 된다고 생각했을 뿐이다.

"아무것도 손대거나 건드리면 안 됩니다."

그는 이렇게 경고했다.

"물론이죠."

밴트리 부인이 조바심 내며 말했다.

"우리도 그 정도는 알아요. 원하시면 같이 들어가서 보시든가요."

파크 경관은 이 기회를 놓치지 않았다. 어쨌든 그 또한 들어가 보고 싶었던 것이다.

밴트리 부인은 의기양양하게 서재를 가로질러 커다란 구석 벽난로 앞으로 친구를 데려갔다. 그녀는 연극의 클라이맥스에서처럼 극적인 기분으로 외쳤다.

"여기에요!"

마플 양은 그제야 죽은 여자가 현실 속의 사람 같지 않다고 한 것이 무슨 뜻인지 깨달았다. 서재는 집주인의 취향을 고스란히 반영하고 있었다. 크고 낡고 어수선한 서재였다. 서재에는 크고 망가진 팔걸이의자가 몇 개 있었고, 담뱃대, 책, 그리고 지역 신문이 커다란 테이블 위에 놓여 있었다. 오래되고 멋진 가족 초상화 한두 점이 벽에 걸려 있었고, 형편없는 빅토리아 시대의 수채화 몇 점과 익살맞은 사냥 장면들도 있었다. 구석에는 데이지 꽃이 담긴 큰 화병이 있었다. 전체적으로 어둑어둑했고, 부드러우면서 격의 없는 분위기였다. 그 방은 오랫동안 편안하게 이용된 전통 있는 장소라는 것을 말해 주고 있었다. 하지만 벽난로 앞에 놓인 오래된 곰 가죽 양탄자 위에는 생소하고 어설프며 감상적인 무언가가 드러누워 있었다.

화려하게 치장을 한 소녀였다. 부자연스러울 정도로 아름다운 머리는 세심하게 매만진 모양으로 치장하고 있었다. 가냘픈 몸은 장식이 달리고 등이 패인 하얀색 새틴 이브닝드레스에 감싸여 있었다. 짙은 화장이 눈에 띄었다. 흰 분가루는 퍼렇게 부풀어 오른 살갗에서 기괴하게 도드라져 보였고, 속눈썹에 바른 마스카라는 일그러진 볼 위에 짙은 그림자를 드리우고 있었으며, 새빨간 입술은 마치 상처가 난 것처럼 보였다. 손톱에는 진한 핏빛 매니큐어를 칠했고, 싸구려 은색 샌들을 신은 발톱에도 같은 색깔을 바르고 있었다. 화려하면서도 천박하고 싸구려 티가 나는 그 모습은 밴트리 대령의 서재가 주는 고지식할 정도로 고풍스러운 편안함과는 도무지 어울리지 않는 것이었다.

밴트리 부인이 낮은 목소리로 속삭였다.

"제가 한 얘기가 무슨 뜻인지 아시겠죠? 도무지 실감이 나지 않는다니까요!"

그녀의 옆에 선 마플 양은 고개를 끄덕였다. 그녀는 몸을 움츠리고 있는 시체를 오랫동안 유심히 내려다보았다.

그녀가 마침내 차분한 목소리로 말했다.

"정말 어리네."

"네, 맞아요, 그런 것 같네요."

밴트리 부인은 큰 발견이라도 한 사람처럼 놀란 모습이었다.

마플 양은 허리를 굽혔다. 그녀는 소녀에게 손을 대지 않았다. 마플 양은 마치 숨을 쉬기 위해 최후까지 필사적으로 몸부림치듯 드레스 앞자락을 꽉 부여잡고 있는 소녀의 손가락을 쳐다보았다.

밖에서 자갈 깔린 길 위로 차가 삐걱거리며 들어오는 소리가 들렸다. 파크 경관이 급하게 말했다.

"경감님일 겁니다."

상류 계급 사람들은 정도를 지킨다는 경관의 철저한 믿음에 들어맞게 밴트리 부인은 즉시 문 쪽으로 걸어갔다. 마플 양은 그녀의 뒤를 따랐다. 밴트리 부인이 말했다.

"아무 문제 없을 거예요, 파크."

파크 경관은 깊은 안도의 한숨을 쉬었다.

VI

밴트리 대령이 마지막 토스트 조각에 마멀레이드를 발라 커피 한 모금과 함께 허둥지둥 삼키면서 거실로 뛰어나왔다. 그는 그 주의 경찰서장인 멜쳇 대령이 슬랙 경감과 함께 차에서 내리는 것을 보고 안심했다. 멜쳇은 밴트리 대령의 친구였다. 그는 슬랙을 별로 마음에 들어 하지 않았다. 슬랙은 이름에 걸맞지 않게* 원기 왕성한 사

---

* 슬랙은 '꾸물거리는', '맥이 빠진' 이라는 의미를 가짐.

람으로, 자기가 생각하기에 중요하지 않다 싶은 사람의 감정은 아무렇지 않게 무시하면서 호들갑스럽게 일처리를 하기 때문이었다.

"잘 있었나, 밴트리."

경찰서장이 말했다.

"내가 직접 오는 편이 좋다고 생각했네. 평범한 일이 아닌 것 같아서 말이야."

"이건…… 이건 말이지……."

밴트리 대령은 적당한 표현을 찾으려고 애썼다.

"믿을 수가 없어……. 엄청난 사건이라고!"

"그 여자가 누군지 모르겠나?"

"전혀 모르겠어. 평생 한 번도 본 적이 없는 사람이야."

"집사는 뭔가 알고 있나요?"

슬랙 경감이 물었다.

"로리머도 나만큼이나 당황하고 있다네."

"아, 과연 그럴까요?"

슬랙 경감이 말했다.

밴트리 대령이 말했다.

"식당에 아침 식사가 차려져 있어. 멜쳇, 뭘 좀 먹겠나?"

"아니야, 수사를 진행시키는 편이 좋겠네. 헤이독이 이제 곧 여기 도착할 거야. 아, 저기 오는군."

다른 차 한 대가 멈춰 서더니 덩치가 크고 어깨가 넓은 경찰의(警察醫) 헤이독이 차에서 내렸다. 두 번째 경찰차에서는 평복 차림의

두 사람이 내렸는데, 그중 한 명은 카메라를 가지고 있었다.

"준비는 다 됐지?"

경찰서장이 말했다.

"좋아, 그럼 시작하지. 슬랙 말로는 서재라고 하던데."

밴트리 대령은 신음하듯 말했다.

"믿을 수가 없어. 아내가 오늘 아침에 하녀에게서 서재에 시체가 있다는 얘기를 들었다고 우겼을 때만 해도 그냥 믿지 않으려고 했다네."

"괜찮아, 이해할 수 있네. 자네 아내가 너무 심하게 놀라지나 않았으면 좋겠는데 말이야."

"돌리는 문제없어. 정말 대단한 여자라니까. 마을에서 마플 양을 불러서 같이 있네."

"마플 양?"

경찰서장의 말투가 딱딱해졌다.

"그 여자를 왜 부른 거지?"

"아, 여자들끼리는 뭔가 통하는 게 있는 모양이지. 그런 것 같지 않나?"

멜쳇 대령이 피식 웃으면서 말했다.

"내 생각에는 자네 아내가 아마추어 수사를 해 보려는 것 같아. 마플 양은 그 지역에서는 알아주는 탐정이니까. 우리 코를 납작하게 꺾은 적도 있지. 그렇지 않나, 슬랙?"

"그거라면 얘기가 다릅니다."

슬랙 경감이 말했다.

"다르다고? 뭐가?"

"그건 그 지역 특유의 사건이었으니까요, 대령님. 그 노부인은 마을에서 일어나는 일은 훤히 다 알고 있죠, 그것만큼은 사실입니다. 하지만 그 여자도 여기서는 능력이 안 미칠걸요."

멜쳇이 무덤덤하게 말했다.

"그건 아직 자네가 장담할 수 없는 일이지, 슬랙."

"아, 기다려 주세요, 대령님. 본격적으로 수사에 착수하는 데 오래 걸리지 않을 겁니다."

VII

이번에는 밴트리 부인과 마플 양이 식당에서 아침을 먹고 있었다. 손님의 식사 시중을 들고 나서 밴트리 부인이 급하게 말했다.

"저기요, 제인?"

마플 양은 약간 당황한 얼굴로 그녀를 올려다 보았다.

"뭐 생각나는 거 없으세요?"

밴트리 부인은 기대에 찬 얼굴로 이렇게 물었다. 마플 양은 마을에서 일어나는 사소한 일들을 중대한 사건과 연결시켜 사건 해결의 실마리를 찾아내는 그런 능력으로 유명하기 때문이다.

"아뇨."

마플 양이 생각에 잠긴 채 대답했다.

"지금은 딱히 생각나는 게 없네요. 체티 부인의 막내딸 에디가 조금 생각나긴 하지만, 그건 이 불쌍한 여자가 손톱을 물어뜯었고 앞니가 약간 튀어나왔기 때문인 것 같아요. 지금은 그 정도밖에 생각나지 않아요."

마플 양은 계속해서 에디와 살해된 여자의 비슷한 점들을 늘어놓았다.

"물론 에디도 천박하고 화려한 옷을 좋아했죠."

"그 여자의 드레스 말인가요?"

밴트리 부인이 물었다.

"네, 싸구려 새틴 드레스였죠. 옷감도 안 좋았고요."

밴트리 부인이 말했다.

"맞아요. 모든 물건을 1기니에 파는 허름한 1기니 하우스에서 샀겠죠."

그녀는 희망을 갖고 계속 얘기했다.

"가만 있자, 체티 부인의 딸 에디는 어떻게 됐어요?"

"이제 막 두 번째 직장에 들어가서는…… 아주 잘 지내고 있다나 봐요."

밴트리 부인은 약간 실망스러운 기분이 들었다. 마을 아가씨와의 유사점을 찾아내는 일이 반드시 유용할 것 같지는 않았기 때문이다.

밴트리 부인이 말했다.

"제가 이해할 수 없는 건, 그 여자가 아서의 서재에서 대체 무엇을 하고 있었나 하는 점이에요. 파크 얘기로는 창문을 억지로 열었

다고 하더라고요. 그 여자가 강도랑 같이 숨어들어 왔다가 싸움이
벌어졌는지도 모르죠. 하지만 그렇게 보기엔 너무 억지스러워요, 그
렇죠?"

"강도질을 하기에 적당한 옷차림은 아니었죠."

마플 양이 심각하게 말했다.

"맞아요, 댄스 파티에나 어울리는 차림이었죠. 하지만 여기, 아니
면 이 근방에는 그럴 만한 곳이 하나도 없는데 말이죠."

"그렇죠."

마플 양이 우물쭈물 말했다.

밴트리 부인은 그것을 놓치지 않았다.

"뭔가 짚이는 게 있군요, 제인."

"글쎄요, 저는 그냥……."

"뭔데요?"

"베이즐 블레이크가 좀 마음에 걸려요."

밴트리 부인이 자기도 모르게 소리를 질렀다.

"이런, 말도 안 돼!"

그리고 해명하듯 이렇게 덧붙였다.

"제가 그 애 엄마를 잘 알거든요."

두 사람은 서로를 바라보았다.

마플 양은 한숨을 쉬고 고개를 저었다.

"어떤 기분일지는 잘 알아요."

"셀리나 블레이크는 믿기지 않을 정도로 멋진 사람이에요. 그녀

가 계절마다 만드는 화단에는 그저 감탄사만 나올 뿐이죠. 배가 아플 정도로 부럽다니까요. 그녀는 쉴 새 없이 가지를 쳐 주더군요."

마플 양은 블레이크 부인을 감싸려는 이런 얘기를 흘려 넘기며 말했다.

"하지만 말들이 많았잖아요."

"오, 저도 알아요. 아서도 그녀의 아들 베이즐 블레이크 얘기만 나오면 금방 노발대발하더라고요. 그 애가 아서한테 무례하게 군 다음부터 아서는 그 애에 대한 칭찬은 한 마디도 안 들으려고 해요. 요즘 젊은 애들답게 말투가 건방지거든요. 학교나 왕실 같은 것을 지지하는 사람들을 비웃기도 하고요. 게다가 그 옷차림새하고는!"

밴트리 부인이 계속해서 말했다.

"시골에서는 뭘 입어도 상관없다고들 하죠. 하지만 그런 어처구니없는 얘기가 어디 있어요? 오히려 시골이기 때문에 모든 사람들이 신경 쓰는 데 말이에요."

그녀는 잠깐 얘기를 멈추더니 그리운 듯이 덧붙였다.

"그 애도 어릴 때는 참 귀여웠는데."

"지난 일요일 신문에 체비엇 살인 사건 범인의 어릴 때 사진이 났는데, 그 사람도 어릴 때는 귀엽더라고요."

마플 양이 말했다.

"오, 하지만 제인, 그가 한 짓이라고 생각하는 건 아니겠죠?"

"이런, 천만에요. 그런 뜻은 전혀 아니었어요. 그렇게 조급하게 결론을 내리면 안 되죠. 저는 단지 젊은 여자가 이곳에 나타난 것을 설명하려고 했을 뿐이에요. 세인트 메리 미드는 정말 그 여자와 어울리지 않는 곳이니까요. 그리고 나니 그 일을 설명할 수 있는 유일한 사람은 베이즐 블레이크뿐인 것 같았어요. 그 애는 파티를 열곤 하니까요. 지난 7월에 런던 영화 촬영소에서 사람들이 왔던 것 기억하죠? 소리 지르고 노래를 불러대며 지독히도 시끄럽게 했죠. 모두들 거나하게 취한 것 같았고요. 다음 날 아침에 보니 어질러 놓은 것들이랑 깨진 유리조각들로 그야말로 난장판이었다죠? 베리 부인이 그렇게 얘기하더라고요. 게다가 어느 젊은 여자가 실오라기 하나 안 걸치고 욕조 안에서 자고 있었대요!"

"영화 관계자들이었겠죠."

밴트리 부인이 관대하게 말했다.

"그럴 가능성이 높죠. 그리고 아마 당신도 들었겠지만, 그가 요 근래 몇 주 동안 젊은 여자를 데려왔는데……. 금발 머리였대요."

밴트리 부인이 소리쳤다.

"그 여자가 이 여자라고 생각하는 건 아니죠?"

"글쎄요……. 저도 의심스러워요. 물론 그렇게 가까이서 그녀를 본 적은 없어요. 차에 타고 내리는 모습이랑 별장 정원에서 반바지랑 브래지어만 걸치고 일광욕 하는 것을 한 번 보았을 뿐이거든요. 얼굴은 제대로 보지 못했어요. 게다가 화장이랑 머리손질을 하고 매니큐어를 바른 이런 여자들은 전부 똑같아 보여서 말이죠."

"네, 하지만 그 여자일 수도 있죠. 좋은 실마리예요, 제인."

제2장

I

바로 그때 멜쳇 대령과 밴트리 대령도 하나의 실마리에 대해 의견을 나누고 있었다. 멜쳇 대령은 시체를 검사하고 부하들이 일상적인 업무에 착수하는 것을 지켜본 후 집주인과 함께 저택의 반대쪽에 있는 작은 서재로 자리를 옮겼다.

멜쳇 대령은 성미가 급하게 생긴 남자로, 짧은 붉은색 콧수염을 잡아당기는 버릇이 있었다. 난감한 눈빛으로 상대방을 곁눈질하면서 콧수염을 잡아당기던 그가 마침내 내뱉듯이 말했다.

"이보게, 밴트리, 솔직히 털어놓고 얘기해 보세. 이 여자가 누군지 전혀 모른다는 게 사실인가?"

상대방이 대답하려 했지만 경찰서장은 그를 가로막았다.

"그래, 알아, 이 친구야. 자네에겐 굉장히 곤란할 수도 있겠지. 나는 유부남이라는 둥 아내를 사랑한다는 둥 하는 얘기를 하겠고. 하지만 우리 둘 사이니까 하는 말인데, 이 여자랑 어떤 식으로든 연관이 있다면 지금 얘기하는 것이 좋을 거야. 사실을 감추고 싶은 게 당연하겠지. 나라도 똑같이 느꼈을 거야. 하지만 그래서는 도움이 안 되네. 살인 사건이니까. 진실은 밝혀지게 되어 있어. 제기랄, 난 자네가 그 소녀를 목 졸라 죽였다는 걸 돌려서 말하고 있는 게 아니라네. 자네가 그런 일을 할 사람이 아니라는 건 알아. 하지만 이유야 뭐가 됐든 그 여자가 여기 왔잖아……. 바로 이 집에 말이야. 그 여자가 집에 들어와서 자네를 만나려고 기다리고 있었고, 다른 놈이 여기까지 그녀를 따라와서 죽였다고 생각해 보게. 가능하잖아. 무슨 소린지 알겠지?"

"제기랄, 멜쳇, 정말이지 난 그 여자를 평생 한 번도 본 적이 없다고! 난 그런 사람이 아니야."

"그럼 됐어. 자네를 탓하는 게 아니야. 나도 깨인 사람이니까. 하지만 자네가 그렇게 얘기한다면, 문제는 그 여자가 여기까지 와서 무엇을 하고 있었나 하는 거지. 이 근처 아가씨는 아닌 것 같던데. 그건 틀림없어."

"이건 완전히 악몽이야."

분노한 집주인이 버럭 화를 냈다.

"이보게, 요점은 그녀가 자네 서재에서 무엇을 하고 있었나 하는 점이라니까."

"내가 어떻게 알아? 여기서 그녀한테 물어보지도 않았는데."

"그래, 그래. 하지만 어쨌든 그녀가 여기 왔잖아. 자네를 만나려고 했던 것처럼 보인단 말이야. 이상한 편지 같은 거 받은 적은 없나?"

"아니, 전혀."

멜쳇 대령이 자세히 캐물었다.

"자넨 어젯밤에 뭘 했나?"

"보수당 연합 회의에 갔었네. 9시에 머치 벤햄에서 있었지."

"그럼 집에는 언제 왔지?"

"10시가 되자마자 머치 벤햄에서 출발했는데 집으로 오는 길에 문제가 좀 생겨서 바퀴를 갈아야 했어. 집에 오니 11시 45분이더군."

"서재에는 들어가지 않았고?"

"아니."

"유감스럽군."

"피곤해서 바로 침실로 갔어."

"자지 않고 자네를 기다리고 있던 사람은 없었나?"

"아니. 난 항상 현관문 열쇠를 가지고 다녀. 로리머는 내가 자지 말라고 지시하지 않는 한 11시면 잠자리에 들지."

"누가 서재 문을 닫지?"

"로리머야. 이맘때면 보통 7시 30분쯤 문을 닫아."

"로리머가 저녁에 거기로 다시 들어가지는 않나?"

"내가 외출했을 때는 들어가지 않아. 로리머는 위스키와 컵이 담긴 쟁반을 거실에 두고 가네."

"알겠네. 자네 아내는 어떤가?"

"모르겠어. 집에 도착했을 땐 침대에 누워 있다가 금방 잠이 들었거든. 어제 저녁에 서재나 응접실에 있었을지도 몰라. 물어본다는 걸 깜빡했네."

"아 그래, 할 수 없지. 이제 곧 자세한 사항을 알게 될 거야. 물론 하인들 중 한 명이 연관되어 있을지도 모르겠군?"

밴트리 대령은 고개를 저었다.

"그렇지 않을 거야. 다들 행실이 바른 사람들이네. 우리 집에서 오랫동안 일해 왔고."

멜쳇이 동의했다.

"맞아. 하인들이 그 일에 얽혀 있는 것 같지는 않더군. 그 여자가 런던에서 왔다고 보는 것이 더 그럴싸해 보여. 아마 어떤 젊은 남자랑 말이지. 하지만 그들이 왜 이 집에 들어오려 했는지는……."

밴트리가 말을 가로막았다.

"런던이라. 그게 더 그럴듯하군. 이 동네에는 그런 불량스러운 여자가 없으니까. 적어도……."

"뭔가 짚이는 게 있나?"

"이거 참!"

밴트리 대령이 갑자기 소리를 질렀다.

"베이즐 블레이크야!"

"그 사람이 누군데?"

"영화 일을 한다는 젊은 친구야. 불쾌하기 짝이 없는 애송이지.

아내는 그 애 엄마랑 같은 학교를 다녔다고 그 애를 두둔하지만, 어떻게 그렇게 제멋대로인 데다가 쓸모없는 건방진 놈이 다 있는지 모르겠어! 엉덩이를 걷어차고 싶다니까! 그 녀석은 랜섬 로드에 별장을 가지고 있네. 기분 나쁠 정도로 현대적인 집 말이야. 거기서 파티를 열고는 소리소리 질러 대는 시끄러운 패거리들을 불러 모은다네. 그리고 주말에는 여자들을 데려오지."

"여자들?"

"그래, 지난 주말에도 한 명 왔었어. 이런 금발 머리를 가진 여자였지."

대령이 놀라서 입을 딱 벌렸다.

"금발 머리라고?"

멜쳇이 반사적으로 말했다.

"그래. 이봐, 멜쳇, 자네 설마……."

"가능성은 있네. 그러면 이런 부류의 여자가 세인트 메리 미드에 있는 이유가 설명되지. 빨리 가서 그 젊은 친구랑 얘기를 해 봐야겠네. 브레이드? 블레이크? 그 친구 이름이 뭐라고 했지?"

"블레이크야. 베이즐 블레이크."

"집에 있을까?"

"어디 보자. 오늘이 무슨 요일이지? 토요일인가? 보통 토요일 오전 중에 여기 온다네."

멜쳇이 단호하게 말했다.

"그 친구를 만날 수 있을지 한번 보자고."

II

튜더 양식을 본 뜬 목골(木骨) 구조의 섬뜩한 외관 안에 온갖 현대적 편의시설을 갖춘 베이즐 블레이크의 별장은 우체부나 건축가인 윌리엄 부커 씨에게는 '채스워드'로 알려져 있고, 베이즐과 그의 친구들 사이에서는 '시대물'로 알려져 있으며, 세인트 메리 미드에서는 일반적으로 '부커 씨의 새 집'이라고 부르고 있다.

마을 중심부에서 0.4킬로미터가량 떨어진 곳에 있는 이 별장은 사업열에 불타는 부커 씨가 블루 보어 여관 바로 뒤편에 사들인 새 택지에 세워져 있고, 정면으로는 각별히 잘 보존시킨 시골길이 펼쳐져 있다. 가싱턴 홀은 이 길을 따라 1.6킬로미터가량 더 떨어진 곳에 있다.

'부커 씨의 새 집'이 영화 스타에게 팔렸다는 소식이 퍼지자 세인트 메리 미드 사람들은 엄청난 관심을 가지게 되었다. 마을 사람들은 이 유명한 영화배우를 볼 날이 오기만을 학수고대했다. 게다가 외모에 관한 한 베이즐 블레이크는 더할 나위 없는 미남이라고 말해도 좋을 정도였다. 그러나 조금씩 진실이 드러났다. 베이즐 블레이크는 영화 스타가 아니었고, 영화배우 축에도 끼지 못했다. 그는 브리티시 뉴 에러 필름의 본사인 렘빌 촬영소의 무대 장치 담당자 중에서 15번째라는 직함에 기뻐하는 말단 직원이었다. 마을 처녀들은 흥미를 잃었고, 남의 말하기 좋아하는 노처녀들은 베이즐 블레이크의 사생활을 힐뜯었다. 블루 보어 여관의 주인만이 베이즐과 그의 친구들을 계속해서 열렬히 환영했다. 이 젊은이가 그곳에 정착한 이래 블루 보어의 수입이 증가해 왔던 것이다.

부커 씨의 취향대로 만든 비뚤어진 통나무 정문 바깥에 경찰차가 멈춰 섰다. 멜쳇 대령은 무절제하게 만든 목조건물을 혐오스런 눈길로 흘끗 쳐다보며 현관문 앞으로 성큼성큼 걸어가서 힘차게 노크했다.

현관문은 생각했던 것보다 훨씬 빨리 열렸다. 오렌지색 코르덴 바지에 감청색 셔츠를 입고 약간 긴 검은 생머리를 한 젊은 남자가 느닷없이 물었다.

"무슨 일이시죠?"

"베이즐 블레이크 씨이십니까?"

"그런데요."

"잠깐 얘기를 나누고 싶은데, 괜찮으시겠습니까?"

"누구시죠?"

"저는 주 경찰서장인 멜쳇 대령입니다."

블레이크는 무례한 태도로 대답했다.

"그래요? 재밌네요!"

멜쳇 대령은 그를 따라 들어가면서 밴트리 대령이 왜 그런 묘사를 했는지 이해할 수 있었다. 그도 블레이크의 엉덩이를 차고 싶어서 발가락이 근질거렸다. 그러나 멜쳇은 자신의 감정을 억누르면서 애써 유쾌하게 얘기했다.

"일찍 일어나시네요, 블레이크 씨."

"천만에요. 아직 자지도 않았는데요."

"저런."

"하지만 내가 몇 시에 자는지 캐물으려고 여기까지 오지는 않았 겠죠? 만약 그렇다면 정부의 시간과 돈을 낭비하는 겁니다. 나한테 하고 싶은 얘기가 뭐죠?"

멜쳇 대령은 목청을 가다듬었다.

"지난 주말에 손님이 오신 것으로 알고 있습니다. 블레이크 씨. 금발의 젊은 여자분 말입니다."

베이즐 블레이크는 그를 빤히 쳐다보더니 머리를 뒤로 젖히고 큰 소리로 웃었다.

"마을의 늙은 여우들이 잔소리라도 해 댄 모양이죠? 제 품행이 단정하지 못하다 이건가요? 젠장, 그런 건 경찰에서 관여할 문제가 아닐 텐데요. 그 정도는 아실 분이 왜 이러실까."

멜쳇 대령이 딱딱하게 말했다.

"얘기하셨다시피, 당신의 품행이야 제가 알 바 아니죠. 제가 여기 온 이유는 그러니까…… 약간 이국적인 외모를 가진 젊은 금발 여 자의 시체가 발견되었기 때문입니다. 살해된 채로요."

"이런!"

블레이크가 그를 뚫어지게 쳐다보았다.

"어디서요?"

"가싱턴 홀의 서재에서요."

"가싱턴이요? 밴트리 영감네서? 그 영감 더럽게 부잔데. 밴트리 영감이라니! 빌어먹을 색골 노인네!"

멜쳇 대령의 얼굴이 시뻘겋게 달아올랐다. 그는 희희낙락하는 상대를 따끔하게 꼬집었다.

"말을 좀 가려서 하시죠. 저는 당신이 이 사건을 밝히는데 도움이 될 수 있을까 싶어서 온 겁니다."

"내가 금발 여자를 잃어버렸는지 물어보러 여기까지 왔다 이겁니까? 이런, 이런. 저건 또 뭐야?"

차 한 대가 급브레이크 소리를 내며 멈춰 섰다. 팔랑거리는 흑백 줄무늬 잠옷을 걸친 젊은 여자가 허둥지둥 차에서 뛰어내렸다. 그녀는 새빨간 입술에 마스카라를 검게 칠하고 금발 머리를 늘어뜨리고 있었다. 그녀는 성큼성큼 걸어와서 문을 열어젖히더니 화가 나서 소리쳤다.

"이 짐승 같은 자식, 왜 나를 두고 도망친 거야?"

베이즐 블레이크가 자리에서 일어섰다.

"거봐, 이렇다니까. 내가 당신을 두고 가면 안 되는 이유라도 있어? 내가 당신한테 돌아가자고 했는데 당신이 말을 안 들었잖아."

"당신이 가잔다고 해서 가야 할 이유가 없잖아. 난 한창 재미있었단 말이야."

"그랬겠지. 그 더러운 로젠버그 놈하고. 그놈이 어떤 놈인지는 잘 알겠지?"

"당신은 질투하고 있을 뿐이야."

"착각하지 마. 난 내가 좋아하는 여자가 술을 진탕 퍼마시고 역겨운 중부 유럽 놈하고 시시덕거리는 꼴은 못 봐."

"거짓말하지 마. 당신이야말로 진탕 마시고 있었잖아. 게다가 검은 머리 스페인 계집애랑 놀아났고 말이야."

"내가 파티에 데려가면 좀 얌전하게 굴란 말이야."

"난 지시받는 건 질색이니까 그런 줄 알아. 파티에 가자면서 끝난 다음에 여기 오자고 말한 건 당신이야. 난 떠나고 싶은 마음이 들기 전까지는 파티에서 안 떠나는 사람이라고."

"그러시겠지. 그래서 당신을 두고 돌아온 거야. 집에 돌아오고 싶어서 왔을 뿐이라고. 난 바보 같은 여자를 기다리느라 어슬렁거리는 짓은 안 하니까."

"어쩌면 이렇게 상냥하고 예의바르실까."

"여기까지 잘도 나를 쫓아왔군."

"내가 당신을 어떻게 생각하는지 말해 주고 싶었어!"

"나한테 이래라저래라 할 수 있다고 생각한다면 큰 오산이야!"

"당신이야말로 나한테 이래라저래라 명령할 자격이 있는지 다시 생각해야 할걸!"

두 사람은 서로 노려보았다.

멜쳇 대령이 기회를 포착해서 목청을 크게 가다듬은 건 바로 이 순간이었다.

베이즐 블레이크가 그를 휙 돌아보았다.

"이런, 여기 계신 걸 깜빡했네요. 슬슬 갈 시간이네요, 그렇죠? 소개해 드리죠, 이쪽은 다이나 리, 그리고 이분은 주 경찰서의 블림프 대령님*이야. 그럼 대령님, 이제 내 금발 여자가 이렇게 잘 살아 있는 걸 봤으니 밴트리 영감네 아가씨 일 뒤치다꺼리나 하시죠. 안녕히 가세요!"

멜쳇 대령이 말했다.

"내가 충고 하나 하지, 젊은이. 말을 삼가시오, 안 그러면 큰 코 다칠 겁니다."

그는 분노로 얼굴을 붉히면서 뚜벅뚜벅 걸어 나왔다.

---

* Colonel Blimp, 고리타분한 사고방식을 가진 사람.

제3장

I

멜쳇 대령은 머치 벤햄에 있는 자신의 사무실에서 부하들의 보고를 받고 그것을 자세히 검토하고 있었다. 슬랙 경감이 결론을 내리고 있었다.

"……따라서 모든 것이 분명해 보입니다. 밴트리 부인은 저녁 식사 후에 서재에 앉아 있다가 10시 좀 전에 침실로 갔습니다. 밴트리 부인은 서재에서 나가면서 전등을 껐고, 그 후에 방에 들어온 사람은 없는 것 같습니다. 하인들은 10시 30분에 잠자리에 들었고, 로리머는 거실에 술을 놔둔 후 11시 15분에 잠자리에 들었습니다. 아무도 이상한 소리를 듣지 못했지만, 한 하녀만은 여러 소리를 들었답니다! 신음 소리에, 소름 끼치는 고함 소리에, 불길한 발자국 소리에, 그밖에 여러 가지 소리를 들었다고 하는군요. 하지만 그녀와 한 방을 쓰는 다른 하녀는 룸메이트는 한 번도 깨지 않고 쥐 죽은 듯이 잤다고 합니다. 정말로 골치 아픈 사람들은 이렇게 있지도 않은 일을 지어내는 사람들이라니까요."

"창문이 억지로 열린 건 어떻게 된 건가?"

"시먼즈가 초보자의 솜씨라고 그러더군요. 평범한 끌을 이용한 일반적인 수법이라 큰 소리는 나지 않았을 겁니다. 집 주변에 끌이 있어야 하는데 아무도 발견하지 못하고 있습니다. 하지만 흔히 있는 일이죠."

"하인들 중에 뭔가 아는 사람은 없는 것 같나?"

슬랙 경감은 마지못해 대답했다.

"예, 다들 뭔가를 아는 것 같지는 않습니다. 그들은 모두 굉장히 충격을 받아서 정신이 나가 있는 상태입니다. 저는 로리머를 의심했습니다. 아시다시피 그가 과묵하게 입을 다물고 있어서요. 하지만 이상한 점은 없는 것 같습니다."

멜쳇이 고개를 끄덕였다. 그는 로리머가 말이 없는 것도 자연스러운 일이라 여겼다. 사람을 마구 다루는 슬랙 경감이 심문한 사람들은 종종 그런 반응을 보였기 때문이다.

문이 열리고 헤이독 의사가 들어왔다.

"검시 결과를 대강 말씀드려야 할 것 같아서 왔습니다."

"물론이죠, 잘 왔소. 결과는 어떻게 됐소?"

"별거 없습니다. 대령님께서 생각하신 그대로죠. 교살에 의한 사망입니다. 그 여자가 입고 있던 새틴 드레스의 허리띠로 목을 감고 뒤에서 졸랐습니다. 상당히 쉽고 단순한 방법이죠. 별로 큰 힘이 들지도 않았을 겁니다……. 그 소녀를 갑자기 습격했다면요. 반항한 흔적은 전혀 없습니다."

"사망 시각은?"

"글쎄요, 10시에서 자정 사이일 겁니다."

"시간대를 좀 더 좁혀 볼 순 없소?"

헤이독은 씩 웃어 보이면서 고개를 저었다.

"제 직업적 평판을 위태롭게 하지는 않겠습니다. 10시 전은 아니고 자정 이후도 아닙니다."

"선생이 상상하기엔 몇 시일 것 같소?"

"상황에 달려 있죠. 벽난로에 불을 피워서 방이 따뜻했으니까 시체의 사후경직이 늦어졌을 겁니다."

"그 여자에 대해서 더 해 줄 얘기는 없소?"

"별로 없습니다. 어리더군요. 열일곱이나 열여덟 살쯤 되겠죠. 여러 가지 면에서 아직 성숙하지는 않았지만 근육은 잘 발달되어 있었습니다. 상당히 건강한 편이었고요. 그리고 숫처녀더군요."

의사는 고개를 한번 끄덕이고 방을 나갔다.

멜쳇이 경감에게 말했다.

"그 여자가 전에 가싱턴에 온 적이 없는 건 확실한가?"

"하인들이 틀림없다고 했습니다. 그 근방에서 한 번이라도 본 적이 있다면 기억했을 거라고요."

"그럴 줄 알았네. 그런 금발이면 누구든 이 근처 1킬로미터 안에서는 눈에 띄지. 블레이크가 데려온 그 젊은 여자를 보라고."

멜쳇이 말했다.

"그 여자가 아닌 게 유감이네요. 그러면 수사를 좀 진척시킬 수 있었을 텐데요."

슬랙이 말했다.

"이 소녀는 틀림없이 런던에서 온 것 같아. 이 지역 내에 실마리가 있을 것 같지는 않네. 그런 경우에는 런던 경시청에 연락하는 게 좋겠지. 우리 쪽 소관이 아니라 그쪽 소관이니까."

"하지만 무슨 일이 있어서 여기 왔겠죠."

슬랙이 말했다. 그는 주저하면서 덧붙였다.

"밴트리 대령님과 부인이 분명히 뭔가 아는 것 같습니다. 물론 그분들이 대령님 친구들인 건 알지만……."

멜쳇 대령은 싸늘한 눈길로 그를 쳐다보고는 딱딱하게 말했다.

"모든 가능성을 고려하고 있으니 안심해도 되네. 모든 가능성을 말이야. 실종자 명단은 조사했겠지?"

슬랙은 고개를 끄덕이고 타이핑한 기록을 내보였다.

"여기 있습니다. 손더스 부인, 1주일 전에 실종, 검은 머리, 푸른 눈에 나이는 서른여섯 살. 이 여자는 아닙니다. 이 여자가 리즈에서 온 장사치랑 도망가 버린 건 그녀의 남편만 빼고 모든 사람들이 다 아는 사실이니까요. 바너드 부인, 예순다섯 살. 파멜라 리브즈, 열여섯 살. 어젯밤에 실종됨, 소녀단 대회에 참석했음. 짙은 갈색 머리를 많고 다니며, 키는 약 167센티미터……."

멜쳇이 버럭 화를 냈다.

"쓸데없이 구구절절 읽지 말게, 슬랙. 죽은 여자는 학생이 아니잖은가. 내 생각엔……."

이때 전화벨이 울려 얘기가 갑자기 끊어졌다.

"여보세요……. 네, 네, 머치 벤햄 경찰서입니다. 네? 잠깐만 기다려 주세요."

멜쳇은 상대방이 하는 말을 들으며 재빨리 메모를 했다. 그러고 나서 이전과는 다른 목소리로 내용을 확인했다.

"루비 킨, 열여덟 살, 직업은 전문 댄서, 키는 165센티미터. 호리호리하고 머리색은 금발, 푸른 눈에 들창코, 반짝이는 장식이 달린 흰 이브닝드레스를 입고 은색 샌들을 신었을 것으로 추정됨. 맞습니까? 네? 알겠습니다, 틀림없는 것 같습니다. 즉시 슬랙을 보내겠습니다."

그는 전화를 끊고 흥분한 얼굴로 부하를 쳐다보았다.

"이제야 알았네. 글렌셔 경찰서*에서 온 전화였어. 데인머스에 있는 머제스틱 호텔에서 여자가 실종되었다고 신고했다는군."

"데인머스라, 그편이 더 그럴듯하네요."

슬랙 경감이 말했다.

데인머스는 멀지 않은 곳에 위치한 크고 번화한 해수욕장이었다.

---

* 글렌셔는 인접해 있는 주임.

"여기서 불과 30킬로미터 정도 떨어져 있으니까."

경찰서장이 말했다.

"그 여자는 머제스틱 호텔의 직업 댄서인가 뭔가 그렇다더라고. 어젯밤 자기 차례에 안 나타나서 호텔 측에서 완전히 비상이 걸렸다는군. 그 여자가 오늘 아침까지도 소식이 없자 다른 댄서인가 누가 신고를 한 모양이야. 약간 석연치 않은 구석이 있긴 해. 자네가 즉시 데인머스에 가서 조사하는 게 좋겠어, 슬랙. 거기서 하퍼 총경에게 보고하고 수사에 협조하게."

II

언제나 활동적으로 움직이는 것이 슬랙 경감의 스타일이었다. 서둘러서 차에 타거나, 말하고 싶어서 안달난 사람들의 입을 무례하게 막아 버리거나, 급한 일이 있다는 핑계로 짧은 대화를 끊어 버리는 일. 이런 행동은 모두 슬랙에게 활력을 주었다. 따라서 그는 믿을 수 없을 만큼 빨리 데인머스에 도착해서 경찰서에 보고하고, 걱정으로 제정신이 아닌 호텔 지배인을 잠깐 만나 보고, '호들갑을 떨기 전에 우선 시체가 이 여자가 맞는지 확인해야 한다'고 위안 같지 않은 위안을 하고서 루비 킨의 가장 가까운 친척과 함께 머치 벤햄으로 돌아왔다.

데인머스를 떠나기 전에 슬랙이 머치 벤햄에 짧게 전화를 해두었기 때문에 경찰서장은 그를 맞을 준비를 하고 있었다. 그러나 멜쳇

은 아마 "이분이 조시입니다, 대령님."이라고 짤막하게 소개를 받게
되리라고는 예상하지 못하고 있었을 것이다.

멜쳇 대령은 자기 부하를 싸늘하게 쳐다보았다. 그는 슬랙이 제
정신이 아니라고 생각했다. 그때 차에서 방금 내린 젊은 여자가 슬
랙에게 구원의 손길을 내밀었다.

"조시는 제 예명이에요."

그녀의 크고 가지런한 흰 이가 순간적으로 반짝였다.

"레이먼드와 조시, 제 파트너와 저는 이렇게 이름을 지었어요. 그
래서 호텔 사람들은 전부 저를 조시라고 알고 있죠. 하지만 제 진짜
이름은 조세핀 터너예요."

멜쳇 대령은 상황을 파악하고 터너 양에게 의자에 앉으라고 권하
는 한편, 경찰다운 눈길로 재빨리 그녀를 대충 훑어보았다.

그녀는 20대라기보다 30대에 가까울 것 같은 미인으로, 외모를
솜씨 좋게 치장한 덕분에 실제 이목구비보다 더 예뻐 보였다. 그녀
는 실력 있고, 상냥하고, 상식이 풍부한 인상이었다. 매력적이라고
할 수 있는 부류는 아니었지만, 그럼에도 불구하고 그녀에게는 사
람의 마음을 끄는 힘이 넘쳐 흘렀다. 그녀는 진하지 않게 화장을 했
고, 짙은 색 맞춤옷을 입고 있었다. 그녀는 불안하고 당황한 것처럼
보였지만, 특별히 슬픔에 잠겨 있는 것 같지는 않았다.

그녀는 의자에 앉으면서 말했다.

"너무 끔찍해서 실감이 나지 않아요. 그 시체가 정말 루비라고 생
각하세요?"

"아무래도 그건 저희가 여쭤봐야 할 것 같습니다. 다소 불쾌하실지 모르겠지만 말입니다."

터너 양이 걱정스럽게 물었다.

"그 애가…… 그 애가 완전히 엉망진창인 건 아니죠?"

"글쎄요, 아무래도 좀 충격적일지도 모르겠습니다."

대령은 그녀에게 담뱃갑을 건넸고, 그녀는 기꺼이 한 대를 뽑았다.

"지금 당장 그 애인지 확인해야 하나요?"

"그러시는 게 좋을 것 같습니다, 터너 양. 확인하기 전까지는 질문을 해 봐야 별로 도움이 되지 않으니까요. 빨리 끝내 버리는 것이 가장 좋죠. 그렇지 않겠습니까?"

"알겠어요."

그들은 차를 몰고 시체 안치소로 갔다.

시체를 잠깐 확인하고 나온 조시의 얼굴은 창백해 보였다.

"루비가 맞아요."

그녀는 떨리는 목소리로 말했다.

"불쌍하게도! 이런, 좀 어지럽네요. 혹시 진 있나요?"

그녀는 뭔가 찾는 듯한 눈길로 주위를 둘러보았다.

진은 없었지만 브랜디가 있었다. 터너 양은 몇 모금 쭉 들이켜고 나서 평정을 되찾았다. 그녀는 솔직하게 말했다.

"저런 것을 보면 대령님이라도 질겁하실 거예요. 불쌍한 루비! 남자들은 정말 비열하기 짝이 없어요, 그렇지 않아요?"

"남자의 소행이라고 생각하십니까?"

조시는 약간 당황한 것 같았다.

"남자가 아니었어요? 저는 그냥 당연히 그렇게 생각했는데……."

"특별히 생각하고 있던 남자라도 있습니까?"

그녀는 세차게 고개를 저었다.

"아뇨, 전 전혀 몰라요. 있어도 루비는 저한테 털어놓지 않았을 거예요, 만약에……."

"만약에?"

조시는 머뭇거렸다.

"만약에 누군가와 사귀고 있었다고 해도 말이에요."

멜쳇은 그녀에게 날카로운 눈길을 던졌다. 그는 사무실로 돌아오기 전까지 더 이상 아무 말도 하지 않았다. 그러나 사무실에 돌아오자마자 얘기를 시작했다.

"자, 터너 양, 아시는 건 전부 알려 주시기 바랍니다."

"네, 물론이죠. 어디서부터 말씀드리면 되죠?"

"그 여자의 성과 이름, 주소, 당신과의 관계, 그리고 당신이 그녀에 대해 알고 있는 것을 전부 알려 주세요."

조세핀 터너는 고개를 끄덕였다. 멜쳇은 그녀가 그리 슬퍼하고 있지 않다는 자신의 생각을 확신했다. 조시는 충격을 받고 마음 아파했지만 그 이상은 아니었다. 그녀는 주저없이 말했다.

"그 애의 이름은 루비 킨인데 그건 예명이에요. 본명은 로지 레그고요. 루비의 엄마는 제 엄마와 사촌지간이지요. 저는 지금까지 그 애를 알고 지냈지만, 특별히 잘 알지는 못해요. 저한테는 사촌이 많답니다. 사업을 하는 사촌들도 있고 무대에 나가는 사촌들도 있어요. 루비는 댄서가 되기 위해 얼마간 훈련을 받고 있었어요. 그 애는 작년에 팬터마임 등에 출연하기로 하고 좋은 조건으로 계약을 맺었죠. 아주 일류는 아니지만 괜찮은 지방 극단들하고요. 그때부터 그 애는 사우스 런던 브릭스웰의 '빨레 드 당스'에서 댄서로 일해 왔어요. 그곳은 평판도 좋고 괜찮은 곳이라 여자들도 제대로 대우해 줬어요. 하지만 수입이 많지 않았죠."

그녀는 잠시 숨을 돌렸다.

멜쳇 대령은 고개를 끄덕였다.

"이제 제 얘기를 할 차례군요. 저는 데인머스의 머제스틱 호텔에서 3년 동안 댄서 겸 브리지 호스티스로 일해 왔어요. 보수도 좋고 즐겁게 일할 수 있는 좋은 직장이죠. 손님들이 도착하면 시중을 드는 일이에요. 물론 눈썰미가 필요하죠. 어떤 사람들은 혼자 있는 걸 좋아하는 반면 외로워서 새로운 환경에 적응하고 싶어 하는 사람들도 있으니까요. 적당한 사람들끼리 모아 브리지 같은 것을 하게 만들고, 젊은 사람들이 서로 어울려서 춤추게 하기도 하죠. 약간의 요령과 경험만 있으면 할 수 있는 일이예요."

멜쳇은 다시 고개를 끄덕였다. 그는 이 여자라면 그런 일을 잘 할 거라고 생각했다. 그녀는 유쾌하고 상냥했고, 전혀 잘난 체하지 않았지만 영리해 보였다. 조시는 얘기를 계속했다.

"그 외에도 저녁마다 레이먼드랑 두서너 가지 댄스 공연을 하고 있었어요. 레이먼드 스타는 테니스랑 댄스 전문가예요. 그런데 제가 하필이면 올 여름에 해수욕하러 갔다가 바위에서 미끄러져서 발목을 심하게 삐었어요."

멜쳇은 그녀가 다리를 살짝 절면서 걷는 것을 눈치 채고 있었다.

"당연히 한동안 춤을 못 추게 되어 입장이 곤란해졌죠. 저는 호텔에서 제 대신에 다른 사람을 쓰지 않았으면 했어요. 그건 언제나 위험한 일이거든요."

한순간 그녀의 온화한 푸른 눈동자가 냉랭하고 날카로워졌다. 그녀는 생존경쟁 속에서 살아가는 여자였던 것이다.

"자리를 뺏길지도 모르니까요. 그래서 저는 루비를 생각해 내고 호텔 지배인에게 그녀를 데려오자고 얘기했어요. 저는 브리지 호스티스 같은 일들을 계속 하고 루비는 춤만 맡기로 하는 거죠. 아시겠지만, 친척간의 일로 만드는 거예요."

멜쳇은 알겠다고 말했다.

"호텔에서도 그러자고 하더군요. 루비에게 전보를 쳤더니 그 애가 찾아왔어요. 그 애에게는 오히려 기회였던 셈이죠. 이전에 했던 어떤 일보다도 훨씬 나은 일이었으니까요. 그것이 약 한 달 전의 일이에요."

멜쳇 대령이 말했다.

"알겠습니다. 루비는 일을 잘 하던가요?"

"그럼요."

조시가 아무렇지 않게 대답했다.

"그 애는 일을 제법 잘했어요. 나만큼 능숙하게 춤을 추지는 않지만 노련한 레이먼드가 잘 이끌어 줬죠. 게다가 굉장히 예쁘잖아요. 금발머리에 날씬하고 동안이니까요. 화장을 좀 진하게 하긴 했죠. 저는 늘 그것 때문에 잔소리를 했어요. 하지만 여자애들이 다 그렇죠. 그 애는 겨우 열여덟 살이었고 그 나이 또래 애들은 늘 화장을 진하게 하더라고요. 짙은 화장은 머제스틱 같이 고급스러운 곳에서는 안 통해요. 저는 늘 그 점에 대해 주의를 주었고 화장을 좀 연하게 하라고 했어요."

멜쳇이 물었다.

"사람들이 루비를 좋아했습니까?"

"그렇고 말고요. 불평은 별로 듣지 않았어요. 그 애는 말이 없는 편이었거든요. 젊은이들보다 나이든 사람들한테 인기가 더 많았어요."

"특별한 친구라도 사귀었나요?"

그녀가 충분히 알겠다는 듯이 그를 바라보았다.

"대령님께서 의미하는 그런 의미의 친구는 없었어요. 아니, 적어도 제가 아는 범위 내에서는 없었어요. 하긴 있었다 해도 저한테는 얘기하지 않았겠네요."

멜쳇은 잠깐 동안 그 이유가 뭔지 궁금했다. 조시가 엄한 사람 같은 인상을 주지는 않았기 때문이었다. 그러나 그는 그저 이렇게만 물었다.

"언제 사촌을 마지막으로 보았는지 얘기해 주시겠습니까?"

"어젯밤이었어요. 그 애와 레이먼드가 두 차례 댄스 공연을 선보이기로 되어 있었죠. 10시 30분과 자정 공연이었어요. 그들은 첫 번째 공연을 끝냈죠. 그 다음에 루비가 호텔에서 묵고 있던 젊은 남자랑 춤추고 있는 걸 봤어요. 저는 그때 라운지에서 몇몇 손님들과 브리지를 하고 있었고요. 라운지와 댄스홀 사이에는 유리로 된 칸막이가 있어요. 그것이 그 애를 마지막으로 본 거였어요. 자정 직후에 레이먼드가 어쩔 줄 몰라 하며 루비가 어디 있냐고, 댄스를 시작할 시간인데 그 애가 아직 나타나지 않았다고 하는 거예요. 저는 정말 화가 치밀었어요! 그런 멍청한 짓거리를 해서 호텔 측에 폐를 끼치면 해고를 당하게 된다고요! 저는 레이먼드와 함께 그 애의 방으로 올라갔지만, 방은 비어 있더군요. 저는 그 애가 옷을 갈아입었다는 걸 알아차렸어요. 춤을 출 때 입던 팔랑거리는 분홍색 드레스가 의자 위에 걸려 있었거든요. 수요일 밤처럼 스페셜 댄스를 출 때 이외에는 보통 같은 드레스를 입었어요.

저는 그 애가 어디 갔는지 짐작조차 할 수가 없었어요. 저희는 악단에게 폭스트롯을 한 곡 더 연주해 달라고 했지만 그때까지도 루비는 나타나지 않더군요. 그래서 저는 레이먼드에게 제가 대신 댄스 공연을 하겠다고 말했죠. 제 발목을 감안해서 저희는 쉬운 곡을 골랐고 춤을 빨리 끝냈어요. 하지만 그런데도 발목이 너무 아팠어요. 아침이 되자 퉁퉁 부어오르더라고요. 아무튼 그때까지도 루비는 나타나지 않았어요. 저희는 2시까지 자지 않고 그 애를 기다렸죠. 저는 화가 나서 펄펄 뛸 지경이었어요."

그녀의 목소리가 약간 떨렸다. 멜쳇은 그 말투에서 그녀가 정말 화가 났다는 것을 느꼈다. 그는 한순간 의아한 생각이 들었다. 그녀의 반응은 사실에 의해 정당화되기에는 좀 지나친 감이 있었다. 그는 그녀가 뭔가 일부러 말하지 않았다는 느낌을 받았다. 그가 말했다.

"그리고 오늘 아침까지 루비 킨이 돌아오지 않은 데다 침대에는 잠을 잔 흔적이 없어서 경찰서에 가셨군요?"

그는 데이머스에서 걸려온 슬랙의 짧은 전화 메시지를 통해 사실은 그렇지 않다는 것을 알고 있었다. 조세핀 터너가 뭐라고 말할지 떠보려는 것이었다.

그녀는 망설이지 않고 대답했다.

"아뇨, 저는 경찰에 신고하지 않았어요."

"왜죠, 터너 양?"

그녀의 시선이 그와 정면으로 부딪쳤다.

"제 입장이었어도 그렇게 하지 않으셨을걸요!"

"그건 왜죠?"

조시가 말했다.

"저는 직장을 먼저 챙겨야 돼요. 호텔에서 제일 싫어하는 게 바로 스캔들이에요…… 특히 경찰을 끌어들이는 일이죠. 저는 루비에게 무슨 일이 생겼다고는 생각하지 않았어요. 한순간도요! 저는 루비가 어느 젊은 남자 때문에 바보 같은 짓을 한 줄만 알았어요. 그래서 무사히 나타날 거라고만 생각했고…… 그 애가 나타나면 단단히 혼내주려고 벼르고 있었어요! 열여덟 살짜리 여자애들은 그렇게나 어리석으니까요."

멜쳇은 자신의 메모를 대충 훑어보는 척했다.

"아, 경찰에 연락한 사람은 제퍼슨 씨라는 분으로 되어 있군요. 호텔에 묵고 있는 손님 중 한 분인가요?"

조세핀 터너는 짧게 대답했다.

"네."

멜첼 대령이 다시 물었다.

"이 제퍼슨 씨는 왜 신고했을까요?"

재킷의 소매를 어루만지는 조시의 태도에는 어색한 점이 있었다. 멜첼 대령은 또 다시 그녀가 뭔가 숨기고 있다는 느낌을 받았다. 그녀는 약간 무뚝뚝하게 대답했다.

"그분은 환자예요. 그래서 쉽게 안달을 하곤 해요."

멜첼은 다음 질문으로 넘어갔다.

"당신이 마지막으로 봤을 때 사촌이랑 춤추고 있던 젊은 남자는 누구였습니까?"

"바틀렛이라는 사람이에요. 그 호텔에서 열흘 정도 쯤 묵고 있었어요."

"두 사람은 아주 친한 사이였나요?"

"딱히 그렇지는 않았던 것 같아요. 어쨌든 제가 아는 한은 그렇지 않아요."

그녀의 목소리에서 다시 한 번 화난 듯한 묘한 느낌이 묻어 나왔다.

"그 사람은 뭐라던가요?"

"둘이 춤추고 난 다음에 루비가 화장을 고친다고 위층으로 올라갔다고 하더군요."

"그때 옷을 갈아입은 건가요?"

"그런 것 같아요."

"그럼 거기까지 아시는 거죠? 그 다음에 그녀는 그냥……."

"맞아요, 사라졌죠."

조시가 말했다.

"혹시 세인트 메리 미드나 이 근방에 킨 양이 아는 사람이라도 있었나요?"

"모르겠어요. 아는 사람이 있었을지도 모르죠. 여기저기에서 꽤 많은 젊은 남자들이 여기 데인머스의 머제스틱에 오거든요. 그 사람들이 얘기라도 하지 않는 한 어디에 사는지는 알 수가 없죠."

"사촌이 가싱턴에 대해 얘기한 적이 있습니까?"

"가싱턴?"

조시는 분명히 어리둥절해 보였다.

"가싱턴 홀요."

그녀는 고개를 저었다.

"들어 본 적이 없는데요."

그녀의 목소리는 확신에 차 있었고, 거기에는 호기심도 섞여 있었다.

"가싱턴 홀은 그녀가 시신으로 발견된 곳입니다."

멜쳇 대령이 설명했다.

"가싱턴 홀에서요?"

그녀가 눈을 동그랗게 떴다.

"정말 희한한 일이네요!"

'말 그대로 희한하지!'

멜쳇이 혼자 생각한 후에 소리 내어 말했다.

"밴트리 대령이나 부인을 아시나요?"

조시는 다시 고개를 저었다.

"그럼 베이즐 블레이크 씨는요?"

그녀는 얼굴을 살짝 찡그렸다.

"그 이름은 들어 본 것 같아요. 네, 확실히 들어 봤어요. 하지만 그 사람에 대한 것은 하나도 기억이 안 나요."

부지런한 슬랙 경감이 자신의 공책에서 뜯은 종이 한 장을 상사에게 건넸다. 거기에는 연필로 이렇게 적혀 있었다.

'밴트리 대령은 지난주에 머제스틱에서 식사를 했습니다.'

멜쳇이 고개를 들자 경감의 시선과 마주쳤다. 경찰서장은 얼굴이 달아오르는 것을 느꼈다. 슬랙은 지나치게 부지런하고 일에 열을 올렸기 때문에 멜쳇은 그를 싫어했다. 그러나 도전을 무시할 수는 없었다. 경감은 멜쳇이 그와 같은 계급 사람을 감싼다고, 즉 같은 학교 출신을 보호한다고 암묵적으로 비난하고 있었던 것이다.

그는 조시를 향해 말했다.

"터너 양, 괜찮으시다면 가싱턴 홀까지 같이 가 주시기 바랍니다."

조시가 작은 목소리로 그러겠다고 하는 것도 거의 무시한 채, 멜쳇은 슬랙에게 차갑고 도전적인 눈길을 던졌다.

제4장

I

세인트 메리 미드는 오랜만에 매우 흥미진진한 아침을 맞이하고 있었다. 코가 길고 성격이 까다로운 노처녀 웨더비 양이 제일 먼저 이 흥분되는 소식을 퍼뜨렸다. 그녀는 이웃에 사는 친구 하트넬 양의 집에 들렀다.

"이렇게 일찍 찾아와서 실례가 될지도 모르겠지만, 아직 그 소식을 못 들었을 지도 모른다는 생각이 들어서요."

"무슨 소식인데요?"

하트넬 양이 굵은 저음으로 이렇게 물었다. 그녀는 빈민들이 기를 쓰고 자신의 봉사 활동을 피하려고 해도 굴하지 않고 그들을 방문하고 있었다.

"밴트리 대령의 서재에 시체가 있었대요. 여자의 시체가요."

"밴트리 대령의 서재에요?"

"네, 너무 끔찍하지 않아요?"

"부인이 불쌍하네."

하트넬 양은 마음속 깊은 곳에서 올라오는 짜릿한 쾌감을 숨기려고 했다.

"그건 그래요. 부인이야 아마 아무것도 모르고 있었겠죠."

웨더비 양의 말에 하트넬 양이 비난하듯이 말했다.

"밴트리 부인은 정원에만 지나치게 신경 쓰면서 남편한테는 너무 무심했어요. 남자들에게서는 잠시도, 절대 잠시도 눈을 떼면 안 된다니까요."

하트넬 양이 우악스럽게 반복하며 말을 마무리지었다.

"맞아요, 맞아. 그러면 정말 큰일 나죠."

"제인 마플이 뭐라고 할지 궁금하네요. 그녀가 뭔가 알고 있는 것 같아요? 그녀는 이런 일에 아주 민감하잖아요."

"제인 마플은 벌써 가싱턴에 다녀갔어요."

"네? 오늘 아침에요?"

"아주 일찍 다녀갔대요. 아침 식사 전에요."

"어머나! 그럴 줄 알았어요! 그건 뭐랄까, 도가 지나친 거 아닐까요? 제인이 간섭하기 좋아한다는 건 다들 아는 사실이지만…… 그건 주제 넘는 짓이에요!"

"그건 그래요, 하지만 그녀를 부른 건 밴트리 부인이래요."

"밴트리 부인이 불렀다고요?"

"차까지 보냈대요. 머스웰이 운전을 하고요."

"어머나, 별 이상한 일도 다 있네요."

그들은 그 소식을 곱씹으면서 일이 분 정도 입을 다물고 있었다.

"누구의 시체였대요?"

하트넬 양이 캐물었다.

"베이즐 블레이크랑 같이 온 그 천박한 여자 알죠?"

"머리를 금발로 물들인 그 끔찍한 여자요?"

하트넬 양은 약간 시대에 뒤떨어진 사람이었다. 그녀에게 과산화수소로 머리를 염색한다는 것은 꿈도 못 꿀 일이었다.

"거의 벗다시피 하고 정원에서 뒹굴뒹굴하던 그 여자죠?"

"맞아요. 그 여자가…… 벽난로 앞 양탄자 위에서 목이 졸려 살해되어 있었대요!"

"이게 대체 무슨 일이래요……. 하필 가싱턴에서!"

웨더비 양은 매우 의미심장하게 고개를 끄덕였다.

"그럼 밴트리 대령도?"

웨더비 양은 다시 고개를 끄덕였다.

"이런!"

두 사람이 마을의 스캔들에 추가된 이 새로운 이야기를 기분 좋게 음미하는 동안 잠깐 대화가 중단되었다.

"음탕한 여자 같으니라고!"

하트넬 양이 격해져서 떠벌렸다.

"정말 파렴치하지 뭐예요!"

"게다가 밴트리 대령이라니……. 그렇게 착실하고 조용한 남자가……."

웨더비 양은 열을 내며 말했다.

"그렇게 조용한 남자들이 대개 최악이라니까. 제인 마플이 늘 그렇게 말하잖아요."

II

프라이스 리들리 부인은 그 소식을 가장 늦게 접한 사람 중 한 명이었다. 부자인 데다가 오만한 이 미망인은 목사관 옆에 있는 대저택에 살고 있었다. 그녀에게 이 소식을 알려 준 사람은 어린 하녀 클라라였다.

"여자라고 했니, 클라라? 밴트리 대령님 댁의 벽난로 앞 양탄자에서 발견된 시체가?"

"네, 마님. 게다가 그 여자는 아무 것도 안 걸치고 있었대요, 마님, 실오라기 하나도요!"

"그만하면 됐어, 클라라. 시시콜콜한 얘기까지 할 필요는 없어."

"네, 마님, 그런데 사람들이 처음에는 블레이크 씨가 데려온 젊은 여자인 줄 알았대요. 주말마다 부커 씨의 새 집에 블레이크 씨랑 같이 오는 그 여자 말이에요. 하지만 이제는 전혀 다른 아가씨라고 하더라고요. 생선 가게 아들은 밴트리 대령님이 그런 짓을 하리라고

는 꿈에도 생각지 못했다고 얘기하고 있어요. 일요일이면 헌금 접
시를 돌리던 그런 분이 말이죠."

"세상에는 부도덕한 사람들이 많아, 클라라."

프라이스 리들리 부인이 말했다.

"이걸 교훈으로 삼도록 해."

"네, 마님. 저희 어머니는 남자가 있는 집엔 들어가지도 못하게
하신답니다."

"그거 괜찮구나, 클라라."

프라이스 리들리 부인이 말했다.

III

프라이스 리들리 부인의 집에서 목사관까지는 엎드리면 코 닿는
거리였다. 프라이스 리들리 부인은 다행히도 서재에서 목사를 만날
수 있었다. 점잖은 중년의 목사는 늘 제일 마지막으로 온갖 소식들
을 접했다. 프라이스 리들리 부인이 서둘러 오느라고 약간 숨을 헐
떡이면서 말했다.

"그런 끔찍한 일에는 목사님의 의견을 들어야 할 것 같아서요. 목
사님께서 그 일에 대해 조언을 해 주세요."

클레멘트 씨는 약간 놀란 것 같았다.

"무슨 일이 있었습니까?"

"무슨 일이 있었냐고요?"

프라이스 리들리 부인은 질문을 과장되게 되풀이해서 말했다.

"가장 끔찍한 스캔들이에요! 아무도 그 일을 모르고 있었어요. 어느 음탕한 여자가 완전히 발가벗은 채 밴트리 대령의 벽난로 앞 양탄자 위에서 목이 졸려 죽어 있었대요."

목사가 눈을 동그랗게 뜨고 쳐다보았다.

"부인, 지금 제정신으로 하는 말씀이세요?"

"믿지 못하시는 게 당연해요! 저도 처음에는 믿을 수 없었거든요. 남자의 위선이라니! 어떻게 지금까지 그럴 수가 있담!"

"도대체 무슨 일인지 정확하게 얘기해 주세요."

프라이스 리들리 부인은 신이 나서 이야기에 열중했다. 그녀가 이야기를 끝냈을 때 클레멘트 씨가 조심스럽게 물었다.

"하지만 밴트리 대령이 이 사건에 관련되었다는 증거는 없지 않습니까?"

"이런, 목사님은 세상물정을 너무 모르세요! 하지만 제가 한 가지 얘기를 해 드릴게요. 지난 목요일인가…… 아니, 그 전주 목요일이었던가? 그거야 아무래도 상관없죠. 아무튼 저는 기차의 3등석을 타고 런던으로 가고 있었어요. 밴트리 대령도 같은 기차에 타고 있었죠. 그 사람은 굉장히 멍해 보였어요. 가는 동안에도 내내 《타임스》로 얼굴을 가리고 있더라고요. 얘기하고 싶지 않은 것처럼 말이에요."

목사는 완전히 납득하고 공감했다는 듯이 고개를 끄덕였다.

"패딩턴에서 안녕히 가시라고 인사했더니 밴트리 대령은 저한테 택시를 잡아주겠다고 했어요. 하지만 저는 옥스퍼드 가까지 버스를 타겠다고 했죠. 그러자 그는 택시를 한 대 잡아탔고, 저는 그 사람이 운전수에게 어디로 가자고 하는지 똑똑히 들었어요. 어디였을 것 같아요?"

클레멘트 씨는 되묻는 듯한 얼굴로 쳐다보았다.

"세인트 존스 우드*였어요!"

프라이스 리들리 부인은 의기양양해서 말을 잠시 멈추었다. 목사는 여전히 영문을 모른 채 어리둥절해 있었다.

"그것으로 모든 것이 증명될 거라고 생각해요."

프라이스 리들리 부인이 말했다.

IV

가싱턴에서는 밴트리 부인과 마플 양이 응접실에 앉아 있었다. 밴트리 부인이 말했다.

"시체를 치워 줘서 다행스런 마음이 드는 건 어쩔 수가 없네요. 집 안에 시체를 두는 건 기분 좋은 일이 못 되요."

마플 양이 고개를 끄덕였다.

"알아요. 어떤 느낌일지 잘 알아요."

"아뇨. 똑같은 일을 겪기 전까지는 알 수 없을 거예요. 옆집에서

---

* 런던 북서부 지역.

시체가 발견된 일이 한 번 있다는 건 알고 있지만 같은 경우는 아니니까요."

그녀는 계속해서 말했다.

"저는 아서가 서재를 싫어하게 되지 않기만을 바랄 뿐이에요. 우리는 거기서 많은 시간을 보내거든요. 왜 그러세요, 제인?"

마플 양이 손목시계를 쳐다보면서 일어서고 있었다.

"슬슬 집에 가야 될 것 같아서요. 더 해 드릴 일이 없다면요."

"아직 가지 마세요. 지문 채취사나 촬영 담당자, 경찰들은 대부분 돌아갔지만 아직도 무슨 일이 벌어질 것만 같은 느낌이 들어요. 당신도 그런 일을 놓치고 싶지는 않겠죠?"

그때 전화벨이 울렸고 밴트리 부인은 전화를 받으러 갔다. 이윽고 그녀가 기쁨에 넘치는 얼굴로 돌아왔다.

"제가 무슨 일이 더 벌어질 거라고 그랬죠? 멜쳇 대령의 전화였는데요, 그 사람이 죽은 여자의 사촌을 데려온대요."

"왜 그럴까요?"

마플 양이 말했다.

"사건이 일어난 현장 같은 걸 확인하려는 모양이죠."

"그 이상일 것 같은데요."

"무슨 말씀이세요, 제인?"

"어쩌면…… 멜쳇 대령이 그 여자가 밴트리 대령과 만나기를 원할지도 모른다는 생각이 들어서요."

밴트리 부인이 날카롭게 말했다.

"그 여자가 남편을 알아보는지 확인하려고요? 그렇고 말고요. 아서가 의심받지 않을 수 없겠죠."

"그런 것 같아요."

"아서가 이 일과 무슨 연관이라도 있다는 것 같잖아요!"

마플 양은 입을 다물었다. 밴트리 부인은 그녀를 향해 따지듯이 말했다.

"헨더슨 대령처럼 하녀랑 놀아난 변태 같은 노인네들 얘기는 하지도 마세요. 아서는 그런 사람이 아니에요."

"그럼요, 물론 그런 분이 아니죠."

"네, 하지만 제 남편은 정말 달라요. 그 사람도 가끔씩 테니스 치러 오는 예쁜 아가씨들한테 약간 주책을 부리기는 하죠. 철없이 군다든가 친절하게 대한다든가 하면서요. 하지만 딴마음이 있어서 그러는 건 아니에요. 그리고 그러지 말아야 할 이유라도 있나요? 어쨌든……."

밴트리 부인이 말끝을 약간 흐렸다.

"저한테는 정원이라도 있잖아요."

마플 양이 미소 지으며 말했다.

"걱정할 것 없어요, 돌리."

"네, 그럴 생각은 없었어요. 그런데 갑자기 약간 걱정이 돼요. 아서도 그렇고요. 그 일 때문에 아서는 심란해졌어요. 경찰들이 온통 기웃거리고 다니니까요. 그래서 농장으로 가 버렸어요. 남편은 화나는 일이 있을 때면 늘 돼지를 보살피거나 하면서 마음을 진정시키곤 하거든요. 저기 그 사람들이 왔네요."

경찰서장의 차가 바깥에 멈춰 섰다. 멜쳇 대령은 말쑥하게 차려 입은 젊은 여자를 데리고 들어섰다.

"이 분은 터너 양이십니다, 밴트리 부인. 피해자의 사촌이죠."

"안녕하세요?"

밴트리 부인이 먼저 손을 내밀면서 말했다.

"이번 일 때문에 심려가 크시겠어요."

조세핀 터너는 솔직하게 말했다.

"네, 그래요. 이런 일은 어쩐지 실감이 나지 않아요. 마치 악몽을 꾸는 것 같아요."

밴트리 부인은 마플 양을 소개했다.

멜쳇은 아무렇지 않은 듯이 물었다.

"바깥 양반께서는요?"

"농장에 일이 있어서요. 곧 돌아올 거예요."

"아……."

멜쳇은 좀 당황한 것 같았다.

밴트리 부인이 조시에게 말했다.

"그 사건이 일어난 곳을 보시겠어요? 아니면 혹시 별로 보고 싶 지 않으신가요?"

조세핀은 잠시 머뭇거리고 나서 대답했다.

"네, 보여 주시겠어요?"

밴트리 부인은 그녀를 서재로 안내했고, 마플 양과 멜쳇이 뒤따랐다. 밴트리 부인이 과장된 몸짓으로 시체가 있던 자리를 가리키며 말했다.

"바로 거기 있었어요. 벽난로 앞 양탄자 위에요."

"아!"

조시는 사촌이 죽은 자리를 보고 몸서리쳤다. 그러나 한편으로는 당황한 것 같기도 했다. 그녀는 눈썹을 찡그리면서 말했다.

"도무지 이해할 수가 없어요! 어떻게 이런 일이!"

"우리도 그렇답니다."

밴트리 부인이 말했다.

조시는 천천히 말했다.

"그럴만한 장소가 아닌데……."

그리고 갑자기 입을 다물었다.

마플 양은 그녀가 미처 다 끝내지 못한 얘기에 동의하며 조용히 고개를 끄덕였다. 그녀는 이렇게 중얼거렸다.

"그래서 일이 이렇게 흥미로워진 거지."

멜쳇 대령이 친근하게 말했다.

"자, 마플 양, 이 사건을 설명하실 수 있겠습니까?"

마플 양이 말했다.

"오, 그럼요. 설명할 수는 있어요. 상당히 가능성 있는 얘기죠. 하지만 물론 제 생각일 뿐이에요."

그녀는 얘기를 계속했다.

"토미 본드와 새로 온 선생님인 마틴 부인 이야기 같은 거예요.

그녀가 시계 태엽을 감으러 갔을 때 시계 안에서 개구리가 튀어나왔더랬죠."

조세핀 터너는 당황한 것 같았다. 그들이 모두 방에서 나왔을 때 그녀는 밴트리 부인에게 속삭였다.

"저 노부인은 머리가 좀 이상한가요?"

"아뇨, 당치도 않아요."

밴트리 부인이 화난 목소리로 말했다.

조시가 말했다.

"죄송합니다. 저분이 루비가 개구리라도 되는 것처럼 생각하는 줄 알았어요."

그때 밴트리 대령이 옆문으로 들어서고 있었다. 멜쳇이 그를 맞아들였고, 조세핀 터너와 서로 인사시켜 주면서 그녀의 표정을 살폈다. 그러나 그녀의 얼굴에는 아무런 관심도, 알아보는 기미도 보이지 않았다. 멜쳇은 안도의 한숨을 내쉬었다. 그는 슬랙이 빈정거린 것을 생각하며 속으로 저주를 퍼부었다.

조시는 밴트리 부인의 질문에 대답하느라 루비 킨이 실종된 이야기를 털어놓고 있었다.

"많이 걱정했겠네요."

밴트리 부인이 말했다.

"걱정했다기보다 화가 났어요. 그때는 그 애한테 무슨 일이 생긴 줄 몰랐으니까요."

조시가 말했다.

"그래도 경찰에 신고했잖아요. 실례입니다만, 그건 좀 조급했던 것이 아닐까요?"

마플 양이 말했다.

"아, 하지만 제가 한 게 아니에요. 경찰에 연락한 사람은 제퍼슨 씨였어요."

조시의 진지한 대답에 밴트리 부인이 물었다.

"제퍼슨 씨요?"

"네, 몸이 좀 불편한 분이시죠."

"콘웨이 제퍼슨은 아니겠죠? 그 사람이라면 잘 알고 있는 걸요. 우리와 오랜 친구 사이니까요. 아서, 들었어요? 콘웨이 제퍼슨이래요. 그가 머제스틱 호텔에 묵고 있고, 경찰에 신고한 것도 그 사람이래요! 정말 우연의 일치네요!"

조세핀 터너가 말했다.

"제퍼슨 씨는 작년에도 여기 오셨어요."

"어머! 우리는 까맣게 모르고 있었어요. 못 본 지 꽤 오래되었거든요."

그녀는 조시를 향해 물었다.

"그 사람, 요즘은 어때요?"

조시는 신중하게 대답했다.

"제퍼슨 씨는 훌륭한 분이라고 생각해요. 정말 굉장히 멋진 분이세요. 늘 유쾌하고…… 언제나 농담을 하시죠."

"가족들도 거기 같이 있고요?"

"개스켈 씨요? 그리고 젊은 제퍼슨 부인이랑 피터 말씀이시죠? 그렇고 말고요."

조세핀 터너는 평상시처럼 애교 넘치는 시원시원한 태도로 말했지만, 거기에는 뭔가 감추고 있는 것이 있었다. 제퍼슨 가족에 대해 얘기할 때 그녀의 목소리에는 어딘가 모르게 어색한 구석이 있었다.

밴트리 부인이 말했다.

"제퍼슨 씨네 가족들은 굉장히 좋은 사람들이에요, 그렇죠? 젊은 사람들 말이에요."

조시는 약간 애매하게 대답했다.

"네, 그럼요. 저는…… 우리는…… 네, 정말 그래요."

V

밴트리 부인은 경찰서장의 차가 멀어져 가는 것을 창밖으로 내다보면서 물었다.

"그런데 그게 무슨 뜻이었을까요? 그들이 정말 그렇다니. 제인, 뭔가 있는 것 같은 느낌이 들지 않아요?"

마플 양은 진지하게 얘기하기 시작했다.

"네, 그래요. 저도 그렇게 생각해요. 틀림없어요! 제퍼슨 씨 가족 얘기가 나오자 조시의 태도가 순식간에 바뀌었어요. 그때까지는 상당히 자연스러운 것 같았는데."

"하지만 그 이유가 뭐라고 생각하세요, 제인?"

"글쎄요, 그 가족을 아는 사람은 당신이잖아요. 제 마음에 걸리는 건 당신 말처럼 그들에게 조시를 마음 졸이게 하는 뭔가가 있다는 사실이에요. 그리고 이상한 점이 한 가지 더 있었어요. 당신이 사촌이 없어져서 걱정하지 않았냐고 물었을 때 그 아가씨는 화가 났었다고 얘기했어요! 실제로 화난 것처럼 보였고요. 진짜 화가 난 것처럼! 그 점은 흥미롭더군요. 틀렸을지도 모르지만, 사촌의 죽음이라는 현실에 접했을 때 그녀의 반응도 주로 그랬을 거란 느낌이 들어요. 그녀는 죽은 사촌을 좋아하지 않았던 게 확실해요. 적어도 슬퍼하고 있지는 않아요. 그녀는 분명히 그 루비 킨이라는 소녀를 생각하기만 하면 화가 나나 봐요. 그렇다면 왜 그런가 하는 것이 흥미로운 점이죠."

"우리가 알아내요!"

밴트리 부인이 말했다.

"데인머스에 가서 머제스틱에 머물면서……. 그래요, 제인. 당신도 같이 가요. 여기서 그런 일이 일어나고 했으니 기분전환을 해야겠어요. 머제스틱에서 며칠 지내 봐요. 우리에게 필요한 건 바로 그거예요. 그러면 콘웨이 제퍼슨도 만나게 될 거예요. 그는 참 좋은 사람이에요. 그런데 정말이지 상상할 수 없을 만큼 슬픈 일이 있었답니다. 그는 아들과 딸을 끔찍이 사랑했죠. 자식들은 둘 다 결혼한 후에도 집에 자주 놀러왔답니다. 그의 아내도 아주 상냥한 사람이었는데, 그 또한 아내를 지극정성으로 아꼈죠.

그런데 그들이 몇 년 전에 비행기를 타고 프랑스에서 집으로 오던 중에 사고가 일어났어요. 비행기 조종사, 제퍼슨 부인, 딸 로잘먼드, 아들 프랭크까지 모두 목숨을 잃었죠. 콘웨이는 두 다리를 심하게 다쳐서 수술로 절단해야만 했고요. 하지만 그는 굉장한 사람이었어요. 그의 용기와 담력은 정말 대단해요! 매우 활동적인 사람이었던 그가 불구가 된 거죠. 하지만 그는 절대로 불평하는 법이 없어요. 지금은 그의 며느리가 그와 함께 살고 있어요. 그녀는 전 남편과 사별한 후에 프랭크 제퍼슨과 결혼했고, 첫 번째 결혼에서 피터 카모디라는 아들을 두고 있었죠. 이 두 사람은 콘웨이와 같이 살아요. 그리고 로잘먼드의 남편인 마크 개스켈이 대개 그들과 같이 지내죠. 너무 끔찍한 비극이었어요."

"그리고 이제, 비극이 한 편 더 일어났군요."

마플 양이 말했다.

"그래요……. 하지만 제인, 이건 제퍼슨 씨 가족과는 아무 상관도 없는 일이잖아요."

"과연 그럴까요? 경찰에 알린 사람은 제퍼슨 씨잖아요."

마플 양이 말했다.

"그랬죠. 그건 좀 이상하네요……."

제5장

I

멜첫 대령은 매우 성가신 호텔 지배인을 상대하고 있었다. 그의
옆에는 글렌셔 경찰서의 하퍼 총경이 있었고 슬랙 경감도 어김없이
함께했다. 슬랙 경감은 경찰서장이 멋대로 수사 영역을 침범한 것
에 약간 심술이 나 있었다.

하퍼 총경은 거의 울먹거리는 프레스트콧 지배인을 위로하려 했
지만, 멜첫 대령은 무뚝뚝하고 인정사정없이 다그쳤다.

"이미 엎질러진 물입니다."

그는 따끔하게 말했다.

"그 여자는 죽었어요. 목이 졸린 채로 말입니다. 그 여자가 당신
호텔에서 목 졸려 죽지 않은 것만 해도 다행인 줄 아세요. 덕분에

다른 주에서 수사를 맡게 돼서 이 호텔은 아주 가볍게 연루될 뿐이니까요. 하지만 어느 정도는 조사를 해야만 하니 빨리 진척시킬수록 좋습니다. 신중하고 빈틈없이 수사를 진행하리란 점은 믿어도 좋아요. 그럼 본론부터 얘기해 보시죠. 그 여자에 대해서 구체적으로 어떤 것을 알고 계십니까?"

"저는 루비에 대해 아무것도 몰랐습니다. 조시가 데려왔거든요."

"조시는 여기 꽤 오래 있었나요?"

"2년…… 아니 3년입니다."

"조시가 마음에 드십니까?"

"네, 조시는 착한 아가씨입니다. 좋은 여자죠. 유능하고요. 조시는 사람들하고도 잘 지내고, 문제가 생겨도 원만하게 해결하는 편이에요. 아시다시피 브리지는 까다로운 게임이거든요."

멜쳇 대령은 이해한다는 듯이 고개를 끄덕였다. 그의 아내는 브리지에 푹 빠져 있지만 솜씨는 굉장히 서툴렀다. 프레스트콧 씨는 얘기를 계속했다.

"조시는 손님들 간에 언쟁이 생겨도 아주 능숙하게 처리한답니다. 사람을 다룰 줄 아는 거죠. 꽤 똑똑하고 야무진 아가씨니까요."

멜쳇은 다시 한 번 고개를 끄덕였다. 그는 이제 조세핀 터너 양이 연상시켰던 것이 무엇인지 깨달았다. 화장과 말쑥한 옷차림에도 불구하고 그녀에게는 분명히 보모 같은 분위기가 풍겼다.

"저는 그녀에게 의지하고 있습니다."

프레스트콧은 얘기를 계속했다. 그의 태도는 점점 분노로 바뀌었다.

"도대체 왜 바보같이 미끄러운 바위 있는 데로 놀러가고 싶어 안달인지. 여기도 멋진 해변이 있는데 말입니다. 여기서 일광욕하면 안 된답니까? 미끄러져서 발목이나 삐고 말이죠. 전 정말 난감했습니다. 춤추고 브리지 게임을 하고 사람들을 즐겁게 하라고 급료를 줬지 그런 바위에서 해수욕하다가 발목이나 삐라고 돈을 준 게 아니란 말입니다. 댄서들은 발목을 다치지 않도록 조심해야 합니다. 위험한 일을 하면 안 되죠. 그 일 때문에 아주 성가시게 됐지 뭡니까. 호텔로서는 난처한 일이었으니까요."

멜쳇은 그가 구구절절이 얘기하는 것을 가로막았다.

"그래서 조시가 그 여자…… 자기 사촌을 데려오자고 했군요?"

프레스트콧은 마지못해 동의했다.

"맞아요. 아주 좋은 생각인 것 같았습니다. 저는 급료를 따로 더 지불하지 않을 생각이었죠. 루비도 돈을 벌 수 있었지만, 급료라면 그녀와 조시 사이에서 결정할 문제였어요. 그렇게 해서 그녀를 채용하기로 합의된 거죠. 전 그녀에 대해 아무 것도 몰랐습니다."

"하지만 아무 문제없이 일을 잘 했지 않습니까?"

"그럼요. 그녀한테는 아무 문제도 없었죠. 어쨌든 겉으로 보기엔 말입니다. 물론 그녀는 너무 어렸고 이런 장소에 어울리기엔 어쩌면 좀 싸구려 티가 나는 스타일이긴 했지만, 예의가 바르고 조용했으며 행실도 단정했습니다. 춤을 잘 춰서 인기도 많았죠."

"예뻤습니까?"

푸르죽죽하게 부풀어 오른 얼굴을 보고 판단하기에는 어려운 문제였다.

프레트스콧은 깊이 생각한 후에 대답했다.

"어지간한 정도였죠. 약간 족제비상이었습니다. 맨얼굴은 별로 볼품없었을 겁니다. 실제로 화장을 한 덕분에 꽤 예쁘게 보일 수 있었죠."

"젊은 남자들이 많이 쫓아다니지 않았습니까?"

프레스트콧은 흥분했다.

"어떤 취지로 얘기하시는지는 잘 알겠습니다만, 그런 건 전혀 못 봤습니다. 특별한 건 없었어요. 한두 명이 집적대긴 했지만. 그 정도야 흔히 있는 일이지, 목을 맬 정도는 아니었던 것 같습니다. 그녀는 나이든 사람들한테도 인기가 좋았죠. 재잘거리면서 얘기하면 영락없는 어린애였으니까요. 그러면 그들은 아주 재미있어했죠."

하퍼 총경은 매우 우울한 목소리로 물었다.

"예를 들어 제퍼슨 씨처럼요?"

지배인은 이 말에 동의했다.

"네, 제퍼슨 씨도 제가 이 얘기를 하면서 염두에 두고 있던 분입니다. 루비는 제퍼슨 씨나 그 댁 가족들과 자주 어울리곤 했습니다. 제퍼슨 씨는 때때로 그녀를 데리고 드라이브를 가기도 했어요. 제퍼슨 씨는 젊은 사람들을 굉장히 좋아하고 잘해 주십니다. 오해가 없으라고 말씀드리는데, 제퍼슨 씨는 장애인이십니다. 그분은 휠체어로 갈 수 있는 곳 외에는 별로 돌아다닐 수가 없으시죠. 하지만 늘 젊은이들의 즐거운 모습을 보는 걸 아주 좋아하세요. 테니스랑 해수욕하는 걸 구경하시기도 하고 여기서 젊은이들을 위해 파티를 열어 주기도 하시죠. 게다가 있을 법도 한 어두운 구석이 없으십니다. 굉장히 인기 있고 성격도 좋은 분인 것 같아요."

멜쳇이 물었다.

"그리고 루비 킨에게 관심을 가지고 있었고요?"

"그녀의 얘기를 듣는 걸 재미있어하셨겠죠."

"그분의 가족들도 루비를 좋아했나요?"

"네. 언제나 그녀에게 아주 친절했어요."

하퍼가 말했다.

"그녀가 실종된 사실을 경찰에 알린 사람이 그분이었죠?"

그는 중요한 의미와 비난을 용케 이렇게 표현했지만, 지배인은 질문을 듣자마자 즉시 이렇게 대답했다.

"제 입장에서 한번 생각해 보세요, 하퍼 씨. 저는 뭔가 잘못되었다고는 꿈에도 생각하지 않았습니다. 제퍼슨 씨가 대단히 흥분해서 맹렬한 기세로 제 사무실에 오셨죠. 루비가 자기 방에서 잠을 자지 않았다, 어젯밤에 춤을 출 차례에 나타나지 않았다, 아마 드라이브를 나갔다가 사고를 당한 게 틀림없을 거다, 즉시 경찰에 알려야 한다! 조사를 해야 한다! 그분은 흥분했고 상당히 고자세였습니다. 그때 거기서 경찰서에 전화를 하신 거죠."

"터너 양과 상의하지도 않고요?"

"조시는 별로 그렇게 하고 싶어 하지 않았습니다. 척 보기에도 그랬습니다. 그녀는 그런 일이 일어난 것에 대해 몹시 불쾌해하고 있었습니다. 루비한테 화가 나 있었던 거죠. 하지만 그녀가 뭐라고 할 수 있었겠습니까?"

멜쳇이 말했다.

"제 생각엔 제퍼슨 씨를 만나 보는 것이 좋을 것 같군요. 그렇지, 하퍼?"

하퍼 총경이 동의했다.

II

프레스트콧은 두 사람을 콘웨이 제퍼슨의 스위트룸으로 안내했다. 그의 방은 바다가 바라다 보이는 2층에 있었다. 멜쳇은 깊이 생각하지 않고 이렇게 물었다.

"꽤 떵떵거리고 사는군요, 돈이 많나 보죠?"

"네, 상당히 부자인 것 같습니다. 여기 와서 돈을 아끼시는 모습은 본 적이 없어요. 최고급 방에 묵고 식사는 보통 일품 요리로 먹고, 값비싼 와인을 마시고…… 모든 것이 초일류죠."

멜쳇이 고개를 끄덕였다.

프레스트콧이 덧문을 가볍게 두드리자 여자 목소리가 들렸다.

"들어와요."

지배인은 문을 열고 들어갔고, 나머지 사람들도 그를 따라 들어갔다.

한 여자가 창가에 앉아 있다가 그들이 들어가자 고개를 돌렸다. 프레스트콧은 미안해하는 태도로 말했다.

"방해해서 죄송합니다, 제퍼슨 부인. 하지만 이분들은 경찰서에서 오신 분들입니다. 제퍼슨 씨와 꼭 만나고 싶어 하셔서요. 이 분은 저어…… 멜쳇 대령이시고, 하퍼 총경이시고, 그리고…… 슬랙 경감이십니다, 제퍼슨 부인."

제퍼슨 부인은 알겠다고 고개를 끄덕여보였다.

평범한 여자로군. 그녀에 대한 멜쳇의 첫인상은 그러했다. 그러나 그녀가 입술에 살짝 미소를 띠고 얘기하자 그의 생각은 이내 바뀌었다. 그녀는 대단히 매력적이면서 귀에 착 감기는 목소리를 가지고 있었고, 담갈색 눈동자는 맑고 아름다웠다. 수수하지만 격에 맞는 옷차림을 한 그녀는 서른다섯 살쯤 되어 보였다.

그녀가 말했다.

"아버님은 주무시고 계십니다. 몸도 성치 않은 데다가 이번 일로 몹시 충격을 받으셨어요. 결국 의사를 불렀더니 진정제를 주더군요. 하지만 일어나시는 대로 여러분을 만나고 싶어 하실 거예요. 그동안에 제가 뭐라도 도와드릴까요? 의자에 앉으시죠."

프레스트콧은 자리를 피하고 싶어 하면서 멜쳇 대령에게 말했다.

"자, 제가 해 드릴 수 있는 일은 이게 전부인 것 같은데요?"

그는 허락을 받자 감사해하며 방을 나갔다.

프레스트콧이 문을 닫고 나가자, 방 안은 부드럽고 좀 더 사교적인 분위기가 되었다. 애들레이드 제퍼슨은 편안한 분위기를 만드는 능력을 가지고 있었다. 그녀는 말을 아주 잘 하는 것 같진 않은데도, 다른 사람들이 얘기를 하도록 하고 그들을 편안하게 만드는 일을 잘하는 사람이었다. 그녀는 이제 적절한 얘기를 꺼내고 있었다.

"우리는 모두 이번 사건으로 매우 충격을 받았어요. 그 불쌍한 아가씨를 상당히 자주 만났거든요. 정말 믿기지 않아요. 아버님의 충격이 정말 크세요. 루비를 아주 좋아하셨거든요."

멜쳇 대령이 말했다.

"제가 알기로는, 경찰에 루비가 실종되었다고 신고한 사람이 제퍼슨 씨라죠?"

그는 그녀가 그 질문에 정확히 어떻게 반응할지 궁금했다.

그때 희미한 표정이 그녀의 얼굴에 스쳐갔다. 아주 순간적이었다. 곤란함인지 걱정인지 정확하게 말할 수 없었지만 확실히 뭔가가 있었다. 그리고 그녀는 대답하기 전에 내키지 않는 일을 할 때처럼 분명히 마음을 다잡는 것처럼 보였다. 그녀가 대답했다.

"네, 그래요. 아버님은 몸이 불편하시기 때문에 쉽게 화를 내거나 걱정을 하세요. 우리는 아무 일도 없을 거라고, 무슨 사정이 있을 거라고 아버님을 설득하려 했어요. 그 아가씨 자신도 경찰에 알리는 걸 좋아하지 않을 거라고 하면서요. 아버님께서는 고집을 꺾지 않으셨죠. 그런데……."

그녀는 가볍게 어깨를 으쓱했다.

"……아버님이 옳았고 저희가 틀렸네요."

멜쳇이 물었다.

"루비 킨을 얼마나 잘 알고 계셨나요, 제퍼슨 부인?"

그녀는 곰곰이 생각했다.

"대답하기 어렵네요. 아버님은 젊은 사람들을 아주 좋아해서 곁에 두고 싶어 하시죠. 루비는 아버님께 새로운 타입의 사람이었어요. 아버님은 그녀가 얘기하면 즐거워하셨고 흥미로워하셨죠. 우리는 호텔에서 자주 만났고 아버님은 그녀를 데리고 드라이브도 가셨어요."

그녀의 목소리는 상당히 애매모호했다. 멜쳇은 생각했다.

'이 여자는 마음만 먹으면 더 많은 얘기를 들려줄 수 있을 텐데.'

그는 이렇게 물었다.

"어젯밤에 있었던 일에 대해 자세히 들려주시겠습니까?"

"물론이죠, 하지만 도움이 될 만한 얘기는 별로 없을 것 같은데요. 어제 저녁을 먹고 루비가 라운지로 와서 우리랑 같이 있었어요. 그녀는 댄스 공연이 시작되었는데도 그대로 자리에 앉아 있었죠. 우리는 나중에 브리지를 하기로 했었는데 마크, 죽은 제 시누이의 남편인 마크 개스켈이 중요한 편지를 써야 한다고 해서 그를 기다리고 있었고, 조시도 올 예정이었어요. 조시까지 합해서 네 명이 같이 브리지를 하기로 했었거든요."

"그런 일이 종종 있었나요?"

"상당히 자주 있었죠. 조시는 실력이 뛰어난 데다가 아주 상냥하거든요. 저희 아버님은 브리지를 아주 좋아하시고 이왕이면 조시를 넣어서 네 명이 게임하는 걸 좋아하셨어요. 하지만 물론 그녀는 다른 게임도 봐 줘야 하기 때문에 저희하고만 게임을 할 수는 없죠. 하지만 가능할 때마다 저희랑 게임을 했고……."

그녀가 살짝 눈웃음을 쳤다.

"아버님이 호텔에서 돈을 많이 쓰시기 때문에 호텔 측에서는 조시가 저희에게 호의를 베푸는 것을 눈감아 주고 있어요."

멜쳇이 물었다.

"조시를 좋아하세요?"

"네, 좋아해요. 그녀는 늘 사근사근하고 유쾌하거든요. 일도 열심히 하고 자기 직업을 즐기는 것 같아요. 교육을 잘 받은 건 아니지만 영리하고…… 또 아는 체하는 법이 없어요. 꾸밈이 없고 때 묻지 않은 아가씨죠."

"아까 하던 얘기를 계속해 주시죠, 제퍼슨 부인."

"말씀드린 것처럼 조시는 다른 사람들이 브리지 게임을 하도록 시중을 들어야 했고 마크는 편지를 쓰고 있었기 때문에, 루비는 평소보다 좀 더 오래 저희랑 같이 얘기를 하던 셈이었죠. 그러다 조시가 왔고, 루비는 레이먼드랑 첫 공연을 하러 갔어요. 마크가 막 합류했을 때 루비도 공연을 끝내고 돌아왔어요. 그리고 나서 그녀는 어떤 젊은 남자랑 춤추러 갔고 저희 네 사람은 브리지를 시작했죠."

그녀는 얘기를 멈추고, 잠깐 어쩔 수 없다는 듯이 의미 없는 몸짓을 했다.

"제가 아는 건 이게 전부예요. 그녀가 춤추는 걸 한번 얼핏 보긴 했지만, 브리지가 워낙 집중력을 요하는 게임인 데다가 댄스홀에 있는 유리 칸막이 때문에 제대로 볼 수가 있어야죠. 그러고 나서 12시쯤 레이먼드가 매우 당황한 채 조시에게 와서 루비가 어디 있냐고 묻더군요. 조시는 당연히 그의 입을 막으려고 했지만……."

하퍼 총경이 말을 가로막았다. 그는 특유의 조용한 목소리로 말했다.

"왜 '당연'하다는 거죠, 제퍼슨 부인?"

"글쎄요……."

그녀는 망설이는 것 같았고 멜쳇이 보기에 약간 난처해하는 것 같기도 했다.

"조시는 루비가 사라진 일을 크게 떠벌리고 싶어 하지 않았어요. 그녀는 루비에 대해 자신이 어느 정도 책임이 있다고 생각했죠. 그녀는 루비가 아마 지기 방에 있을 거라고 말했고, 그전에 두통이 있다고 말했다고 하더군요. 그 말이 사실인 것 같지는 않았지만, 어쨌든 조시는 그렇게 핑계를 댔어요. 레이먼드가 루비의 방에 전화를 했지만, 아무도 전화를 받지 않자 꽤 흥분해서 돌아왔죠. 조시는 그와 함께 루비를 찾으러 돌아다니며 진정시키려고 애를 쓰더니 결국 루비 대신 그와 함께 춤을 추었어요. 대단한 결심을 한 거죠. 나중에 보니 발목이 더 나빠졌더라고요. 그녀는 춤을 다 추고 돌아와서 아버님을 진정시키려고 했어요. 아버님은 이미 신경이 날카로워지셨죠. 우리는 결국 잠자리에 드시라고 아버님을 설득했고, 아마 루비는 드라이브를 나갔다가 타이어에 펑크가 난 걸 거라고 말씀드렸어요. 아버님은 걱정하시면서 잠자리에 드셨고, 아침이 되자 금세 홍

분하기 시작하셨어요."

그녀는 잠시 얘기를 멈추었다.

"그 다음부터는 아시는 대로예요."

"감사합니다, 제퍼슨 부인. 누가 그런 짓을 했을지 짐작 가는 사람이 있습니까?"

그녀는 곧바로 대답했다.

"아뇨. 유감스럽지만 전혀 도움이 되어 드리지 못할 것 같네요."

하퍼 총경은 계속 질문을 하며 대답을 강요했다.

"그녀가 아무 말도 하지 않던가요? 누가 자기를 시기한다던가 하는 얘기는요? 무서워하는 남자가 있다든가, 깊은 관계에 있는 사람이 있다는 얘기는 없었나요?"

애들레이드 제퍼슨은 질문마다 일일이 고개를 저었다. 그녀가 해 줄 수 있는 얘기는 더 이상 없는 것 같았다.

총경은 조지 바틀렛부터 만나고 나중에 제퍼슨 씨를 만나러 오자는 얘기를 꺼냈다. 멜쳇 대령은 그의 말에 동의했고, 세 사람은 밖으로 나갔다. 제퍼슨 부인은 제퍼슨 씨가 일어나는 대로 알려 주겠다고 약속했다.

"좋은 여자로군."

문을 닫으면서 멜쳇 대령이 말했다.

"정말 아주 좋은 분이네요."

하퍼 총경이 맞장구를 쳤다.

III

조지 바틀렛은 호리호리하고 키가 큰 청년으로, 목젖이 도드라지게 튀어나온 것이 눈길을 끌었다. 그는 자신이 말하고 싶은 것을 좀처럼 잘 표현하지 못했다. 게다가 심하게 안절부절못하고 있었기 때문에 그에게서 침착한 진술을 받아내기란 쉽지 않았다.

"너무 무시무시한 일입니다, 그렇지 않습니까? 일요일자 신문에서나 읽을 법한 일이죠. 사실 실감이 안 납니다."

"유감스럽지만 사실입니다, 바틀렛 씨."

총경이 말했다.

"그렇죠, 물론 그래요. 하지만 아무래도 너무 이상한 것 같아요. 여기서 몇 마일이나 떨어진…… 어느 대지주의 저택에서 발견됐다면서요? 대단한 명문가라고 하던데. 그 일대를 꽤나 휘저어 놨겠는데요, 안 그렇습니까?"

멜쳇 대령이 총대를 메기로 했다.

"죽은 여자에 대해 얼마나 잘 알고 계셨나요, 바틀렛 씨?"

조지 바틀렛은 깜짝 놀란 것 같았다.

"모, 모, 몰라요, 잘 모릅니다. 그럼요, 이해하시겠지만, 거의 모르는 사람이에요. 한두 번 같이 춤을 추거나 지나가는 길에 인사나 하는 정도였고……. 테니스나 좀 쳤을 겁니다."

"선생님께서 어젯밤에 그녀가 살아 있는 것을 마지막으로 본 사람이라고 생각합니다만?"

"그런 것 같습니다. 정말 등골이 오싹하지 않습니까? 제 얘기는, 제가 그녀를 봤을 때만 해도 멀쩡했다는 겁니다. 그럼요, 그렇고 말고요."

"그때가 몇 시였나요? 바틀렛 씨?"

"음, 시간은 잘 모르겠지만…… 아주 늦지는 않았습니다."

"그녀랑 춤추셨다고요?"

"네. 사실…… 네, 그렇습니다. 하지만 초저녁이었습니다. 실은 말이죠, 그녀가 파트너랑 첫 공연을 마치고 난 직후였어요. 틀림없이 10시였을 겁니다, 아니 10시 30분이나 11시쯤이었나, 정확한 시간은 잘 모르겠습니다."

"시간은 너무 신경 쓰지 마십시오. 정정할 수도 있으니까요. 정확하게 무슨 일이 있었는지 얘기해 주시겠습니까?"

"글쎄요, 그녀와 같이 춤을 추었죠. 그렇다고 해서 제가 대단히 춤을 잘 춘다는 건 아닙니다."

"당신의 춤 솜씨는 사실 별로 상관 없습니다, 바틀렛 씨."

조지 바틀렛은 깜짝 놀란 눈으로 대령을 쳐다보고는 말을 더듬었다.

"그, 그렇죠. 그런 것 같네요. 그건 그렇고, 아까 말한 것처럼 우리는 춤을 추었습니다, 되풀이해서요. 제가 말을 걸었지만 루비는 별로 대답도 하지 않고 지루한 듯이 하품만 했어요. 말씀드린 것처럼 대단히 춤을 잘 추는 것이 아니라 여자들이 음…… 슬슬 피하려고 들죠. 루비는 머리가 아프다고 했어요. 저는 어디쯤에서 물러서야 할지를 알기 때문에 그만 추자고 했습니다. 그걸로 끝이었죠."

"그녀의 모습을 마지막으로 본 것은요?"

"위층으로 올라가더군요."

"누구를 만난다는 얘기는 없었나요? 아니면 드라이브 간다는 얘기는요? 아니면…… 아니면 데이트가 있다던가?"

대령은 애써 알아듣기 쉬운 표현을 사용했다. 바틀렛은 고개를 저었다.

"저에게는 그런 얘기를 하지 않았어요. 그냥 춤을 그만 추고 싶어 했을 뿐이죠."

그는 좀 애처로워 보였다.

"행동은 어떻던가요? 불안해하거나, 넋을 잃고 있거나, 근심거리가 있는 것처럼 보였습니까?"

조지 바틀렛은 잘 생각하더니 고개를 저었다.

"약간 지루해 보였어요. 말씀 드린 것처럼 하품을 했죠. 그 밖에 이상한 점은 없었습니다."

멜쳇 대령이 말했다.

"그리고 무엇을 하셨나요, 바틀렛 씨?"

"네?"

"루비 양이 자리를 뜨고 나서 무엇을 하셨죠?"

"어디 보자……. 내가 뭘 했더라?"

조지 바틀렛이 입을 벌리고 대령을 멍하니 바라보았다.

"얘기해 주시기만 기다리고 있습니다."

"네, 네, 물론이죠. 기억해 내기가 엄청 힘들군요. 어디 보자. 바에 들어가서 술을 마셨다고 해도 맞겠죠."

"바에 가서 술을 마셨다는 말씀이십니까?"

"바로 그겁니다. 술을 마셨습니다. 루비와 춤을 추고 난 직후라고 생각하지는 마세요. 밖에 나가서 돌아다니고 싶었거든요. 바람 좀 쐬려고요. 9월치고는 공기가 좀 답답했거든요. 밖에 나가니 아주 좋더군요. 맞아요, 바로 그거에요. 산책을 좀 하다가 들어와서 한잔했고, 다시 댄스홀로 슬슬 걸어 들어갔습니다. 그 밖에 별다른 일은 하지 않았죠. 그리고는 이름이 뭐더라…… 아, 조시. 조시가 다시 춤추고 있는 걸 봤습니다. 그 테니스 코치랑 말입니다. 조시는 발목인가 어딘가를 다쳤다고 쉬고 있었는데 말이죠."

"그럼 자정쯤 돌아왔겠군요. 바깥에서 한 시간 넘게 걸어 다녔다는 말씀이십니까?"

"그게, 아시다시피 술을 마셨고요. 음, 이것저것 생각하고 있었습니다."

이 말은 다른 어떤 얘기보다 더 믿을 만했다.

멜쳇 대령이 예리하게 물었다.

"무슨 생각을 하셨습니까?"

"글쎄요, 모르겠어요. 이것저것을요."

바틀렛이 애매하게 대답했다.

"차를 가지고 계시죠, 바틀렛 씨?"

"아, 네, 가지고 있습니다."

"그 차는 어디에 있죠? 호텔 차고에 있나요?"

"아니요, 사실은 호텔 정원에 있습니다. 드라이브나 갈까 생각했거든요."

"혹시 드라이브를 다녀오진 않으셨습니까?"

"아뇨, 아뇨. 맹세코 그런 일은 없었습니다."

"예를 들어서 킨 양을 드라이브 시켜 주지 않았나요?"

"이보세요. 무슨 말씀을 하시는 겁니까? 그런 적 없습니다. 정말 맹세코 절대 그러지 않았습니다."

"감사합니다, 바틀렛 씨. 지금으로써는 더 이상 여쭤 볼 것이 없는 것 같습니다. 지금으로써는."

멜쳇 대령이 마지막 단어에 힘을 주며 반복해서 말했다.

그들은 놀란 나머지 지적이지 않은 얼굴에 우스꽝스러운 표정을 하고 쳐다보는 바틀렛을 두고 방을 나왔다.

멜쳇 대령이 말했다.

"저능아 같은 애송이군. 안 그런가?"

하퍼 총경은 고개를 저었다.

"갈 길이 멀군요."

제6장

I

도어맨도 바텐더도 모두 도움이 되지 못했다. 도어맨은 자정이 지나자마자 루비 킨 양의 방으로 전화를 걸었지만 아무도 전화를 받지 않았던 것을 기억했다. 그는 바틀렛이 호텔을 나가거나 들어온 것을 기억하지 못했다. 그날 밤은 날씨가 맑아서 많은 남녀가 호텔을 드나들었고, 정문 외에도 복도에 옆문이 몇 개 있었기 때문이다. 그는 킨 양이 정문으로 나가지 않았다고 확신했지만, 그녀가 2층에 있는 자신의 방에서 내려왔다면, 그 옆에 계단이 있고 복도 끝에는 나가는 문이 테라스로 연결되어 있어서 아무에게도 들키지 않고 쉽게 호텔을 빠져나갈 수 있었을 거라고 했다. 그 문은 공연이 2시에 끝날 때까지 잠겨 있지 않았다.

바텐더는 그 전날 바틀렛이 바에 있었던 것을 기억했지만 몇 시였는지는 말하지 못했다. 그는 한창 저녁때였던 것 같다고만 했다. 바틀렛은 벽에 기대어 앉아 있었고 약간 우울해 보였다. 바텐더는 그가 거기 얼마나 있었는지 모른다고 했다. 바에는 외부 손님들이 많이 드나들고 있었다. 결국 그는 바틀렛을 보기는 했지만 시간은 애매모호했다는 뜻이었다.

II

그들이 바를 떠날 때, 아홉 살 가량 된 남자아이가 다가와서 말을 걸었다. 그 애는 금방 흥분해서 떠들어 대기 시작했다.

"저기요, 아저씨는 경찰이죠? 저는 피터 카모디에요. 루비 일로 경찰에 전화한 제퍼슨 씨가 제 할아버지에요. 런던 경시청에서 오셨어요? 제가 얘기를 해도 괜찮죠, 그렇죠?"

멜쳇 대령은 쌀쌀맞게 대꾸하려고 했지만, 하퍼 총경이 가로막았다. 그는 상냥하고 정중하게 말했다.

"괜찮고 말고, 얘야. 그 일에 흥미를 갖게 된 모양이구나?"

"당연하죠. 추리 소설 좋아하세요? 저는 엄청 좋아해요. 추리 소설이라면 전부 읽었고요. 도로시 세이어스, 애거서 크리스티, 딕슨 카랑 H. C. 베일리한테 사인도 받았는걸요. 이 살인 사건이 신문에 날까요?"

"신문에 아주 잘 나올 거다."

하퍼 총경이 굳은 표정으로 대답했다.

"있잖아요, 전 다음 주면 학교에 돌아가거든요. 그럼 애들한테 제가 피해자를 안다고 얘기해 줄 거예요. 정말 잘 알고 있었다고요."

"그녀를 어떻게 생각하니?"

피터는 곰곰이 생각했다.

"글쎄요, 전 별로 좋아하지 않았어요. 약간 멍청한 여자라고 생각했거든요. 엄마랑 마크 아저씨도 그 여자를 별로 좋아하지 않았어요. 할아버지만 좋아했죠. 그런데 할아버지가 아저씨를 만나고 싶어 하시나 봐요. 에드워즈가 아저씨들을 찾고 있어요."

하퍼 총경은 격려하듯이 소곤거렸다.

"네 엄마랑 마크 아저씨는 루비 킨을 별로 좋아하지 않았다고? 왜 그럴까?"

"아, 저도 잘은 몰라요. 그 여자는 늘 말참견을 했어요. 그리고 엄마랑 아저씨는 할아버지가 그녀를 그렇게 호들갑스럽게 치켜세우는 걸 싫어하셨어요."

피터가 명랑하게 말했다.

"제 생각에 엄마랑 마크 아저씨는 그 여자가 죽어서 기뻐하는 것 같아요."

하퍼 총경은 생각에 잠긴 채 아이를 쳐다보았다.

"그분들이…… 음…… 그렇게 말씀하시던?"

"꼭 그렇게 말하신 건 아니에요. 마크 아저씨는 이렇게 말했어요. '어쨌든 이것으로 한 명 해결되었군.' 그러자 엄마가 이렇게 말했어요. '맞아요, 하지만 너무 끔찍해요.' 그러니까 마크 아저씨가 위선 떨어봤자 아무 소용없다고 했죠."

두 남자는 서로 얼굴을 쳐다보았다. 그때 수염을 깨끗이 깎고, 푸른색 모직 옷을 말쑥하게 차려입은 점잖은 남자가 그들에게 다가왔다.

"실례합니다. 저는 콘웨이 제퍼슨 씨의 심부름으로 왔습니다. 그분이 일어나셔서 두 분을 찾아오라고 하셨습니다. 두 분을 굉장히 만나고 싶어 하십니다."

그들은 다시 한 번 콘웨이 제퍼슨의 스위트룸으로 올라갔다. 거실에서 애들레이드 제퍼슨과 이야기하고 있던 키 큰 남자는 신경질적으로 방 안을 서성이고 있었다. 그는 방에 들어오는 사람들을 보기 위해 몸을 획 돌렸다.

"오, 어서 오세요. 장인어른께서 찾고 계셨습니다. 방금 일어나셨거든요. 가능한 그분을 진정시켜 주시기 바랍니다, 그래 주시겠죠? 건강 상태가 별로 좋지 않으셔서요. 이번 충격으로 쓰러지지 않으신 게 이상할 정도입니다."

하퍼가 말했다.

"그분의 건강이 그렇게 나쁜지는 몰랐습니다."

"장인어른 자신은 잘 몰라요."

마크 개스켈이 말했다.

"심장이 문제죠. 의사는 애디한테 장인어른이 지나치게 흥분하거나 놀라지 않아야 한다고 주의를 주었습니다. 그분이 오래 사시지 못하리라는 것을 어느 정도 암시한 거죠. 안 그래요, 애디?"

제퍼슨 부인은 고개를 끄덕였다. 그녀는 이렇게 말했다.

"지금까지 견뎌 오신 게 놀라운 일이죠."

멜쳇이 무덤덤하게 말했다.

"살인은 확실히 마음을 진정시키는 사건은 아니죠. 최대한 조심하겠습니다."

그는 얘기하면서 마크 개스켈을 관찰하고 있었다. 그는 이 친구가 별로 마음에 들지 않았다. 그는 뻔뻔스럽고, 파렴치하고, 사기꾼 같은 얼굴을 가지고 있었다. 자기 맘대로 처신하면서도 오히려 여자들의 동경을 받는 그런 부류의 남자였다.

'믿을 만한 부류의 친구는 아니군.'

대령은 속으로 생각했다.

파렴치하다……. 이것이 그에게 딱 어울리는 단어였다. 이런 부류의 남자는 어떤 일도 주저하지 않는다.

III

콘웨이 제퍼슨은 바다가 내려다보이는 커다란 침실에서 창가의 휠체어에 앉아 있었다.

그와 한 방에 있게 되자마자 그의 박력과 매력이 느껴졌다. 마치 부상으로 불구가 되었기 때문에 오히려 손상된 몸에서 나오는 활력이 더 한정되고 강렬한 한 점에 집중되는 결과를 가져오는 것 같왔다.

그는 머리숱이 많았는데, 붉은 머리카락은 약간씩 희끗희끗했다. 주름지고 강인해 보이는 얼굴은 햇볕에 탄 짙은 구릿빛이었고, 눈동자는 놀랄 정도로 파랗게 빛나고 있었다. 아프거나 약한 흔적이라고는 찾아볼 수 없었다. 그의 얼굴에 깊게 패인 주름은 고통으로 인한 주름일 뿐, 약해서 생긴 것이 아니었다. 자신의 불운함을 푸념하는 것이 아니라 그것을 받아들이고 승리로 이끌어 나가는 남자가 여기에 있었다.

그가 말했다.

"잘 오셨습니다."

그는 재빨리 두 사람을 살펴본 후 멜쳇에게 말했다.

"당신이 래느퍼드셔의 경찰서장님이시군요? 그리고 이분이 하퍼 총경님이시죠? 앉으세요. 담배는 그 옆에 있는 테이블 위에 있습니다."

그들은 고맙다고 하고 의자에 앉았다. 멜쳇이 말했다.

"제가 듣기로는 죽은 소녀와 가까이 지내셨다고요?"

주름진 얼굴에 일그러진 듯한 미소가 빠르게 스쳐 지나갔다.

"네……. 다들 그렇게 얘기했겠군요! 그래요, 비밀도 아니죠. 가족들이 어디까지 얘기했습니까?"

그는 질문을 하면서 재빨리 두 사람을 번갈아 바라보았다.

대답을 한 것은 멜쳇이었다.

"제퍼슨 부인은 제퍼슨 씨가 그 여자의 얘기를 재미있어했고 그 여자를 돌봐 주셨다는 사실 이외에는 별로 얘기하지 않았습니다. 개스켈 씨와는 그저 몇 마디만 나누었을 뿐이고요."

콘웨이 제퍼슨이 미소 지었다.

"애디는 신중한 아이지요. 마크는 아마 좀 더 거리낌 없이 말했겠고. 멜쳇 대령님, 저는 사실을 어느 정도 자세히 얘기하는 편이 좋다고 생각합니다. 제 행동을 이해하려면 그렇게 하는 편이 좋겠죠. 우선 제 인생의 커다란 비극을 되돌아볼 필요가 있습니다. 저는 8년 전에 비행기 사고로 아내와 아들, 그리고 딸을 잃었습니다. 그 이후로 저는 자신의 절반을 잃어버린 사람처럼 살아왔습니다……. 그저 육체적인 처지에 대해 얘기하는 것은 아닙니다! 저는 가정적인 사람이었습니다. 제 며느리와 사위는 저에게 아주 잘해 주었죠. 그 두 사람은 제 육친을 대신하기 위해서 할 수 있는 일을 전부 다해 왔습니다. 하지만 특히 요즘 들어서 그들에게도 결국 그들만의 인생이 있다는 것을 깨달았습니다.

그러니 제가 외로운 사람이라는 것을 꼭 이해해 주셔야 합니다. 저는 젊은 사람들을 좋아하죠. 그들과 함께 있는 것이 즐겁습니다. 한두 번인가는 아이를 입양하려는 생각도 했죠. 살해된 아이와 저는 최근 아주 친해졌습니다. 그 애는 매우 꾸밈없고, 그야말로 순진무구했죠. 그 애는 자신의 인생 경험에 대해 얘기했습니다. 팬터마임을 했던 일, 지방 순회 극단을 따라다닌 일, 어렸을 때 부모와 싸구려 하숙집을 전전하던 일 등을 말해 주더군요. 제가 알고 있던 어떤 인생과도 너무나 다른 인생이었죠! 하지만 그 애는 불평하지도 않았고, 그것을 구차하다고 생각하는 법도 없었습니다. 꾸밈없고, 참을성 있고, 열심히 일하는 아이였고 때 묻지 않은 매력을 가지고 있었죠. 숙녀는 아니지만 고맙게도 천박하지도 않았을 뿐만 아니라 내가 그토록 질색인 '귀부인 티'도 내지 않았어요.

저는 루비를 점점 더 좋아하게 되었습니다. 그래서 그 애를 입양하기로 결심했죠. 그 애가 '법적으로' 제 딸이 될 뻔했던 겁니다. 이것으로 제가 그 애를 걱정한 것이나, 그 애가 이유도 없이 사라졌다는 얘기를 듣고 제가 그런 행동을 보인 것에 대한 설명이 되었으면 합니다."

잠시 침묵이 흘렀다. 이윽고 하퍼 총경이 어떤 공격성도 배제한 냉정한 목소리로 물었다.

"사위와 며느리는 거기에 대해 뭐라고 하던가요?"

제퍼슨의 대답이 쏜살같이 되돌아왔다.

"그 애들이 뭐라고 할 수 있었겠습니까? 아마 그런 제 행동이 별로 내키지 않았겠죠. 엉뚱한 상상을 품기 쉬운 그런 행동이었으니까요. 하지만 그 애들은 매우 훌륭하게 처신했습니다. 그래요, 아주 훌륭하게. 그 애들은 저한테 유산을 기대하는 것 같지도 않았어요. 제 아들 프랭크와 애디가 결혼했을 때 저는 그 자리에서 재산의 절반을 넘겨주었습니다. 저는 제가 죽을 때까지 자식들을 기다리게 하지 말아야 한다고 믿거든요. 그 애들은 중년일 때가 아니라 젊었을 때 그 돈을 필요로 하니까요. 마찬가지로 제 딸 로잘먼드가 웬 가난한 남자와 결혼하겠다고 고집했을 때도 거금을 내주었어요. 딸이 죽자 그 돈은 남편 마크에게 넘어갔죠. 따라서 금전적인 측면에서는 문제가 간단해진 겁니다."

"알겠습니다, 제퍼슨 씨."

하퍼 총경이 말했다. 하지만 그의 말투에는 석연치 않은 구석이 있었다. 콘웨이 제퍼슨은 금방 그것을 알아차렸다.

"하지만 그렇게 생각하지 않으시는군요?"

"제가 이런 말씀을 드리기는 좀 뭣하지만, 제 경험으로 볼 때 가족들이 언제나 이성적으로 행동하는 것은 아닙니다."

"아마 당신 말이 맞을 겁니다, 총경님. 하지만 마크와 애디는 엄밀히 말해서 제 가족이 아니라는 점을 기억하셔야 합니다. 그들은 제 육친이 아니지 않습니까."

"물론, 그렇다면 이야기는 달라지죠."

총경이 수긍했다.

잠깐 동안 콘웨이 제퍼슨의 눈동자가 번득였다.

"그 애들이 저를 바보 같은 노인네로 여긴 것은 사실일 겁니다. 그게 보통 사람들의 반응이겠죠. 하지만 저는 바보같이 굴지 않았습니다. 저는 사람을 볼 줄 압니다. 루비 킨은 교육을 받고 품위 있게 만들면 어디에 내놔도 빠지지 않을 여자였을 겁니다."

멜쳇이 말했다.

"좀 주제넘게 꼬치꼬치 캐묻고 있는 것 같지만, 사실을 전부 파악하는 일이 중요하기 때문에 여쭤 보겠습니다. 당신은 그 여자를 위해서 완벽한 계획을…… 즉 그녀에게 재산을 분배할 계획을 세우셨죠? 아직 그렇게 실행하지 않았을 뿐."

제퍼슨이 대답했다.

"무슨 얘기를 하시는지는 알겠습니다. 그 애가 죽어서 누가 이득을 얻을 가능성이 있느냐 하는 거죠? 하지만 아무도 이득을 얻을 수 없습니다. 입양하기 위해 필요한 법적인 절차는 진행 중이었지만, 아직 완전히 끝난 것은 아니었으니까요."

멜쳇이 천천히 말했다.

"그럼 만약 당신한테 무슨 일이 생기면……?"

그는 말끝을 흐렸다. 콘웨이가 재빨리 대답했다.

"저에겐 아무 일도 일어나지 않을 겁니다! 저는 불구이지만 환자는 아닙니다. 의사들이 우울한 얼굴로 무리하지 말라고 충고하지만 말입니다. 무리하지 말라니! 전 기운이 넘칩니다! 운명이 어떤 건지도 잘 알고 있지만요. 오, 하긴 그렇게 잘 아는 것도 무리는 아니죠! 천하장사라 해도 갑작스러운 죽음은 피해갈 수 없는 거니까요. 특히 요즘처럼 교통사고 사상자가 많을 때는 말입니다. 하지만 그럴 경우에 대비해 열흘 전쯤 유서를 새로 썼습니다."

"그러셨어요?"

하퍼 총경은 상체를 앞으로 숙였다.

"저는 루비 킨이 대리인이 필요 없는 나이인 스물다섯 살이 되면 5만 파운드를 받을 수 있게 했습니다."

하퍼 총경의 눈이 휘둥그레졌다. 멜쳇 대령도 마찬가지였다. 하퍼는 거의 두려운 듯한 목소리로 말했다.

"상당한 거액이군요, 제퍼슨 씨."

"현재로서는 그렇습니다."

"그만한 돈을 겨우 몇 주 동안 알고 지낸 여자한테 남기려고 하셨단 말씀이십니까?"

선명한 푸른 눈동자에 분노가 떠올랐다.

"똑같은 얘기를 몇 번이고 반복해야겠습니까? 저한테는 피붙이가 없습니다. 심지어 조카들이나 먼 친척도 없어요! 그 돈을 자선단체에 기부할 수도 있었지만 그러기보다는 개인에게 남기고 싶습니다."

그는 웃으며 말했다.

"신데렐라는 하루아침에 공주가 되지 않았습니까. 여자 요정 대신에 남자 요정이 나타난 셈이죠. 안 될 이유라도 있나요? 그건 제 돈입니다. 제가 번 돈이란 말입니다."

멜켓 대령이 물었다.

"나머지 유산은요?"

"제 하인인 에드워즈에게 조금 남겼고…… 나머지는 마크와 애디에게 똑같이 나눠 주기로 했습니다."

"실례가 될지도 모르겠습니다만, 나머지 유산도 상당하겠군요?"

"아마 아닐 겁니다. 투자 수익이 늘 오락가락하기 때문에 정확하게 말하기는 어렵지만, 상속세와 경비를 지불하고 나면 아마 5000파운드에서 만 파운드 정도 될 겁니다."

"알겠습니다."

"그렇다고 제가 그 두 사람에게 인색하게 대한다고 생각하시면 안 됩니다. 말씀드렸다시피 저는 자식들이 결혼했을 때 재산을 나누어주었습니다. 사실 저 자신에게는 아주 작은 금액만 남겼죠. 하지만 그 사고가 있은 후에 저는 무언가에 전념하고 싶었습니다. 그래서 사업에 몰두했죠. 런던에 있는 집에는 침실과 사무실을 연결하는 전용 회선까지 두었습니다. 저는 정말 열심히 일했습니다. 덕분에 다른 일은 생각하지 않게 되었고, 육체가 장애에 정복당하지 않았다고 느끼게 되었습니다. 저는 일에 완전히 열중했습니다."

그는 더 굵고 낮은 목소리로, 남들이 아니라 자신에게 얘기하듯이 말했다.

"게다가 기가 막히게도, 손대는 일마다 족족 번창했습니다! 아무리 무모하게 투자해도 성공했습니다. 도박을 하면 돈을 땄죠. 제 손이 닿는 것은 전부 황금으로 변했습니다. 아마 저에게 닥친 불행을 보상해 주려는 운명의 모순인 것 같습니다."

고통으로 인해 깊게 패인 주름이 다시 도드라져 보였다. 그는 과거를 회상하면서 그들을 향해 쓴웃음을 지었다.

"그러니 루비에게 남긴 돈은 제가 내키는 대로 할 수 있는 제 돈이 분명합니다."

멜쳇이 재빨리 말했다.

"물론이죠. 추호도 그 사실을 문제 삼으려는 생각은 없습니다."

콘웨이 제퍼슨이 말했다.

"좋아요. 괜찮다면 이제 제 쪽에서 몇 가지 질문을 드리고 싶습니다. 이 끔찍한 사건에 대해 좀 더 듣고 싶습니다. 제가 아는 거라고는 그 애, 즉 그 어린 루비가 여기서 30여 킬로미터 정도 떨어진 어느 집에서 목 졸린 채 발견되었다는 것뿐입니다."

"맞습니다. 가싱턴 홀이라는 집에서요."

제퍼슨이 얼굴을 찡그렸다.

"가싱턴이요? 하지만 거긴……."

"밴트리 대령의 집이죠."

"밴트리라고요! 아서 밴트리 말씀인가요? 하지만 저는 그 사람을 알고 있습니다. 그 사람이랑 그 사람 부인을 알아요! 몇 년 전에 외국에서 만난 적이 있습니다. 이 동네에 사는 줄은 몰랐는데요. 이런, 그렇다면……."

그는 갑자기 입을 다물었다. 하퍼 총경이 부드럽게 얘기에 끼어들었다.

"밴트리 대령은 지난주 화요일에 이 호텔에서 식사를 했습니다. 그때 못 보셨나요?"

"화요일, 화요일이라……. 아뇨, 우리는 늦게 돌아왔습니다. 하든 헤드에 갔다가 돌아오는 길에 저녁을 먹었거든요."

멜쳇이 말했다.

"루비 킨이 밴트리 집안에 대해 얘기하지 않던가요?"

제퍼슨이 고개를 저었다.

"아뇨. 그 애가 그들을 알고 있었다고는 생각하지 않습니다. 알 리가 없죠. 그 애는 연극하는 사람들이나 그런 부류의 사람들밖에 모르니까요."

그는 잠시 얘기를 멈추더니 갑자기 이렇게 물었다.

"밴트리는 그 일에 대해 뭐라고 하던가요?"

"이유를 전혀 모르겠다고 하더군요. 그는 어젯밤에 보수당 회의에 갔었습니다. 시체는 오늘 아침에 발견됐고요. 그는 그 여자를 한 번도 본 적이 없다고 말하고 있습니다."

제퍼슨이 고개를 끄덕이며 말했다.

"정말 이상하군요."

하퍼 총경이 목청을 가다듬더니 이렇게 물었다.

"누가 이런 일을 저질렀을지 짚이는 사람은 없으십니까?"

"이런, 저도 제발 알았으면 좋겠습니다!"

그의 이마에서 정맥이 불거져 나왔다.

"믿을 수가 없어요, 상상조차 할 수 없는 일입니다! 그 사건이 벌어지지 않았더라면, 전 그런 일은 있을 수 없다고 장담할 겁니다!"

"예전부터 루비 킨 양을 알던 친구나, 쫓아다니거나 위협하는 남자도 없었습니까?"

"분명히 없었습니다. 있었다면 얘기를 했겠죠. 그 애는 한 번도 특정한 '남자 친구'를 사귄 적이 없었습니다. 그 애가 직접 그렇게 얘기했어요."

하퍼 총경은 생각에 잠겼다.

"네, 아마 그렇게 말했을 겁니다. 정말일 수도 있겠죠."

콘웨이 제퍼슨이 계속 얘기했다.

"루비를 쫓아다니거나 괴롭히는 사람이 있었다면 조시가 어느 누구보다도 잘 알겠죠. 조시가 무슨 얘기를 하지 않던가요?"

"그런 사람은 없다고 하던데요."

제퍼슨이 얼굴을 찡그리며 말했다.

"어느 미치광이의 소행이라는 생각을 하지 않을 수가 없군요. 잔인한 범행 수법이며…… 대지주의 저택에 침입한 거며…… 모든 일이 너무 앞뒤가 맞지 않고 무분별합니다. 겉으로는 멀쩡하게 생겨가지고 여자들을 꾀어내거나, 가끔씩은 어린애들을 유인해서 죽이는 그런 남자들이 있죠. 성범죄자들 말입니다."

하퍼가 말했다.

"글쎄요. 그런 사건들도 있긴 하죠. 하지만 이 근처에서 그런 일이 있었다는 얘기는 들어 본 적이 없어서요."

제퍼슨이 계속 얘기했다.

"저는 루비와 같이 있었던 많은 남자들에 대해 전부 곰곰이 생각해 보았습니다. 이 호텔 손님이나 외부인들, 그리고 그 애가 같이 춤추었던 남자들에 대해서요. 그 사람들은 전부 악의가 없어 보였습니다. 평범한 남자들이었죠. 그 애에게는 어떤 특별한 친구도 없었습니다."

하퍼 총경의 얼굴은 여전히 꽤 무표정했다. 콘웨이 제퍼슨은 눈치 채지 못했지만, 그의 눈에는 아직도 미심쩍어하는 기미가 있었다. 그는 루비 킨에게 콘웨이 제퍼슨이 모르는 특별한 친구가 있었을지도 모른다는 생각이었다.

그러나 총경은 아무 말도 하지 않았다. 경찰서장은 묻는 듯한 눈길로 그를 흘긋 쳐다보더니 자리에서 일어섰다.

"감사합니다, 제퍼슨 씨. 이 정도면 우선 필요한 얘기는 들은 것 같습니다."

제퍼슨이 말했다.

"조사가 진행되는 대로 계속 알려주시겠습니까?"

"네, 그럼요. 계속 연락드리겠습니다."

두 남자는 방을 나왔다.

콘웨이 제퍼슨은 의자에 앉아서 상체를 뒤로 젖혔다. 눈꺼풀이 내려와서 사나운 푸른빛을 덮었다. 그는 갑자기 굉장히 피곤한 사람처럼 보였다.

그러더니 일이 분 정도 지나서 그의 눈꺼풀이 다시 깜박였다. 그가 소리쳤다.

"에드워즈!"

옆방에서 하인이 재빨리 나타났다. 에드워즈는 자기 주인을 어느 누구보다도 잘 알고 있었다. 다른 사람들은 가장 가까운 사람들마저도 그의 강인한 모습만을 알고 있었다. 하지만 에드워즈는 그의 약한 면도 알고 있었다. 그는 콘웨이 제퍼슨이 지쳐서, 낙심해서, 인생에 권태를 느끼거나 병약함과 외로움에 시시각각으로 무너지는 모습을 보아왔다.

"네, 주인님?"

제퍼슨이 말했다.

"헨리 클리서링 경에게 연락해 주게. 아마 멜버른의 애버스에 있을 거야. 그 친구에게 가능하면 내일이 아니라 오늘 여기 와 달라고 하더라고 전하게. 급한 일이라고 말이야."

제7장

I

제퍼슨의 방을 나왔을 때 하퍼 총경이 말했다.

"자, 그런대로 범행 동기 한 가지는 찾은 셈이군요, 대령님."

"음, 5만 파운드라 이거지?"

멜쳇이 말했다.

"네, 그보다 적은 돈 때문에 살인을 저지르는 일도 얼마든지 있으니까요."

"맞네, 하지만……."

멜쳇 대령은 말을 흐렸다. 그러나 하퍼는 그의 의도를 파악했다.

"이번 사건은 그런 것 같지 않다는 말씀이시죠? 저도 그렇게 생각합니다, 어느 정도는 말입니다. 하지만 그래도 조사는 자세히 해 봐야 하겠죠."

"물론 그래야겠지."

하퍼가 이야기를 계속했다.

"제퍼슨 씨가 얘기하는 것처럼 개스켈 씨와 제퍼슨 부인은 이미 상당한 재산을 물려받았고 수입도 넉넉하다니, 잔인한 살인을 계획했을 것 같지는 않습니다."

"그건 정말 그래. 물론 그 두 사람의 재정 상태를 조사해 봐야 하겠지만 말이야. 개스켈의 인상은 별로 마음에 들지 않았네. 교활하고 파렴치해 보이는 친구더군. 하지만 그렇다고 그 친구를 살인자로 모는 건 지나친 비약이지."

"그렇고 말고요, 아까도 말씀드린 것처럼 그 두 사람은 아닐 것 같습니다. 그리고 조시가 얘기한 것으로 미루어 보아도 그것은 불가능한 일입니다. 두 사람 모두 10시 40분부터 자정까지 브리지를 하고 있었어요. 제가 보기엔 훨씬 더 가능성 있는 사람이 따로 있습니다."

멜쳇이 말했다.

"루비 킨의 남자 친구 말인가?"

"바로 그겁니다, 대령님. 불만을 품은 어떤 젊은 친구가 있다고 합시다……. 아마 별로 머리 좋은 친구는 아니겠죠. 그녀가 여기 오기 전부터 알던 사람일 겁니다. 그가 입양 계획을 눈치 챘다면, 그것 때문에 일이 이 지경이 되었는지도 모릅니다. 그는 그녀를 잃는다고 생각했겠죠. 그녀가 지금까지와는 다른 상류 계층으로 떠난다고 생각하니 눈이 뒤집히고, 분노로 판단력을 상실했던 거죠. 그는 어젯밤에 그녀를 불러내서 둘이 만났고, 그 일 때문에 말다툼을 벌이다가 흥분해서 그녀를 죽인 겁니다."

"그럼 그 여자가 어떻게 밴트리의 서재에 있게 된 걸까?"

"가능하다고 봅니다. 두 사람이 그때 남자의 차 안에 있었다고 칩시다. 그는 제정신으로 돌아와서 자신이 무슨 짓을 했는지 깨달았을 테고, 제일 먼저 시체를 어떻게 치울지 궁리했겠죠. 그때 그들이 가싱턴 홀의 출입문 가까이에 있었던 거고요. 그녀가 거기서 발견되면 수사가 그 집과 그 집의 거주자들에게 집중되어서 자신은 그 일에서 쉽게 벗어날 수 있을 거라는 생각이 들었을 겁니다. 그 여자는 몸집이 작으니까 쉽게 옮길 수 있었겠죠. 그는 차 안에 있던 끌로 창문을 억지로 열고 벽난로 옆 양탄자 위에 시체를 내던졌습니다. 목 졸라 죽였으니 차 안에 핏자국이 있거나 더러워지진 않았을 테고요. 제가 무슨 말을 하고 싶은지 아시겠죠?"

"물론이지, 하퍼, 충분히 있을 수 있는 얘기야. 하지만 아직 한 가지 할 일이 남아있네. 세르셰 롬므(사건 뒤에 남자가 있다)*……."

"네? 아, 매우 훌륭하십니다, 대령님."

하퍼 총경은 멜첫 대령의 불어 발음이 너무 좋은 나머지 하마터면 그 말의 의미를 놓칠 뻔했지만, 상사의 농담에 적절히 맞장구를 치며 칭찬했다.

---

* '사건 뒤에 여자가 있다.'를 빗댄 말.

II

"저…… 잠깐 에…… 얘기 조, 좀 할 수 있을까요?"

두 남자를 기다리고 있다가 불러 세운 사람은 조지 바틀렛이었다. 멜쳇 대령은 바틀렛에게 별로 관심도 없었고, 슬랙에게 그 여자의 방과 객실 담당 여종업원들을 조사한 내용 보고를 몹시 듣고 싶었기 때문에 퉁명스럽게 되물었다.

"그래 무슨 일입니까?"

아직 젊은 바틀렛은 입을 열었다 닫았다 하면서 어항에 있는 물고기 모양으로 한두 걸음 물러섰다.

"저…… 음…… 어쩌면 중요하지 않을지도 모르지만, 그래도 말씀을 드려야 할 것 같아서요. 사실은 제 차를 찾을 수가 없어요."

"무슨 얘깁니까, 차를 찾을 수가 없다니?"

한참을 더듬거리면서 바틀렛은 자신의 말뜻은 차가 보이지 않는 것이라고 설명했다.

하퍼 총경이 말했다.

"차를 도둑맞았다는 말씀이세요?"

조지 바틀렛은 좀 더 온화한 목소리가 나는 쪽으로 기꺼이 고개를 돌렸다.

"글쎄요, 바로 그렇겠죠. 아니, 그건 아무도 모르죠, 누가 알겠어요? 누군가 악의 없이 그냥 차를 타고 갔을지도 모르죠."

"마지막으로 차를 본 게 언제입니까, 바틀렛 씨?"

"그게, 저도 생각해 내려고 했어요. 무언가를 생각해 내는 게 얼마나 어려운지 아시잖습니까?"

멜첫 대령이 차갑게 대답했다.

"정상적인 지능을 가진 사람이라면 그렇지 않을 거라고 생각합니다만. 방금 전까지도 어젯밤에 차가 호텔 정원에 있었다고 얘기하더니……"

바틀렛 씨가 대담하게 말을 가로막고 이렇게 말했다.

"바로 그겁니다. 제가 그랬죠?"

"'제가 그랬죠?'라니, 그게 무슨 뜻입니까? 당신이 그렇다고 말했잖아요."

"그러니까…… 그렇게 생각했다는 뜻입니다. 밖에 나가서 찾아보지는 않았거든요, 아시겠어요?"

멜첫 대령이 한숨을 쉬었다. 그는 최대한 인내심을 발휘해서 물었다.

"확실하게 짚고 넘어갑시다. 마지막으로 차를 본 게…… 실제로 본 게 언제입니까? 그건 그렇고 차종은 뭐죠?"

"미노안 14형입니다."

"그리고 마지막으로 차를 본 건 언제죠?"

조지 바틀렛의 목젖이 경련을 일으키듯이 위아래로 꿈틀거렸다.

"생각해 내려고 하는 중인데요. 어제 점심 전까지는 있었습니다. 오후에 드라이브를 가려고 했죠. 그런데 어쩌다 보니, 어떻게 그렇게 되는지 아시겠지만, 잠이 들어 버렸어요. 그러고 나서 차를 마시고 스쿼시를 한 게임 치고, 그 후에 해수욕을 했죠."

"그때까지 차가 호텔 정원에 있었습니까?"

"아마 그렇겠죠. 거기에 차를 주차해 뒀으니까요. 아무나 드라이브에 데려가려고 생각했습니다. 그러니까, 저녁 식사는 하고 나서요. 하지만 그날 저녁엔 운이 없었어요. 다 틀려 버렸죠. 결국 다 늙은 여자 하나도 데리고 나가지 못했으니까요."

하퍼가 말했다.

"하지만 당신이 알기론 차는 여전히 정원에 있었다는 거죠?"

"물론이죠. 거기다 차를 뒀으니까요."

"차가 거기 없었다면 알아차렸을까요?"

바틀렛 씨는 고개를 저었다.

"그렇지 않을걸요. 아시다시피 차들이 많이 드나들었으니까요. 미노안도 많았고요."

하퍼 총경이 고개를 끄덕였다. 그는 아까 무심코 창밖을 힐끗 쳐다보았다. 그때 정원에는 미노안 14가 여덟 대나 있었다. 그것은 올해 인기를 끌었던 싸구려 차종이었던 것이다.

"밤이면 차를 치워 두는 버릇은 없습니까?"

멜쳇 대령이 물었다.

"일부러 그렇게까지 하지는 않습니다."

바틀렛이 대답했다.

"날씨도 좋고 하니까요. 차를 차고에 주차하는 건 정말이지 피곤한 일이죠."

하퍼 총경이 멜쳇 대령을 바라보며 말했다.

"위층에서 뵙겠습니다, 대령님. 제가 히긴스 경사에게 연락해서 바틀렛 씨에게 자초지종을 듣고 적어 놓으라고 하겠습니다."

"알겠네, 하퍼."

바틀렛 씨가 뭔가를 바라는 듯이 중얼거렸다.

"두 분께 알려야 한다고 생각했어요. 중요한 일일지도 모르니까요, 안 그래요?"

III

프레스트콧 씨는 댄서들에게 숙식을 제공해 왔다. 식사야 어찌되었든 숙소는 호텔에서 가장 형편없는 방이었나.

조세핀 터너와 루비 킨은 초라하고 지저분한 좁은 복도 제일 끝에 있는 방을 사용하고 있었다. 그들의 방은 모두 비좁았고, 북향이라 호텔의 배경을 이루는 절벽의 일부가 보였다. 방 안의 가구들은 한 30년쯤 전에는 한때 최고의 스위트룸에서 고급스러움과 기품을 뽐냈겠지만, 지금은 이 방 저 방에서 남아도는 잡동사니에 지나지 않는 것들이었다. 호텔이 현대화되고 침실마다 옷을 걸어둘 붙박이 장이 설치되자, 이제 오크와 마호가니로 만든 이 거대한 빅토리아 시대 옷장은 호텔의 상주 직원들이 사용하는 방으로 내쫓기거나, 성수기에 넘쳐나는 손님들에게 내주는 방에 비치되었다.

멜쳇이 한눈에 알아차린 것처럼, 루비 킨이 묵었던 방의 위치는 들키지 않고 호텔을 빠져나가기에 안성맞춤이었고, 그녀가 사라진 상황을 해명해야 하는 입장에서 보면 특히 유감스러운 곳에 있었다.

복도의 끝에는 2층과 마찬가지로 구석진 1층 복도로 이어지는 작은 계단이 있었다. 여기에는 호텔의 옆쪽 테라스로 통하는 유리문이 있었는데, 아무것도 보이지 않는 이 테라스에는 사람들이 잘 다니지 않았다. 이 테라스에서는 정면에 있는 테라스로 갈 수도 있고, 아니면 구불구불한 길로 내려가서 결국에는 더 멀리까지 나 있는 절벽 도로와 합쳐지는 좁은 길도 나 있었다. 하지만 도로 사정이 안 좋기 때문에 이용하는 사람은 거의 없었다.

슬랙 경감은 단서를 찾기 위해 호텔의 객실 담당 여종업원들에게 귀찮게 물어보면서 루비의 방을 조사하느라 바빴다. 다행히도 그 방은 전날 밤 그대로였다.

루비 킨은 아침에 늦게 일어나는 습관이 있었다. 슬랙은 그녀가 평상시에 10시나 10시 30분에야 일어나서 벨을 울려 아침 식사를 가져오게 한다는 것을 알아냈다. 콘웨이 제퍼슨이 아주 이른 시간부터 호텔 지배인을 들볶기 시작했기 때문에 경찰은 객실 담당이 손대기 전에 방을 확보했다. 그들은 사실 그 복도 쪽으로는 내려오지도 않았던 모양이었다. 매년 이맘때쯤이면 거기에 있는 다른 방들에는 일주일에 한 번만 들어가서 청소했던 것이다.

"그건 확실히 잘된 일이 될 수도 있었습니다. 찾을 만한 것이 있다면 우리가 찾아냈을 테니까요, 하지만 거기엔 아무 것도 없더군요."

슬랙이 침울하게 설명했다.

글렌셔 경찰서에서 이미 방을 조사했지만, 정체불명의 지문은 하나도 없었다. 루비의 지문, 조시의 지문, 그리고 두 객실 담당 종업원(한 명은 아침 근무자였고 그리고 다른 한 명은 저녁 근무자였다.)의 지문이 채취되었다. 레이먼드 스타의 지문도 있었지만, 루비가 자정 공연에 나타나지 않아서 그녀를 찾으러 조시와 함께 올라왔다는 그의 이야기로 설명되었다.

구석에 있는 거대한 마호가니 책상의 서류 정리함 속에는 편지 더미와 잡다한 쓰레기가 들어 있었다. 슬랙은 조심스럽게 그것들을 자세히 살펴보았지만, 의미 있는 물건은 아무것도 발견하지 못했다. 영수증, 계산서, 연극 프로그램, 영화 입장권, 신문에서 오려낸 기사, 잡지에서 잘라낸 미용 관련 기사뿐이었다. 편지들 중에는 '빨레드 당스'에시의 친구인 것이 분명한 '릴'로부터 온 것이 몇 통 있었다. 그녀는 갖가지 사건들과 소문을 자세히 늘어놓으며 이렇게 적고 있었다.

다들 널 너무 보고 싶어 해. 핀디슨 씨가 네 안부를 몇 번이나 물어보았단다. 그가 정말 풀이 죽어 버렸지 뭐니! 레그는 네가 떠나고 나서 메이와 사귀고 있어. 바니도 가끔씩 네 안부를 물어보곤 해. 여기는 대부분 예전 그대로야. 그라우저 할아버지는 여전히 여자들한테 깐깐하게 굴고 있어. 애다가 데이트하러 나갔다고 혼쩌검까지 냈다니까.

슬랙은 편지에 나온 이름을 조심스럽게 모두 적어 두었다. 조사를 해 보면 어떤 유용한 정보가 드러날 수도 있기 때문이었다. 멜쳇 대령도 그의 생각에 동의했다. 조금 늦게 온 하퍼 총경도 마찬가지였다. 그 외에는 정보라고 할 만한 것이 별로 없었다.

방 중앙에 있는 의자 위에는 어제 초저녁에 루비가 입었던 팔랑거리는 분홍색 댄스복이 걸려 있었고, 바닥에는 아무렇게나 벗어 놓은 분홍색 새틴 하이힐 한 켤레가 있었다. 얇은 실크 스타킹 두 개도 둥글게 말려서 내동댕이쳐져 있었다. 한 켤레는 올이 나가 있었다. 멜쳇은 죽은 여자가 맨발이었던 것을 기억해 냈다. 슬랙은 그녀가 습관적으로 이렇게 한다고 들었다. 그녀는 스타킹을 신는 대신 다리에 화장을 했고, 춤을 출 때나 가끔씩 스타킹을 신어서 비용을 절약했던 것이다. 옷장 문이 열려 있어서 조금 야한 이브닝드레스들이 다양하게 걸려 있는 것과 그 아래 신발이 한 줄로 늘어서 있는 것이 보였다. 빨래 바구니 안에는 더러운 속옷들이 있었고, 휴지통 안에는 손톱 부스러기, 화장 지운 휴지, 립스틱과 매니큐어가 묻은 화장 솜 몇 개가 들어 있었다. 이상한 것은 아무것도 없었다! 당시의 상황은 분명해 보였다. 루비 킨은 서둘러 위층으로 올라와서 옷을 갈아입고 다시 급히 나가 버렸다……. 어디로 간 것일까?

루비의 생활과 친구들을 대부분 알고 있을 것이라고 생각되는 조세핀 터너는 도움이 안 되는 것으로 밝혀졌다. 그러나 슬랙 경감이 지적한 것처럼 그것은 당연한 일일지도 몰랐다.

"루비를 입양하려 했다는 대령님의 얘기가 사실이라면, 조시는 루비에게 찾아 올 기회를 망쳐 버릴지도 모르는 예전 친구들과 헤어지는 것에 쌍수를 들고 찬성했을 겁니다. 몸이 불편한 그 신사는 그토록 상냥하고, 순수하고, 어린애 같아 보이는 루비 킨에게 홀딱 빠졌습니다. 만약 루비에게 변변찮은 남자 친구가 있다고 한다면 노인은 대단히 실망했겠지요. 따라서 루비는 그 일을 비밀로 해야 했습니다. 어쨌든 조시 또한 이에 대해 잘 알지는 못했습니다……. 남녀 관계 같은 문제에 대해서는 말입니다. 하지만 루비가 별 볼 일 없는 남자 친구와 시시덕거리느라 일을 망치는 것엔 반대였겠죠. 따라서 루비(제가 보기엔 교활한 아가씨네요!)가 옛 친구를 만나는 일을 조시에게 감춘 것도 당연합니다. 그렇지 않으면 조시가 나무랄 테니까요. 하지만 여자들이 어떤지는 아시잖아요. 특히 젊은 여자들은 늘 별 볼 일 없는 남자 때문에 기꺼이 바보짓을 하려고 들죠. 루비는 옛 애인을 만나고 싶어 했습니다. 하지만 그는 여기 왔다가 모든 얘기를 듣고 홧김에 여자의 목을 조른 겁니다."

"자네 말이 맞을 지도 몰라, 슬랙."

멜쳇 대령은 슬랙의 불유쾌한 사고방식에 여느 때처럼 혐오감을 느꼈지만 억지로 감춘 채 이렇게 말했다.

"만약 그렇다면 우리는 그 변변찮은 친구의 신원을 곧 밝혀 내야 겠군."

"제게 맡겨 주십시오, 대령님."

슬랙이 평상시처럼 자신감을 보이며 말했다.

"빨레 드 당스라는 곳에 있는 이 릴이라는 여자에게 연락해서 샅샅이 조사하겠습니다. 머지않아 진실이 밝혀질 겁니다."

멜챗 대령은 과연 그렇게 될지 의심스러웠다. 슬랙의 정력과 활기는 늘 그를 피곤하게 만들었다. 슬랙이 얘기를 계속했다.

"정보를 얻을 수 있을지도 모르는 사람이 한 명 더 있습니다. 댄스와 테니스 코치입니다. 그 사람은 루비를 자주 봐 왔으니 조시보다 많은 것을 알고 있을 겁니다. 어쩌면 루비가 그에게 무심코 무슨 말을 했을 지도 모르죠."

"그 점은 이미 하퍼 총경이랑 검토하고 있네."

"그러셨군요. 객실 담당 종업원들도 철저히 조사했습니다. 그들은 아무것도 모르더군요. 제가 느끼기에 그들은 이 두 사람을 경멸하고 있었습니다. 서비스도 가능한 적당히 해치웠더군요. 객실 담당은 어제 저녁 7시에 마지막으로 와서 침대를 정리하고 커튼을 치고 청소를 대충 하고 갔습니다. 옆에 욕실이 있던데, 보시겠습니까?"

욕실은 루비의 방과 조시가 사용하는 약간 더 큰 방 사이에 있었다. 욕실에는 조명이 밝게 비추고 있었다. 멜챗 대령은 여자들이 사용했을 미용 도구의 양에 조용히 감탄하고 있었다. 화장용 크림, 클렌징 크림, 배니싱 크림, 영양 크림 통들이 줄줄이 늘어서 있었다. 다양한 색조의 파우더 상자들과 온갖 종류의 립스틱도 아무렇게나 쌓여 있었다. 헤어로션과 '윤기 전용' 제품들도 있었다. 붙이는 속눈썹, 마스카라, 푸른색 아이섀도, 적어도 열두 가지 색상의 매니큐어, 화장용 티슈, 화장 솜, 더러워진 분첩, 게다가 아스트린젠트, 스킨, 수딩 등 갖가지 로션 병들도 즐비했다.

멜챗이 힘없이 중얼거렸다.

"여자들이 이런 걸 전부 사용한단 말인가?"

언제나 뭐든지 다 알고 있는 슬랙 경감이 친절하게 가르쳐 주었다.

"보통 여자들이라면 한두 가지 색깔의 화장품을 가지고 있으면서 하나는 저녁에, 하나는 낮에 사용하죠. 그들은 어떤 것이 자신에게 어울리는지 알고 그것만 사용합니다. 하지만 이런 직업여성들은 끊임없이 변화를 주어야 하지요. 그들은 공연을 하지 않습니까. 어떤 날은 탱고를, 다음 날은 크리놀린 스커트*를 입고 빅토리아 풍의 춤을 추고, 그 다음에는 아파치 댄스** 같은 걸 추고, 그냥 일반적인 사교댄스도 추죠. 물론 그때그때 화장도 많이 달라지고요."

"맙소사! 이런 크림이랑 화장품을 만드는 사람들이 떼돈을 버는 게 당연하겠군."

대령이 말했다.

"정말 손쉬운 돈벌이죠. 물론 광고비야 좀 들겠지만 말입니다."

슬랙이 말했다.

멜쳇 대령은 여자의 화장이라는 평생에 걸친 흥미진진한 문제를 생각하다가 정신을 차렸다. 그는 방금 도착한 하퍼에게 말했다.

"아직 이 남자 댄서란 친구가 남았군. 자네가 맡겠나?"

"그게 좋을 것 같습니다, 대령님."

계단을 내려가면서 하퍼가 물었다.

---

* 테를 사용해서 전후좌우를 고르고 둥글게 부풀린 스커트. 1850~70년경까지 유행했음.

** 일종의 난폭한 댄스.

"바틀렛 씨가 한 얘기를 어떻게 생각하십니까, 대령님?"

"차 얘기 말인가? 그 젊은 친구는 지켜볼 필요가 있을 것 같네. 얘기가 어딘지 의심스럽더군. 결국은 그가 어젯밤에 그 차로 루비 킨을 데리고 나간 건 아닐까?"

IV

하퍼 총경은 서두르지 않으면서 싹싹하고, 또 아주 중립적인 태도를 보였다. 두 주의 경찰이 협조해야 하는 이런 사건들은 언제나 다루기 어려웠다. 총경은 멜쳇 대령을 좋아했고 그를 능력 있는 경찰서장이라고 생각했다. 그래도 역시 지금 레이먼드 스타와 혼자 얘기하게 된 것은 반가운 일이었다. 한 번에 너무 많은 일을 하지 않는다는 것이 하퍼 총경이 세운 규칙이었다. 처음에는 관례적인 질문으로 시작한다. 그러면 얘기하는 사람은 긴장을 풀게 되고, 다음번 인터뷰에서는 좀 더 마음 놓고 얘기하는 경향이 있었다.

하퍼는 이미 레이먼드 스타의 얼굴을 알고 있었다. 이 멋진 남자는 큰 키에 유연한 몸을 가지고 있으며, 잘생긴 데다가 검게 탄 피부에 새하얀 이가 인상적이었다. 그는 매력적이고 품위가 있는 데다 유쾌하고 상냥한 태도로 사람들을 대했기 때문에 호텔에서 인기가 높았다.

"별로 도와 드릴 것이 없는 것 같습니다, 총경님. 물론 루비야 아주 잘 알고 있었죠. 그녀는 이 호텔에서 한 달 넘게 있었고, 저랑 같이 춤을 춰 왔으니까요. 하지만 정말로 말씀드릴 건 별로 없습니다. 그녀는 아주 상냥했지만 생각이 좀 부족한 여자였습니다."

"저희가 특히 알고 싶은 부분은 그녀의 교우 관계입니다. 남자들과의 친분 관계요."

"아마 그러시겠죠. 하지만 저는 아무것도 모릅니다! 호텔 내에서 그녀를 따라다니는 젊은 남자들이 좀 있었지만 특별한 관계는 아니었습니다. 아시다시피 제퍼슨 가족들이 거의 언제나 그녀를 독점하고 있었으니까요."

"그러게요, 제퍼슨 집안이라……."

하퍼가 생각에 잠겨 잠시 입을 다물었다. 그는 예리한 눈빛으로 이 젊은 남자를 쳐다보았다.

"그 일에 대해 어떻게 생각하셨습니까, 스타 씨?"

레이먼드 스타가 침착하게 대꾸했다.

"그 일이라뇨?"

하퍼가 말했다.

"제퍼슨 씨가 루비 킨을 법적으로 입양하겠다고 한 것을 몰랐나 보죠?"

스타는 이 얘기가 금시초문인 것 같았다. 그는 입을 앞으로 쑥 내밀더니 휘파람을 불었다.

"루비는 보통내기가 아니었군요! 하여튼 늙은이들이 더 주책이라니까."

"그렇게 생각하십니까?"

"달리 뭐라고 할 수 있겠습니까? 노인네가 입양을 하고 싶다면 왜 자기랑 같은 계층에 있는 사람을 선택하지 않았을까요?"

"루비 킨이 한 번도 그 얘기를 한 적이 없나요?"

"아뇨. 루비가 무슨 일 때문인지 신이 난 건 알았지만 그게 뭔지는 몰랐습니다."

"그럼 조시는요?"

"글쎄요, 조시는 일이 어떻게 돌아가는지 분명히 알고 있었을 것 같은데요. 아마 조시가 모든 일을 계획한 사람인지도 모르죠. 조시는 여간내기가 아닙니다. 머리가 아주 비상하다니까요."

하퍼가 고개를 끄덕였다. 루비 킨을 불러온 사람은 조시였다. 친밀한 관계를 조장한 사람도 의심할 여지없이 조시일 것이다. 어젯밤에 루비가 춤출 시간에 나타나지 않아 콘웨이 제퍼슨이 허둥대기 시작했을 때 조시가 속상해한 것도 당연하리라. 그녀는 자신의 계획이 수포로 돌아가는 것을 두려워했을 것이다.

그는 이렇게 물었다.

"루비가 비밀을 지킬 수 있었을까요, 어떻게 생각하십니까?"

"아마 그랬을 겁니다. 루비는 개인적인 문제에 대해 별로 얘기하지 않았으니까요."

"그녀가 자신의 친구에 대해 무슨 말을, 어떤 말이라도 하지 않던가요? 이전에 알던 사람이 여기로 그녀를 보러 왔다던가, 누군가와 사이가 안 좋다던가……. 제가 무슨 말을 하려는지 아시겠죠?"

"네, 이해합니다. 하지만 글쎄요, 제가 아는 한 그런 사람은 없습니다. 그녀는 그런 말을 한 마디도 하지 않았거든요."

"감사합니다, 스타 씨. 이제 어젯밤에 정확하게 무슨 일이 있었는지 아는 대로 얘기해 주시겠습니까?"

"그러죠. 루비와 저는 10시 30분 공연을 마쳤고……."

"그때 그녀에게 뭔가 이상한 기미는 없었나요?"

레이먼드는 곰곰이 생각했다.

"없었던 것 같습니다. 그 후에 무슨 일이 있었는지는 알아채지 못했습니다. 저도 제 댄스 파트너들을 상대해 주어야 했으니까요. 루비가 댄스홀에서 없어진 것을 눈치 채긴 했습니다. 그녀는 자정에도 나타나지 않았죠. 저는 굉장히 당황해서 조시를 찾아갔습니다. 조시는 루비가 어디에 있는지 모르고 있었고, 좀 충격을 받은 것 같았습니다. 그녀는 불안한 듯한 눈빛으로 제퍼슨 씨를 힐끗 보더군요. 저는 밴드에게 댄스곡을 한 곡 더 연주해 달라고 부탁한 후에 사무실로 가서 루비의 방으로 전화해 달라고 했죠. 하지만 전화를 받지 않더군요. 저는 다시 조시에게 갔습니다. 조시는 루비가 아마 자기 방에서 자고 있을 거라고 했어요. 정말 말도 안 되는 얘기였지만, 물론 제퍼슨 일가를 염두에 두고 한 말이었겠죠! 그녀는 저와 함께 자리를 뜨면서 2층에 올라가 보자고 했습니다."

"알겠습니다, 스타 씨. 그녀가 당신이랑 둘만 남게 되었을 때 뭐라고 하던가요?"

"제 기억에 그녀는 아주 화가 나서 이렇게 말했습니다. '멍청한 계집애 같으니라고. 어떻게 이럴 수가 있담. 굴러들어온 복을 차 버리는군. 그 애가 누구랑 있는지 몰라요?' 저는 전혀 모르겠다고 대답했죠. 제가 마지막으로 루비를 봤을 때 그녀는 바틀렛이랑 춤을 추고 있었어요. 조시는 이렇게 말했죠. '루비가 그 남자랑 같이 있진 않겠지. 도대체 무슨 짓을 하려는 거지? 그 영화사 남자랑 같이 있진 않겠죠, 그렇죠?'"

하퍼가 잽싸게 물었다.

"영화사 남자요? 그게 누구죠?"

레이먼드가 말했다.

"이름은 잘 모르겠습니다. 호텔에서 묵었던 적은 없어요. 평범하지 않게 생긴 친구죠. 검은 머리에 연극배우 같은 얼굴이었어요. 영화사와 관련된 사람인 것 같습니다……. 적어도 그는 루비에게 그렇게 말했답니다. 여기서 식사하려고 한두 번 들렀다가 루비랑 춤을 추었지만, 루비랑 친했던 것 같지는 않습니다. 그래서 조시가 그 사람 얘기를 해서 깜짝 놀랐죠. 저는 그 사람이 오늘 밤 여기 온 것 같지 않다고 말했어요. 조시는 이렇게 말했죠. '어쨌든 루비가 누군가와 함께 나간 건 틀림없어요. 제퍼슨 씨 댁에는 뭐라고 해야 하죠?' 그리고 조시는 이게 아주 중요한 일이라고 말했어요. 루비가 일을 망치면 절대로 용서하지 않겠다고도 했고요.

그러는 동안 루비의 방에 도착했습니다. 물론 루비는 없었지만, 그녀가 입었던 드레스가 의자 위에 걸려 있었으니 거기에 들른 모양이었습니다. 조시는 옷장 안을 들여다보더니 루비가 낡은 흰색 드레스를 입고 나간 것 같다고 했어요. 보통 때라면 스페인 댄스를 춰야 하니 검은색 벨벳 드레스로 갈아입었겠죠. 저는 그때쯤 루비가 그런 식으로 저를 실망시킨 것에 굉장히 화가 나 있었어요. 조시는 저를 진정시키려 애썼고, 지배인 프레스트콧이 트집 잡지 못하도록 자기가 직접 춤을 추겠다고 했어요. 그녀는 나가서 옷을 갈아입었고 아래층으로 내려가서 저와 함께 탱고를 추었죠. 탱고는 과장된 스타일인 데다가 상당히 현란하지만 발목에 심하게 무리가 가진 않으니까요. 하지만 조시로서는 대단한 용기가 필요했을 겁니다. 그녀의 발목이 아프다는 건 척 봐도 알 수 있었으니까요. 춤을 추고 나서 그녀는 제퍼슨 씨를 안심시키는 일을 도와 달라고 했습니다. 중요한 일이라고 하면서요. 그래서 물론 저는 그 말대로 했죠."

하퍼 총경이 고개를 끄덕이고 나서 말했다.

"감사합니다, 스타 씨."

그는 속으로 생각했다.

'중요한 일이라, 그렇겠지! 5만 파운드가 달려 있으니까!'

그는 레이먼드 스타가 정중하게 자리를 뜨는 모습을 지켜보았다. 레이먼드는 중간에 테니스공과 라켓이 담긴 가방을 집어 들고 테라스 계단을 내려갔다. 라켓을 들고 기다리고 있던 제퍼슨 부인도 그와 함께 테니스장으로 갔다.

"저, 총경님."

히긴스 경사가 약간 숨을 헐떡거리면서 하퍼 총경의 옆에 서있었다. 이런저런 생각으로 자신만의 세계에 빠져 있던 총경은 화들짝 놀랐다.

"방금 경찰서에서 총경님께로 연락이 왔습니다. 채석장 노동자로부터 오늘 아침에 불길을 보았다는 신고가 들어왔습니다. 그리고 30분 전에 채석장에서 몽땅 타 버린 자동차를 발견했는데요, 여기서 3킬로미터 정도 떨어진 벤 채석장이라고 합니다. 차 안에는 까맣게 타 버린 시체의 흔적이 있었습니다."

하퍼의 멍하던 얼굴이 갑자기 확 달아올랐다.

"글렌셔에 도대체 무슨 일이지? 범죄가 만연하는 건가? 설마 또 엄청난 사건은 아니겠지?"

그가 물었다.

"차 번호는 알아볼 수 있었다던가?"

"아뇨. 하지만 물론 엔진 번호로 확인해 볼 수 있을 겁니다. 미노안 14 같다고 하더군요."

제8장

I

헨리 클리서링 경은 머제스틱 호텔의 라운지를 지나가면서 거기 있던 사람들을 거의 쳐다보지 않았다. 그는 딴 곳에 정신이 팔려 있었다. 그럼에도 불구하고 세상만사가 그렇듯 무언가 그의 잠재의식 속에 깊이 자리 잡고 있는 것이 있었다. 그것은 끈기 있게 때가 오기만을 기다리고 있었다.

헨리 경은 위층으로 올라가면서 친구가 무엇 때문에 갑자기 급한 전갈을 보냈는지 의아하게 생각하고 있었다. 콘웨이 제퍼슨은 누구를 급하게 호출하는 그런 사람이 아니었다. 헨리 경은 뭔가 상당히 심상치 않은 일이 일어난 것이 틀림없다고 판단했다.

제퍼슨은 빙 둘러 말하는 데에 시간을 낭비하지 않고 이렇게 말했다.

"잘 왔네. 에드워즈, 헨리 경에게 음료수를 갖다 드리게. 자리에 앉게나. 아직 아무 소식도 못 들은 것 같군. 아직 신문에 난 게 아무 것도 없나?"

헨리 경은 고개를 저었다. 그는 호기심이 발동했다.

"무슨 일인가?"

"살인 사건이 일어났다네. 나는 그 사건의 관계자이고, 자네 친구 들인 밴트리 부부도 마찬가지야."

"아서와 돌리 밴트리가?"

클리서링은 의심스러운 듯이 되물었다.

"그렇다네, 실은 시체가 그 집에서 발견되었거든."

콘웨이 제퍼슨은 분명하고 간결하게 사정을 대략 말해 주었다. 헨리 경은 잠자코 얘기를 듣고 있기만 했다. 두 사람은 문제의 요점 을 터득하는 데 이골이 나 있었다. 헨리 경은 런던의 경시청장으로 재직하는 동안에도 요점을 재빨리 파악하기로 유명했다.

그는 상대방이 말을 마치자 이렇게 평했다.

"이거 보통 일이 아닌걸. 밴트리 부부가 어쩌다 이 사건에 연루된 걸까?"

"내가 걱정하는 것도 바로 그 점이네. 자네도 알다시피, 내가 그 들을 안다는 사실이 어쩌면 사건과 관련 있을지도 모르네. 내가 찾 을 수 있는 연관성은 그것뿐이야. 두 사람 모두 루비를 한 번도 본 적이 없는 것 같더군. 그들이 그렇게 얘기하고, 그들을 믿지 못할 이유도 없네. 그녀를 알고 있다면 그게 더 이상하지. 그렇다면 누가 그녀를 유괴해서 고의적으로 내 친구의 집에 갖다 놓은 게 아닐까?"

클리서링이 말했다.

"그건 억지스럽다고 보는데."

"하지만 가능한 일이잖아."

"맞아, 하지만 그럴 것 같진 않아. 내가 어떻게 해 줬으면 좋겠나?"

콘웨이 제퍼슨이 씁쓸하게 말했다.

"난 몸이 불편하네. 그저 그 사실을 직시하려고 하지 않았을 뿐이야. 하지만 지금은 그 사실을 뼈저리게 느끼고 있네. 나는 내가 하고 싶은 대로 돌아다니면서 질문을 하거나 이것저것 조사할 수가 없어. 경찰이 고맙게도 단편적인 정보라도 전해 주면 그거에나 감지덕지 하면서 여기 처박혀 있어야 한단 말이야. 그나저나 혹시 래드퍼드셔의 경찰서장인 멜쳇을 알고 있나?"

"그래, 만난 적은 있지."

헨리 경의 머리에 무언가가 떠올랐다. 라운지를 지나치면서 무심결에 눈여겨 본 얼굴이 있었다. 등을 꼿꼿이 세우고 있던 그 노부인은 어딘가 낯익어 보였다. 그가 마지막으로 멜쳇을 만났을 때도 본 얼굴이었다.

클리서링이 말했다.

"내가 아마추어 탐정이라도 되길 바란다는 말인가? 그건 내 전문이 아닌데."

제퍼슨이 대답했다.

"자네는 아마추어가 아니지. 내가 바라는 게 바로 그거야."

"더 이상 전문가도 아니라네. 이제 퇴직했으니 말이야."

제퍼슨이 말했다.

"그럼 일이 간단해지겠군."

"내가 아직 런던 경시청에 있다면 이 일에 끼어들 수 없다 이 말인가? 과연 그렇군."

"실제로 자네 경력이면 이 사건에 관여하기에 충분하지. 오히려 자네가 협조해 주면 감사히 여길걸."

클리서링이 천천히 말했다.

"예의상이라도 그렇게 해야겠군. 하지만 자네가 정말 원하는 게 뭔가? 이 아가씨를 누가 죽였는지 알아내는 건가?"

"바로 그거야."

"짚이는 사람이 없나?"

"전혀 없다네."

헨리 경이 천천히 말했다.

"자네는 아마 믿지 못하겠지만, 지금 아래층 라운지에 미해결 사건을 푸는 데 전문가가 한 명 앉아 있네. 그런 일을 하는 데는 나보다 한수 위인 사람이고, 어쩌면 지역 내의 비밀 정보를 가지고 있을지도 모르는 사람이지."

"지금 무슨 소리를 하는 건가?"

"아래층 라운지에 내려가면 왼쪽에서 세 번째 기둥 옆에 상냥하고 온화한 독신녀 같은 인상에, 인간이 저지르는 죄악이 얼마나 깊은지를 이해하고 그것을 아주 당연한 일로 받아들이는 노부인이 앉아 있네. 그녀의 이름은 마플 양이야. 그녀는 가싱턴에서 2킬로미터 떨어진 세인트 메리 미드라는 마을에서 왔네. 밴트리 부부의 친구이기도 하고, 범죄에 관한 한 적격인 사람이지."

제퍼슨은 진한 눈썹을 찌푸리면서 그를 쳐다보았다.

"농담이겠지."

"아니야. 자네가 방금 멜쳇 얘기를 하지 않았나. 내가 멜쳇을 마지막으로 봤을 때 마을에 비극적인 사건이 있었어. 어느 소녀가 물에 빠져 죽은 사건이었지.* 경찰은 자살이 아니라 타살이라고 제대로 의심하고 있었지. 그들은 범인이 누군지 안다고 생각했어. 그런데 마플 양은 안절부절 못하고 당황해 하면서 나를 찾아왔더군. 그녀가 말하길, 경찰이 엉뚱한 사람에게 죄를 뒤집어씌웠다는 거야. 그녀에게는 증거가 없었지만, 그녀는 누가 그랬는지 알고 있었어. 그리고 그 사람의 이름을 적은 종이 한 장을 건네주었지. 놀랍게도 제퍼슨, 그녀가 옳았어!"

콘웨이 제퍼슨이 한층 더 눈썹을 찌푸렸다. 그는 믿을 수 없다는 듯이 투덜거렸다.

"아마 여자의 직감이겠지."

그는 회의적으로 말했다.

"아니야, 마플 양은 그걸 그렇게 부르지 않아. 전문 지식이라고

---

* 애거서 크리스티 『열세 가지 수수께끼』 중 「익사」라는 단편의 내용이다.

주장하지.”

“그건 또 무슨 뜻인가?”

“자네도 알다시피 우리는 경찰 수사를 할 때 전문 지식이라는 말을 사용하네. 강도가 들면 우리는 대개 범인이 누군지 파악할 수 있어. 상습범들의 소행이니까. 우리는 강도들의 범행 수법이나 행동 양식을 잘 알고 있고 말이야. 반면 마플 양은 마을 생활에서 얻는 경험과 지식 속에서 가끔씩 사소하긴 하지만 흥미로운 유사점을 발견한다네.”

제퍼슨이 여전히 미심쩍은 듯이 말했다.

“연극하는 무리들 속에서 자라서 평생 마을 근처에도 안 갔을 것 같은 아이에 대해 그 여자가 뭘 알 것 같나?”

헨리 클리서링 경은 단호하게 얘기했다.

“내 생각에는, 그녀가 뭔가 알고 있을지도 몰라.”

II

헨리 경이 다가가자 마플 양은 기쁨으로 얼굴을 붉혔다.

“어머, 헨리 경, 여기서 만나 뵙게 되다니 정말 운이 좋네요.”

헨리 경이 정중하게 말했다.

“저야 말로 대단히 반갑습니다.”

마플 양은 얼굴을 붉히며 중얼거렸다.

“친절하기도 하시지.”

"여기서 묵으십니까?"

"네, 실은 일행이 있어요."

"일행이요?"

"밴트리 부인도 이 호텔에 와 있거든요."

그녀가 그를 예리하게 쳐다보았다.

"벌써 들으셨군요? 그러신 것 같네요. 정말 끔찍하지 않아요?"

"돌리 밴트리가 여기서 뭘 하고 있습니까? 남편도 와 있나요?"

"아뇨, 물론 그 두 사람은 상당히 다른 반응을 보였어요. 불쌍한 밴트리 대령은 이런 일이 일어날 때면 서재에 틀어박혀 있거나 농장에 가거나 하죠, 머리를 껍질 속에 쏙 집어넣고 누구의 눈에도 띄지 않기를 바라는 거북이처럼 말이에요. 물론 돌리는 전혀 달라요."

"사실 돌리는 오히려 재미있어하지 않던가요?"

오랜 친구를 상당히 잘 알고 있는 헨리 경이 말했다.

"그게…… 음, 그렇죠. 불쌍한 돌리."

"그래서 그녀가 자신을 위해 모자 속에서 토끼를 꺼내는 마술이라도 보여 달라며 당신을 데려왔나 보죠?"

마플 양은 침착하게 대답했다.

"돌리는 환경을 바꾸는 것이 좋다고 생각했고, 혼자 오고 싶지 않았을 뿐이에요."

그의 눈을 바라보는 그녀의 눈동자가 온화하게 빛났다.

"하지만 당신의 표현은 전적으로 사실이에요. 저는 아무 도움이 못 될 것이기 때문에 좀 난처하긴 하죠."

"전혀 짐작이 안 가십니까? 마을에 유사한 사건은 없었나요?"

"아직 그 사건에 대해 별로 아는 것도 없는 걸요."

"그 점은 제가 해결해 드릴 수 있을 것 같습니다. 앞으로 종종 상담을 받았으면 하거든요, 마플 양."

그는 사건의 전말을 간단히 설명해 주었다. 마플 양은 매우 흥미롭게 귀를 기울였다.

그녀가 말했다.

"불쌍한 제퍼슨 씨, 정말 슬픈 얘기네요. 이런 끔찍한 사건들이 일어나다니. 불구인 채로 혼자 살아가는 것은 가족과 같이 죽음을 당하는 것보다 더 잔인한 일인 것 같아요."

"네, 정말 그렇습니다. 그래서 그의 친구들은 모두 고통과 슬픔, 그리고 육체적 장애를 극복하며 꿋꿋하게 살아온 그를 무척이나 존경하고 있습니다."

"네, 정말 대단하시네요."

"제가 유일하게 이해할 수 없는 건 왜 그가 갑자기 이 소녀에게 이렇게 애정을 쏟아 부었느냐 하는 겁니다. 물론 그녀가 어떤 뛰어난 자질을 가지고 있었겠지만 말입니다."

"아마 그렇지 않을 걸요."

마플 양이 차분하게 말했다.

"그렇지 않을 거라고요?"

"자질하고는 상관없는 문제인 것 같아요."

헨리 경이 말했다.

"그는 여느 역겨운 노인네들하고는 다릅니다."

"아, 그런 뜻이 아니에요."

마플 양이 얼굴을 붉혔다.

"그런 뜻으로 말씀드린 건 전혀 아니었어요. 제가 말씀드리려고 했던 건…… 좀 심한 얘기라는 건 알고 있지만. 그분은 그저 죽은 딸의 자리를 대신할 착하고 밝은 소녀를 찾고 있었고, 이 아가씨는 그걸 기회라고 보아 그의 마음에 들기 위해 최선을 다했다는 거죠! 좀 냉정하게 들릴지도 모르지만 저는 그런 경우를 너무 많이 보아 왔어요. 하바틀 씨 댁에서 일하던 어린 하녀도 그런 경우였죠. 지극히 평범했지만 조용하고 예의가 바른 소녀였어요. 하바틀 씨의 여동생이 병든 친척을 돌보기 위해 집을 비웠다가 돌아와 보니 그 하녀가 모자와 앞치마를 벗어 버리고 응접실에 앉아서 웃고 떠들며 자신보다 높은 자리를 차지하고 있었던 거예요. 하바틀 양은 하녀에게 따끔하게 얘기했지만 그녀는 안하무인이었죠. 그러자 연로한 하바틀 씨는 동생이 그를 위해서 충분히 오랫동안 살림을 꾸려온 만큼 이제 다른 조치를 취하겠다고 얘기해서 그녀를 어이없게 만들었죠.

그 일은 마을에서 엄청난 물의를 일으켰고 불쌍한 하바틀 양은 집을 나와서 이스트본에서 셋방살이를 하면서 아주 어렵게 살아야 했어요. 물론 사람들은 이러쿵저러쿵 말들이 많았지만, 저는 그 두 사람 사이에 어떤 남녀관계가 있었다고는 생각하지 않아요. 그 노인은 단지 아무리 살림을 잘한다 해도 끊임없이 자신의 잘못을 지적하는 여동생보다 자신이 똑똑하고 재미있다고 말해 주는 젊고 명랑한 여자와 함께 있는 것이 훨씬 즐겁다고 생각했던 것뿐이었어요."

마플 양은 잠시 숨을 돌리더니 다시 얘기하기 시작했다.

"약국을 운영하던 배저 씨 같은 경우도 있어요. 그분은 화장품 코너에서 일하던 젊은 아가씨를 호들갑스럽게 치켜세웠죠. 아내에게 그녀를 딸이라 생각하고 같은 집에서 살게 하자고 했을 정도니까요. 하지만 배저 부인은 그렇게 생각하지 않았어요."

헨리 경이 말했다.

"만약 그녀가 그와 같은 계층의 사람이기만 했다면……. 친구의 딸이라거나……."

마플 양이 얘기를 가로막았다.

"아, 하지만 그 사람의 입장에서 보면 그만큼 만족스럽진 않았을 거예요. 코페투아 왕*과 거지 소녀의 이야기와 같은 거죠. 당신이 정말로 외롭고 지친 노인이라면, 그리고 당신의 가족들이 당신을 등한시해 왔다면……."

그녀는 잠깐 말을 멈췄다.

"당신의 훌륭함에 압도될 누군가의 편을 드는 것이(다소 감상적으로 표현하면 그렇지만, 무슨 말을 하려는지 아시기 바랍니다.) 훨씬 더 즐겁겠죠. 그러면 당신은 자신이 훨씬 더 훌륭한 사람이라고 느끼게 될 테니까요. 자애로운 군주라도 된 것처럼 말이죠! 상대방은 더

---

* 상상 속의 아프리카 왕. 평소 여자를 멸리하던 그는 어느 날 거지 소녀를 보고 사랑에 빠진다.

욱 감탄하게 될 것이고 그러면 당연히 당신은 기분이 좋겠죠."

그녀는 한숨 돌리고 나서 말했다.

"배저 씨는 자기 가게에서 일하는 아가씨에게 다이아몬드 팔찌와 최고급 라디오 겸용 전축 같은 멋진 선물을 사 주었어요. 그렇게 하느라고 돈을 많이 탕진했고요. 하지만 불쌍한 하바틀 양보다 훨씬 더 눈치 빠른 배저 부인은 (물론 결혼했기 때문이겠지만) 그녀의 비밀을 파헤치기 위해 수단과 방법을 가리지 않았죠. 그래서 배저 부인이 그 아가씨가 경마에 미친 매우 불량한 남자 친구를 두고 있고, 그 남자에게 돈을 주기 위해 팔찌를 저당 잡혔다는 사실을 밝히자 배저 씨는 그 아가씨에게 완전히 정이 떨어져서 그 사건은 아주 무사히 수습되었어요. 결국 그는 다음 번 크리스마스에는 배저 부인에게 다이아몬느 반지를 선물했죠."

그녀의 상냥하면서도 예리한 눈이 헨리 경의 눈과 마주쳤다. 그는 그녀가 지금까지 얘기한 것이 무엇을 암시하려는 것이 아닐까 생각했다.

"루비의 인생에 젊은 남자가 있었다면, 그녀에 대한 내 친구의 태도가 바뀌었을지도 모른다는 얘기인가요?"

"아마 그렇겠죠. 어쩌면 일이 년 내에 제퍼슨 씨가 직접 그 아가씨를 위해 결혼을 주선하고 싶어 할지도 모르죠……. 그렇지 않을 가능성이 더 높긴 하지만요. 남자들은 보통 좀 이기적인 면이 있잖아요. 하지만 저는 루비 킨에게 젊은 남자 친구가 있었다면 그 아가씨가 들키지 않기 위해 조심했을 거라고 확신해요."

"그리고 그 젊은 남자 친구는 그것 때문에 화를 냈을지도 모른다는 거죠?"

"그것이 가장 그럴듯한 해석이겠죠. 저는 루비의 사촌이라면서 오늘 아침에 가싱턴에 왔던 아가씨가 죽은 여자한테 화가 난 게 분명하다는 인상을 받았어요. 그 이유는 당신 얘기로 설명되네요. 아마 그녀는 그 일로 한몫 단단히 챙기려는 심산이었을 테니까요."

"피도 눈물도 없는 여자 같으니."

"그건 너무 가혹한 평가일 거예요. 그 불쌍한 아가씨는 생활비를 벌어야 하니 정에 이끌리기를 기대할 순 없는 일이죠. 왜냐하면 그 돈 많은 남녀(당신이 개스켈 씨와 제퍼슨 부인을 이렇게 부르셨죠.)는 특별한 도덕적 권리도 없이 거액의 유산을 물려받게 될 테니까요. 아마 터너 양은 삶의 기쁨을 아는 빈틈없고 야심만만한 아가씨일 거예요."

마플 양이 한 마디 덧붙였다.

"바커 씨의 딸인 제시 골드와 비슷해요."

"제시라는 그 아가씨는 결국 어떻게 됐나요?"

헨리 경이 물었다.

"제시 골드는 보모 겸 가정교사로 일하다가 인도에서 휴가차 귀국했던 그 집 아들과 결혼했어요. 그 애는 아마 아주 좋은 아내가 되었을 거예요."

헨리 경은 이 흥미진진한 얘기들 때문에 옆길로 빠졌다가 정신을 차리고 이렇게 물었다.

"제 친구 콘웨이 제퍼슨이 갑자기 당신이 얘기한 소위 '코페투아 콤플렉스'를 보인 이유가 있을까요?"

"있었을지도 모르죠."

"어떤 식으로요?"

마플 양이 약간 망설이면서 대답했다.

"물론 생각일 뿐이지만…… 아마 그의 사위와 며느리가 재혼하고 싶어 한 것이 아닐까 하는 생각이 들어요."

"콘웨이가 거기에 반대할 수는 없었겠죠?"

"그렇죠, 반대하지는 않겠죠. 하지만 그의 입장에서 생각해 볼 필요가 있어요. 그는 비행기 사고로 사랑하는 사람들을 잃고 엄청난 충격을 받았어요. 그들도 마찬가지였고요. 가족을 잃은 세 사람을 연결해 주는 끈은 그들 모두가 경험한 사별이었어요. 하지만 제 어머니 말씀처럼, 시간이 약이죠. 개스켈 씨와 제퍼슨 부인은 아직 젊으니까요. 그들은 문득 조바심을 느끼고 자신들을 과거의 불행에 옭아매는 속박에 화가 나기 시작했을 거예요. 그래서 제퍼슨 씨는 갑자기 원인 모르게 세 사람 사이에 공감대가 없어졌다는 것을 깨닫게 되었을 거고요. 이것이 일반적인 경우죠. 남자들은 너무나 쉽게 소외감을 느껴요. 하바틀 씨의 경우는 하바틀 양이 친척을 간호하느라 집을 비운 것이 화근이었어요. 그리고 배저 씨의 경우는 배저 부인이 강신술에 푹 빠져서 언제나 집회에 참석하러 나갔던 것이 문제였죠."

헨리 경이 유감스럽다는 듯이 말했다.

"저는 우리를 전부 똑같은 사람들로 싸잡아서 비하하는 방식이 좀 마음에 안 듭니다."

마플 양은 슬픈 얼굴로 고개를 흔들었다.

"인간의 본성은 어디를 가도 대체로 거기서 거기예요. 헨리 경."

헨리 경은 불쾌하다는 듯이 말했다.

"하바틀 씨! 배저 씨! 그리고 불쌍한 콘웨이! 개인적인 의견을 강요하긴 싫지만, 당신 마을에 저와 비슷한 사람도 있나요?"

"네, 물론이죠. 브릭스라는 사람이 있어요."

"어떤 사람이죠?"

"그 사람은 올드 홀의 수석 정원사였어요. 거기서 일했던 사람들 중에서 가장 뛰어난 사람이었고요. 그는 부하 정원사들이 언제 게으름을 피우는지 정확하게 알고 있었죠. 정말 신기할 정도였어요. 그는 겨우 일꾼 세 명과 어린애 하나로 일을 꾸려갔지만, 여섯 사람이 일하던 때보다 정원을 더 잘 관리했어요. 그리고 스위트피를 출품해서 여러 차례 1등상을 받았죠. 지금은 은퇴했지만요."

"저처럼 말이죠."

헨리 경이 말했다.

"하지만 그 사람은 아직도 임시로 원예 일을 좀 하고 있어요······. 좋아하는 사람들이 부탁을 하면 말이죠."

"아, 그것도 저랑 비슷하군요. 지금 제가 하는 일이 바로 그런 겁니다. 옛 친구를 돕는 임시직이죠."

"옛 친구 둘 말이죠."

"두 명이라고요?"

헨리 경은 약간 어리둥절해 보였다.

마플 양이 대답했다.

"헨리 경께서는 제퍼슨 씨를 말씀하신 거죠? 하지만 저는 그분을 생각하고 있지 않았어요. 밴트리 대령과 부인을 생각하고 있었죠."

"아…… 그렇군요. 알겠습니다."

그가 날카롭게 물었다.

"그래서 아까 '불쌍한 돌리'라고 말씀하신 건가요?"

"네. 밴트리 부인은 아직 사태를 파악하지 못했어요. 전 경험이 더 많기 때문에 잘 알고 있습니다. 실은 이 사건은 결코 해결되지 않는 그런 종류의 범죄일 가능성이 큰 것 같아요. 브라이튼 트렁크 살인 사건처럼요. 하지만 만약 그렇게 된다면 밴트리 부부는 정말 비참해질 거예요. 밴트리 대령은 모든 퇴역 군인들이 그렇듯 지나치리만큼 신경이 예민한 분이에요. 여론에 대단히 민감하죠. 그는 한동안 사람들이 뒤에서 숙덕거리는 걸 알아채지 못하겠지만 곧 그의 귀에도 들어가기 시작하겠죠. 여기서 모욕을 당하고, 저기서 푸대접을 받고, 초대는 거절당하고 변명을 듣고……. 그러다가 차츰 사실을 알기 시작하면 자신만의 세계에 파묻혀서 지독하게 우울하고 비참해질 거예요."

"제가 제대로 이해했는지 짚고 넘어가겠습니다, 마플 양. 시체가 밴트리 대령의 집에서 발견되었기 때문에 사람들이 그가 그 사건과 관련이 있다고 생각할 거란 말씀이신가요?"

"물론 그럴 거예요! 사람들이 이미 그렇게 말하고 있는걸요. 소문은 점점 더 퍼지겠죠. 그리고 사람들은 밴트리 부부를 쌀쌀맞게 대하고 피할 거예요. 그러니까 진실이 밝혀져야 해요. 제가 밴트리 부인과 기꺼이 여기까지 온 것도 바로 그런 이유에서였어요. 터놓고 비난하는 건 별개의 문제예요. 군인들은 그런 문제에 잘 대처하니까요. 그는 화를 내거나 싸울 수도 있겠죠. 하지만 이렇게 뒤에서 숙덕거리는 건 그를 파멸시키는 일이에요……. 그 두 사람 모두를. 그러니 우리가 진실을 밝혀야 해요."

헨리 경이 말했다.

"시체가 왜 그의 집에서 발견됐는지 짐작이 가십니까? 거기에도 틀림없이 무슨 사연이 있을 텐데요. 뭔가가 있겠죠."

"아, 물론이죠."

"그 여자가 여기서 마지막으로 목격된 시간은 10시 40분입니다. 검시 결과에 의하면 자정 전에 숨이 끊어졌습니다. 가싱턴은 여기서 약 30킬로미터 떨어진 곳에 있습니다. 그중 큰길에서 벗어나기 전까지의 2킬로미터는 도로 사정이 좋죠. 성능 좋은 차라면 30분 이내에 갈 수 있고, 어떤 차로든 평균 35분이면 갈 수 있죠. 하지만 그녀를 여기서 죽이고 가싱턴에 시체를 가져갔든, 가싱턴에 데려가서 거기서 목 졸라 죽였든 간에 그 이유를 모르겠습니다."

"물론 모르시겠죠, 왜냐하면 그런 일은 일어나지 않았으니까요."

"어떤 남자가 그 여자를 차에 태우고 나가서 살해한 다음에 그 근처에 있는 가장 적당한 집에 시체를 밀어 넣겠다고 마음먹었다는 얘기인가요?"

"그것도 아니라고 생각해요. 제 생각엔 범인이 굉장히 공들여서 계획을 세운 것 같아요. 어젯밤에 일어난 일은 그 계획이 실패했다는 뜻이고요."

헨리 경이 그녀를 빤히 쳐다보았다.

"어째서 계획이 실패한 걸까요?"

마플 양은 약간 변명하는 투로 말했다.

"그런 묘한 일들이 일어나곤 하죠. 이 특별한 계획이 틀어진 이유는 인간이 생각보다 훨씬 더 상처입기 쉽고 섬세하기 때문이라고 하면 이상할까요. 하지만 저는 그렇게 믿고, 또⋯⋯."

그녀가 갑자기 말을 끊었다.

"저기 밴트리 부인이 오네요."

제9장

I

밴트리 부인은 애들레이드 제퍼슨과 함께 있었다. 밴트리 부인이 헨리 경에게 다가와서 소리쳤다.

"누군가 했더니 당신이군요?"

"네, 접니다."

그는 그녀의 양손을 잡더니 따뜻하게 꽉 쥐었다.

"이 일 때문에 얼마나 걱정했는지 몰라요, 비(B) 부인."

밴트리 부인이 반사적으로 되받아쳤다.

"비 부인이라고 부르지 말아요!"

그녀는 얘기를 계속했다.

"아서는 여기 없어요. 그는 이 일을 꽤 심각하게 받아들이고 있어요. 마플 양과 저는 사건을 추적하려고 여기 왔고요. 제퍼슨 부인을 아시나요?"

"네, 물론이죠."

그는 악수를 했다. 애들레이드 제퍼슨이 말했다.

"아버님은 만나 보셨어요?"

"네, 만났습니다."

"다행이네요. 저희들은 아버님이 마음에 걸려요. 굉장히 충격을 받으셨거든요."

밴트리 부인이 말했다.

"테라스에 나가서 음료수나 한 잔씩 하면서 그 일에 대해 전부 얘기해요."

네 사람은 밖으로 나갔고, 테라스 맨 끝에 혼자 앉아 있던 마크 개스켈이 그들과 함께 어울리게 되었다.

잠시 잡담을 하다가 음료수가 도착하자 원래 직선적인 성격의 밴트리 부인이 단도직입적으로 사건에 대한 얘기를 꺼냈다.

"그 문제에 대해 얘기해도 괜찮겠죠? 전부 오랜 친구 사이잖아요. 마플 양만 빼고요. 하지만 마플 양은 범죄라면 뭐든지 잘 알고 있답니다. 게다가 도와주기로 하셨거든요."

마크 개스켈이 약간 의아하다는 식으로 마플 양을 자세히 쳐다보았다. 그는 머뭇거리면서 이렇게 물었다.

"저…… 혹시 추리 소설 작가세요?"

그는 가장 어울릴 것 같지 않은 사람이 추리 소설을 쓴다는 것을 알고 있었다. 유행에 뒤떨어진 노처녀 같은 옷차림을 하고 있는 마플 양이야말로 가장 어울릴 것 같지 않은 사람이었다.

"이런, 천만에요. 저는 그럴 만큼 똑똑하지 않은걸요."

"마플 양은 굉장한 분이에요."

밴트리 부인이 조급하게 말했다.

"지금 설명할 수는 없지만, 마플 양은 정말 대단해요. 자, 애디. 일이 어떻게 돌아가는지 전부 알려 주세요. 죽은 여자는 실제로 어떤 사람이었나요?"

"글쎄요……."

애들레이드 제퍼슨이 머뭇거리더니 마크를 힐끗 건너다보고 어설프게 웃었다.

"정말 직설적이시군요."

"그 여자를 좋아했나요?"

"아뇨, 물론 좋아하지 않았어요."

"그 여자는 실제로 어땠어요?"

밴트리 부인이 이번에는 마크 개스켈에게 질문을 던졌다. 마크는 신중하게 대답했다.

"남자 돈을 후려내는 흔해 빠진 여자였죠. 게다가 능수능란했고요. 제프를 아주 제대로 낚았으니까요."

두 사람은 모두 콘웨이 제퍼슨을 제프라고 불렀다.

헨리 경이 마크를 못마땅하게 쳐다보며 생각했다.

'입이 가벼운 친구로군. 그렇게 노골적으로 말하면 안 되지.'

그는 늘 마크 개스켈이 좀 불만스러웠다.

'이 남자는 매력적이지만 믿을 수가 없어. 말을 너무 많이 하고, 가끔씩 허풍도 떨었어……. 신뢰할 만한 사람은 아니야.'

헨리 경은 속으로 생각했다. 그는 때때로 콘웨이 제퍼슨도 같은 생각일지 궁금했었다.

"하지만 어떻게 손을 쓸 수 없었나요?"

밴트리 부인이 물었다.

마크가 냉담하게 대답했다.

"손을 썼을지도 모르죠……. 만약 제때 눈치 챘다면 말입니다."

그가 애들레이드를 힐끗 보자 그녀는 살짝 얼굴을 붉혔다. 그의 시선에는 책망하는 빛이 담겨 있었다.

그녀가 말했다.

"마크의 말은 제가 일이 어떻게 돌아가는지 알았어야 한다는 거예요."

"당신은 노인네를 너무 혼자 두었어요, 애디. 테니스 강습이니 뭐니 하면서 말입니다."

그녀는 변명하듯 말했다.

"하지만 운동이라도 좀 해야 했어요. 어쨌든 그런 일은 꿈도 꾸지 못했는데……."

"그래요, 우리 두 사람 다 꿈에도 생각해보지 못했습니다. 제프는 늘 분별 있고 냉정한 노인네였으니까요."

마플 양이 대화에 끼어들었다. 그녀는 남자들을 짐승 쳐다보듯

하는 노처녀처럼 말을 꺼냈다.

"신사들은, 종종 보이는 것만큼 냉정하지 않을 때가 있어요."

"당신 말이 맞는다고 칩시다."

마크가 말했다.

"불행히도 마플 양, 우리는 그 사실을 깨닫지 못했답니다. 우리는 재미없고 저속한 그런 여자를 뭐가 좋다고 장인어른이 그러는지 궁금했습니다. 하지만 우리는 그가 행복하고 즐거워 보이길래 안심했죠. 우리는 그 여자에게 딴마음이 있을 리는 없다고 생각했어요. 딴마음이 없다니! 차라리 내가 그 여자의 목을 비틀어 버렸어야 하는 건데!"

"마크, 당신 정말 말조심하세요."

애디가 말했다.

그는 그녀에게 매력적으로 싱긋 웃어 보였다.

"저도 그래야 한다고 생각합니다. 그렇지 않으면 다들 제가 실제로 그 여자의 목을 졸랐다고 생각할 테니까요. 할 수 없죠. 어쨌든 저도 의심을 받고 있을 것 같군요. 그 여자가 죽는 꼴을 보고 싶어 하는 사람이 있다면 그건 애디와 저일 테니까요."

"마크!"

제퍼슨 부인이 반은 웃고 반은 화를 내면서 소리쳤다.

"정말 그러지 말아요!"

"알았어요, 알았어."

마크 개스켈이 순순히 말했다.

"하지만 전 까놓고 얘기하는 걸 진짜 좋아하거든요. 존경하는 우리 장인어른께서는 그 천박하고 바보 같은 어린 계집애한데 5만 파운드를 물려주려고 계획하고 계셨답니다."

"마크, 그만해요……. 그녀는 죽었잖아요."

"맞아요, 그녀는 죽었죠, 불쌍한 어린 악마 같으니. 하지만 뭐니 뭐니 해도 하늘이 내려주신 무기를 쓰지 말란 법이 어디 있겠습니까? 제가 뭔데 남을 비판하겠어요? 저도 살면서 비열한 짓을 밥 먹듯이 한걸요. 어떻게 보면 루비가 그런 계략을 꾸민 건 당연한 거고, 그 여자의 계획을 더 일찍 알아채지 못한 우리가 한심한 거죠."

헨리 경이 말했다.

"콘웨이가 그 아이를 입양하자고 할 때 당신은 뭐라고 했소?"

마크가 손을 내밀면서 말했다.

"저희가 뭐라고 할 수 있었겠습니까? 늘 귀부인다운 애디야 감탄스러울 정도로 자제심을 계속 유지했죠. 태연한 얼굴을 하고 말입니다. 저는 그저 그녀를 본받으려고 노력했을 뿐이에요."

"나라면 틀림없이 소란을 피웠을 거예요!"

밴트리 부인이 말했다.

"글쎄요, 솔직히 말해서 우리에게는 소란을 피울 자격이 없습니다. 그건 제프의 돈이고 우리는 그의 피붙이도 아니었으니까요. 제프는 언제나 우리에게 지독하게 잘해 주었죠. 울며 겨자 먹기로 꾹 참는 수밖에 없었습니다."

그는 곰곰이 생각하면서 덧붙였다.

"하지만 우리는 루비를 마음에 들어 하지 않았어요."

애들레이드 제퍼슨이 말했다.

"다른 부류의 여자이기만 했다면. 제프에게는 대자(代子)들도 두 명 있었잖아요. 만약 그 애들 중 한 명을 입양한다고 했다면 저희도 아마 납득했을 거예요."

그녀는 조금 화난 기미를 보이며 덧붙여 말했다.

"게다가 제프는 늘 피터를 아주 예뻐하는 것 같았거든요."

"물론이죠."

밴트리 부인이 말했다.

"저야 피터가 당신과 전 남편과의 사이에서 낳은 애라는 걸 알고 있었지만, 그 사실을 까맣게 잊어버리게 되던걸요. 늘 그 애가 제퍼슨 씨의 친손자라고 생각해 왔어요."

"저도 그랬어요."

애들레이드가 말했다. 그녀의 목소리에는 이상한 뉘앙스가 풍겼기 때문에 마플 양은 의자에서 몸을 앞으로 구부려 그녀를 바라보았다.

마크가 말했다.

"조시가 실수한 겁니다. 조시가 그녀를 여기 데려왔으니까요."

애들레이드가 말했다.

"아, 하지만 설마 그게 계획적이었다고 생각하는 건 아니죠, 그렇죠? 당신은 늘 조시를 무척 좋아했잖아요."

"맞아요, 조시를 좋아했죠. 성격이 활달하고 좋은 사람이라고 생각했거든요."

"조시가 그녀를 데러온 건 순전히 발목을 다쳤기 때문이었어요."

"조시는 머리가 좋은 여자죠."

"맞아요, 하지만 앞날을 예측할 수는……."

마크가 말했다.

"그럴 순 없지. 그건 저도 인정해요. 조시가 모든 일을 꾸몄다고 진심으로 비난하고 있는 건 아닙니다. 하지만 그녀가 우리보다 훨씬 오래 전에 상황 판단을 하고 그 일에 대해 입 다물고 있었던 건 확실해요."

애들레이드가 한숨을 쉬면서 말했다.

"그것 때문에 조시를 비난할 수는 없을 것 같아요."

마크가 말했다.

"우리야 어떤 일에 대해서건 그 누구도 비난할 수 없죠!"

밴트리 부인이 물었다.

"루비 킨이 그렇게 예뻤나요?"

마크가 그녀를 쳐다보았다.

"보셨을 줄 알았는데……."

밴트리 부인이 재빨리 말했다.

"물론 보기야 봤죠……. 시체는 봤어요. 하지만 목이 졸려 죽어 있었으니까 알 수가 없었죠."

그녀는 몸서리를 쳤다.

마크가 잠시 생각에 잠겼다.

"그녀가 그렇게까지 미인이었다고 생각하지는 않습니다. 화장을 하지 않았다면 분명히 예쁘지 않았을 겁니다. 작은 얼굴은 야위어서 족제비 같았죠. 턱도 볼품없는 데다 이는 옥니*였고, 코도 별 특징 없이 생겼고…….."

"흉하게 생긴 것처럼 들리는데요."

밴트리 부인이 말했다.

"그럴 리가요. 말씀드린 것처럼, 화장을 하면 그럭저럭 미인이라는 느낌은 들었어요. 안 그래요, 애디?"

"맞아요, 분홍색과 하얀색으로 알록달록하게 꾸민 초콜릿 상자 같았어요. 눈은 깊은 푸른색이었고요."

"네, 순진한 아기 같은 눈이었죠. 그리고 속눈썹에 검정색 마스카라를 두껍게 칠해서 푸른색을 더 선명하게 보이게 했죠. 물론 머리는 염색했고요. 생각해보면 인공적인 색이긴 해도 제 아내 로잘먼드를 그럴듯하게 닮은 건 사실입니다. 아마 그래서 노인네의 눈길을 끌었을 거예요."

그는 한숨을 쉬었다.

"정말 불쾌한 일입니다. 끔찍한 건 애디나 저나 사실 그 여자가 죽어서 기뻐할 수밖에 없다는 겁니다……."

그는 애들레이드의 항의를 저지하면서 이렇게 말했다.

"물론 이렇게 말하는 게 나쁘다는 건 압니다, 애디. 당신이 어떤

---

* 안쪽으로 향해 난 이.

기분인지 알아요. 나도 같은 기분이니까. 단지 아닌 척하기 싫은 겁니다! 그렇긴 해도 이번 일 때문에 제프가 제일 걱정이네요. 이번 일로 제프는 심한 충격을 받았어요. 저는……."

그는 말을 멈추더니 라운지에서 테라스로 통하는 문 쪽을 쳐다보았다.

"이런, 이런. 누가 왔는지 한번 보세요. 당신 정말 지조 없는 여자군요, 애디."

제퍼슨 부인은 뒤돌아보더니, 탄성과 함께 얼굴을 살짝 붉히며 자리에서 일어났다. 그녀는 재빨리 테라스를 걸어가서 주변을 두리번거리고 있는 키가 큰 야윈 갈색 얼굴의 중년 남자에게 다가갔다.

밴트리 부인이 말했다.

"저 사람은 휴고 맥클린 아니에요?"

마크 개스켈이 말했다.

"휴고 맥클린이죠. 말하자면 윌리엄 도빈*이라고나 할까요."

밴트리 부인이 중얼거렸다.

"굉장히 성실한 사람이죠, 그렇죠?"

"개처럼 충실하죠. 애디가 휘파람을 불기만 하면 휴고는 지구 끝에서라도 쏜살같이 달려옵니다. 언젠가 애디가 자신과 결혼해 주기를 늘 바라면서 말이죠. 아마 애디는 그와 결혼할 거예요."

---

* 윌리엄 새커리의 소설 『허영의 시장』 속 등장인물로 자신의 친구 조지 오스본의 약혼녀 아멜리아를 사랑하지만 그녀와 조지의 결혼을 돕고, 심지어 조지가 전사한 뒤에도 아멜리아를 보살피며 계속 도와주는 인물이다.

마크가 말했다. 마플 양은 눈을 빛내며 그들 쪽을 바라보았다.

"그렇군요. 연애 중이라는 거죠?"

"꽤 고전적인 연애랍니다."

마크가 그녀에게 자신 있게 말했다.

"몇 년째 계속되고 있어요. 애디는 그런 여자죠."

그가 생각에 잠긴 채 덧붙여 말했다.

"애디가 오늘 아침에 전화를 한 것 같아요. 전화했다는 얘기는 안 했지만."

에드워즈가 조심스럽게 테라스로 걸어와서 마크 바로 옆에 섰다.

"실례합니다, 제퍼슨 씨께서 좀 뵙자고 하십니다."

"금방 가죠."

마크가 벌떡 일어서서 그들에게 고개를 끄덕이고 나서 말했다.

"나중에 뵙죠."

그는 자리를 떴다.

헨리 경은 마플 양 쪽으로 몸을 기울이며 말했다.

"그런데, 이 사건으로 가장 이익을 볼 사람이 누구일 것 같아요?"

마플 양은 애들레이드 제퍼슨이 오랜 친구에게 얘기하며 서 있는 것을 바라보면서 신중하게 말했다.

"애디는 아주 헌신적인 어머니인 것 같네요."

"네, 맞아요. 애디는 피터에게 온 정성을 기울이고 있어요."

밴트리 부인이 말했다.

"그녀는 모두가 좋아할 만한 그런 여자네요. 몇 번이고 계속 결혼할 수 있는 그런 타입의 여자요. 남자들에게만 인기 있는 여자라는 말은 아니에요. 그건 완전히 별개의 문제니까요."

마플 양이 말했다.

"무슨 얘기인지 알겠습니다."

헨리 경이 말했다.

"두 분이 말씀하시는 건 애디가 남의 말을 잘 듣는다는 거네요."

밴트리 부인의 말에 헨리 경이 웃으며 말했다.

"그럼 마크 개스켈은요?"

"아, 그 사람은 만만찮은 상대예요."

마플 양이 말했다.

"마을에 비슷한 사람이 있나요?"

"건축업을 하는 카길 씨가 그렇죠. 그는 많은 사람들을 속여서 그들의 집에 전혀 계획도 없던 공사를 하게 만들었어요. 그렇게 해 놓고 대금은 또 얼마나 많이 청구했던지! 하지만 그는 언제나 자신의 청구서에 대해 그럴듯하게 설명할 수 있었죠. 만만찮은 상대였어요. 그는 돈과 결혼했어요. 개스켈 씨도 그렇겠죠."

"그가 마음에 들지 않는군요."

"아니에요, 마음에 들어요. 대부분의 여자들은 그를 좋아할 거예요. 하지만 저를 속일 순 없죠. 전 그가 아주 매력적인 사람이라고 생각해요. 하지만 미주알고주알 떠벌리는 모습을 보니 좀 무분별한 것 같아요."

"무분별하다는 말이 딱 맞군요. 마크는 자칫하면 화를 자초할 사람입니다."

헨리 경이 말했다.

흰 플란넬 옷을 입은 키가 크고 얼굴이 검은 젊은 남자가 테라스로 향하는 계단을 올라오다가 애들레이드 제퍼슨과 휴고 맥클린을 쳐다보면서 잠시 발걸음을 멈추었다.

헨리 경이 친절하게 말했다.

"그리고 저 사람은, 사건의 관계자라고 해도 좋을 사람이죠. 테니스와 댄스의 프로이고 루비 킨의 파트너였던 레이먼드 스타입니다."

마플 양이 그를 관심 있게 바라보았다.

"굉장한 미남이군요, 그렇지 않아요?"

"그런 것 같군요."

"그런 말이 어디 있어요, 헨리 경. 그런 것 같은 게 아니라 분명히 미남이에요."

밴트리 부인이 말했다.

"제퍼슨 부인이 테니스 강습을 받았다고 말한 것 같은데."

마플 양이 중얼거렸다.

"그게 어떻다는 거죠, 제인?"

마플 양에게는 이 노골적인 질문에 대답할 기회가 없었다. 어린 피터 카모디가 테라스를 가로질러서 그들에게 다가왔기 때문이다. 그는 헨리 경에게 말을 걸었다.

"아저씨도 경찰이죠? 아저씨가 총경 아저씨에게 얘기하는 걸 봤어요. 그 뚱뚱한 아저씨가 총경이죠, 맞죠?"

"그렇단다, 얘야."

"누가 그러는데 아저씨는 런던에서 굉장히 중요한 경찰이셨다면서요? 런던 경시청의 대장인가 뭐가 그렇다던데."

"런던 경시청의 대장은 보통 대단히 별 볼일 없는 녀석이라고 책에 나오지 않니?"

"그럴 리가요. 요즘은 안 그래요. 경찰을 놀리는 건 아주 구식이에요. 누가 살인자인지 아직 모르세요?"

"유감스럽게도 아직 모르겠구나."

"이번 사건이 그렇게 재미있니, 피터?"

밴트리 부인이 물었다.

"네, 그럼요. 기분전환도 되고요. 저도 무슨 실마리라도 찾을 수 있을까 하고 여기저기 뒤지고 다녔지만 운이 없었어요. 하지만 기념품을 찾았죠. 보실래요? 엄마는 내다 버리라고 했지만요. 정말이지 부모님들은 가끔씩 짜증 날 때가 있다니까요."

그는 호주머니에서 작은 성냥갑을 꺼냈다. 그는 그것을 열고 소중한 내용물을 내보였다.

"보세요, 손톱이에요. 그 여자의 손톱이요! 저는 여기에다 살해된 여자의 손톱이라는 이름표를 붙여서 학교에 가져갈 거예요. 좋은 기념품이죠, 그렇게 생각하지 않으세요?"

"이건 어디서 났니?"

마플 양이 물었다.

"음, 사실 운이 좋았어요. 그때까지만 해도 그 여자가 살해될지 몰랐으니까요. 어젯밤에 저녁 먹기 전이었어요. 루비의 손톱이 조시의 숄에 걸려서 찢어졌어요. 엄마가 루비의 손톱을 잘라 주면서 자른 손톱은 휴지통에 버리라고 말했어요. 저는 그러려고 하다가 그냥 호주머니에 넣어 버렸죠. 그리고 오늘 아침에 그 일이 생각나서 손톱이 아직 거기 있는지 살펴보니 그대로 있더라고요. 그래서 기념품으로 가진 거죠."

"징그럽구나."

밴트리 부인이 말했다.

"어, 그렇게 생각하세요?"

피터가 예의바르게 말했다.

"다른 기념품은 없었니?"

헨리 경이 물었다.

"글쎄요, 잘 모르겠어요. 그럴 만한 게 있긴 하지만."

"얘기해 보렴."

피터는 생각에 잠겨 그를 쳐다보더니 봉투를 꺼냈다. 그는 봉투 속에서 갈색 끈 조각을 꺼냈다.

"이건 조지 바틀렛의 구두끈 조각이에요. 오늘 아침에 그 아저씨 구두가 문 밖에 있는 걸 보고 만일의 경우를 대비해서 조금 떼어 왔어요."

"만일의 경우라니?"

"물론 그 사람이 살인자인 경우죠. 희생자를 마지막으로 본 사람은 늘 굉장히 수상쩍은 법이니까요. 거의 저녁 식사 시간이 된 것 같지 않아요? 배가 엄청 고프네요. 티타임과 저녁 식사 시간 사이는 늘 너무 긴 것 같아요. 저것 보세요, 휴고 아저씨가 계시네요. 엄마가 휴고 아저씨까지 오라고 한 줄은 몰랐어요. 아마 엄마가 불렀을 거예요. 엄마는 항상 곤란한 일이 있으면 아저씨를 부르더라고요. 저기 조시 누나가 오네요. 안녕하세요, 조시 누나!"

테라스를 걸어오던 조세핀 터너는 걸음을 멈추었다. 그녀는 밴트리 부인과 마플 양을 보고 약간 놀란 것 같았다.

밴트리 부인이 유쾌하게 말했다.

"안녕하세요, 터너 양. 우리는 탐정 놀이를 하러 왔답니다."

조시는 죄진 것처럼 주위를 힐끗 둘러보았다. 그녀는 목소리를 낮추며 말했다.

"끔찍한 일이죠, 아직 아무도 몰라요. 아직 신문에 안 났거든요. 사람들이 전부 저한테 질문을 퍼부을 텐데, 그럼 정말 입장이 곤란하겠죠. 뭐라고 말해야 될지 모르겠어요."

그녀가 뭔가 바라는 듯이 마플 양을 힐끗 보자, 마플 양이 이렇게 말했다.

"그렇군요, 아마 터너 양 입장이 상당히 곤란할 거에요."

조시는 그녀가 공감해 주자 힘을 내서 말했다.

"프레스트콧 씨는 저에게 그 일에 대해 아무 말도 하지 말라고 했어요. 그거야 어쩔 수 없지만 저한테 물어올 사람들의 기분을 상하게 할 순 없잖아요. 프레스트콧 씨는 제가 평소와 똑같이 행동하기를 바란다고 했어요……. 그리고 그 일에 대해서 그렇게 깐깐하게 굴지 않았어요, 저야 물론 최선을 다하고 싶죠. 하지만 정말이지 왜 그 일을 전부 제 탓으로 돌리는지 모르겠다니까요."

헨리 경이 말했다.

"솔직하게 질문을 드려도 되겠습니까, 터너 양?"

"원하시는 대로 뭐든지 물어보세요."

조시가 좀 불성실하게 대답했다.

"이 일 때문에 당신과 제퍼슨 부인, 혹은 개스켈 씨 사이에 뭔가 불쾌한 일이 있었나요?"

"살인 사건 말씀이세요?"

"아뇨, 살인 사건 얘기가 아닙니다."

조시는 손가락을 꼬면서 서있었다. 그녀는 좀 시무룩하게 말했다.

"글쎄요, 아시겠지만 있기도 하고 없기도 하죠. 그 두 사람은 아무 말도 안 했어요. 하지만 저는 그 사람들이 절 원망한다고 생각해요……. 콘웨이 제퍼슨 씨가 그토록 루비를 마음에 들어 했으니까요. 하지만 그건 제 잘못이 아니에요, 그렇지 않아요? 그런 일도 있을 수 있죠, 게다가 저는 제퍼슨 씨가 그렇게나 루비에게 빠질 줄은 꿈에도 생각하지 못했어요. 저 자신도 깜짝 놀랐다니까요."

그녀의 말에는 부정할 수 없는 진실 같은 것이 담겨 있었다.

헨리 경이 상냥하게 말했다.

"분명히 그러셨겠죠. 하지만 일단은 그런 일이 벌어졌지 않았습니까?"

조시가 턱을 치켜들었다.

"글쎄요, 운이 좋았을 뿐이죠, 그렇지 않겠어요? 누구나 때로는 행운을 잡을 권리가 있잖아요."

그녀는 캐묻는 듯한 약간 도전적인 태도로 한 사람씩 둘러보고 나서 테라스를 가로질러 호텔 안으로 들어갔다.

피터가 법관처럼 말했다.

"그녀가 한 짓은 아닌 것 같아요."

마플 양이 낮은 목소리로 말했다.

"그 손톱 조각이 흥미로워요. 아까부터 마음이 쓰이네요. 그 손톱을 어떻게 설명할 수 있을까?"

"손톱이요?"

헨리 경이 물었다. 밴트리 부인이 설명했다.

"죽은 여자의 손톱 말이죠. 손톱이 상당히 짧았어요, 게다가 제인이 그렇게 말하니 좀 이상하긴 했어요. 그런 여자들은 보통 귀신처럼 손톱을 길게 기르거든요."

"하지만 물론 손톱 하나가 잘려 나갔다면 거기에 맞게 다른 손톱도 짧게 잘랐을 지도 몰라요. 그녀의 방에서 손톱 조각을 발견했는지 궁금한데요?"

마플 양의 말이었다. 헨리 경은 호기심 어린 눈길로 그녀를 바라보더니 이렇게 말했다.

"하퍼 총경이 돌아오면 물어보겠습니다."

"어디서 돌아온다는 거죠?"

밴트리 부인이 물었다.

"가싱턴까지 가지는 않았잖아요, 그렇죠?"

헨리 경이 진지하게 말했다.

"아닙니다. 비극이 하나 더 일어났어요. 채석장에서 차가 불에 다서……."

마플 양이 숨을 죽인 채 물었다.

"차 안에 누가 있었나요?"

"네, 아무래도 그런 것 같습니다."

마플 양이 생각에 잠긴 채 말했다.

"아마 실종된 소녀단원일 거예요. 이름이 뭐더라…… 페이션스라고 했던가? 아니, 파멜라 리브즈에요."

헨리 경이 그녀를 빤히 쳐다보았다.

"도대체 어떻게 그런 생각을 하셨습니까, 마플 양?"

마플 양이 살짝 얼굴을 붉혔다.

"그 애가 집을 나간 뒤 실종되었다는 뉴스가 라디오에서 방송되었어요……. 어젯밤부터요. 그 애의 집은 데인레이 베일이고요. 여기서 별로 멀지 않은 곳이죠. 게다가 그 애가 마지막으로 목격된 건 데인베리 다운즈에서 개최된 소녀단 대회였지요. 그곳은 정말 아주 가까운 곳이에요. 사실 그곳에서 집에 가려면 데인머스를 지나쳐야 하죠. 그렇다면 얘기가 맞아떨어지거든요. 그 애가 아무도 보거나 들어서는 안 되는 어떤 것을 보거나 들었을지 몰라요. 만약 그렇다면 그 애는 분명 살인범에게 위험요소일 테고, 살해되어야만 했겠죠. 두 사건은 틀림없이 서로 연관이 있을 거예요, 그렇게 생각하지 않으세요?"

헨리 경이 목소리를 약간 낮추면서 말했다.

"두 번째 살인이라고 생각하십니까?"

"안 될 이유가 없죠."

그녀가 차분하게 그를 쳐다보았다.

"사람을 한 번 죽여 본 사람은 다시 한 번 살인하는 걸 겁내지 않아요. 세 번째 살인이라도 꺼리지 않을걸요."

"세 번째요? 세 번째 살인이 일어날 거라고 생각하시는 건 아니겠죠?"

"그럴 수도 있겠다고 생각해요……. 네, 그럴 가능성이 높은 것 같아요."

"마플 양, 저를 놀라게 하시는군요. 누가 살해될지 아십니까?"

마플 양이 말했다.

"짐작은 하고 있어요."

제10장

I

하퍼 총경은 까맣게 타고 찌그러진 금속 더미를 바라보며 서 있었다. 그 안에 새까맣게 탄 시체가 없을 경우에도 불에 탄 차는 언제나 참혹하기 이를 데 없었다.

벤 채석장은 인가에서 멀리 떨어진 외딴 곳에 있었다. 실제로 데인머스에서 직선거리로는 겨우 3킬로미터였지만, 그곳으로 가는 길은 좁고 구불구불하고 울퉁불퉁한 길뿐이었고, 그 길은 채석장으로만 이어져 있었다. 채석장이 폐쇄된 것은 이미 오래 전의 일이었고, 그 좁은 길을 지나가는 사람들이라고는 블랙베리를 찾으러 어쩌다 한 번씩 오는 사람들뿐이었다. 차를 버릴 장소로는 이상적이었던 것이다. 앨버트 빅스라는 한 노동자가 일하러 가는 길에 불꽃이 하늘로 시뻘겋게 치솟는 것을 보지 못했다면 그 차는 몇 주 동안이나 발견되지 않았을 것이다.

앨버트 빅스는 이미 진술해야 할 사항을 다 말했지만, 그때까지도 현장에 남아서 자신이 본 일에 살까지 덧붙여 가며 소름 끼치는 이야기를 몇 번이고 반복했다.

"'이런, 제기랄!' 저는 이렇게 소리쳤습니다. '저게 도대체 뭐야?' 불꽃이 하늘 높이 솟아올랐거든요. 모닥불일지도 모르겠지만, 누가 벤 채석장에서 모닥불을 피우겠어요? '아니야, 저건 분명히 크게 불이 난 걸 거야, 하지만 어떻게 불이 나지? 저쪽으로는 집도 농장도 없는데, 저건 벤 채석장 근처에서 나는 거야.' 저는 그렇게 생각했죠. 바로 거기가 분명했습니다. 하지만 어찌할 바를 모르고 있었는데, 바로 그때 그레그 경찰관이 자전거를 타고 오더군요. 그래서 그 일을 알렸죠. 그때쯤엔 불길이 전부 사라져 버렸지만 저는 거기가 어디였는지 얘기해 주었습니다. 저는 이렇게 말했죠. '저쪽이에요. 하늘이 온통 시뻘겋게 타올랐어요. 누가 짚더미에 불을 붙였을지도 몰라요.' 하지만 차가 탔을 거라고는 생각지도 못했어요……. 그 안에서 사람이 산 채로 타고 있을 줄은 더더욱 상상조차 못했고요. 정말 끔찍한 비극이에요."

글렌셔 경찰은 바쁘게 움직였다. 경찰의가 부검을 시작하기 전에 현장 사진을 찍어 댔고 불에 탄 시체의 상태를 꼼꼼하게 적어 두어야 했다.

경찰의는 손에서 검은 재를 털어내면서 하퍼에게 다가왔다. 그의 입술은 굳게 닫혀 있었다.

"완전히 타 버렸군요. 남아 있는 거라고는 발과 신발의 일부가 전부입니다. 지금으로서는 시체가 남자인지 여자인지조차 구별할 수 없지만, 뼈를 조사해 보면 어느 정도 알 수 있을 거라고 생각합니다. 그런데 신발이 가죽 끈을 매는 검정 구두더군요. 여학생들이 잘 신는 그런 신발 말입니다."

하퍼가 말했다.

"이웃 주에서 실종된 여학생이 있습니다. 여기서 꽤 가까운 거리죠. 열여섯 살 정도 된 여자아이던데……."

의사가 말했다.

"그럼 아마 그 아이일 겁니다. 가엾게도."

하퍼가 걱정스럽게 물었다.

"그 애는 산 채로……?"

"아뇨, 그렇지 않을 겁니다. 빠져나가려고 시도한 흔적이 없거든요. 시체는 발이 밖으로 빠져나온 채 의자에 내동댕이쳐져 있었어요. 아마 차에 넣었을 때 이미 죽어 있었을 겁니다. 그리고 나서 증거를 없애려고 차에 불을 질렀겠죠."

의사는 잠시 숨을 돌리더니 이렇게 물었다.

"제가 할 일이 더 있습니까?"

"아닙니다. 수고하셨습니다."

"그럼 이만 가보겠습니다."

그는 자기 차가 있는 곳으로 성큼성큼 걸어갔다. 하퍼는 자동차

사고에 일가견이 있는 부하 경사가 분주히 일하고 있는 곳으로 다가갔다.

경사가 얼굴을 들고 그를 쳐다보았다.

"방화가 분명합니다. 휘발유를 붓고 차 전체에 의도적으로 불을 붙였습니다. 저쪽에 있는 울타리 근처에서 빈 통 세 개가 발견되었습니다."

그곳에서 약간 떨어진 곳에서 또 다른 사람이 잔해에서 꺼낸 작은 물건들을 조심스럽게 정리하고 있었다. 불에 탄 검정색 가죽 신발과 불에 타서 까매진 물건의 파편들이었다. 하퍼가 다가가자 부하가 그를 쳐다보며 큰소리로 말했다.

"이것 보세요. 피살자의 신원을 아는 데 도움이 될 것 같습니다."

하퍼가 작은 물건을 집어 들었다.

"소녀단의 제복에 달린 단추 아닌가?"

"맞습니다."

"알았네. 이제 가닥이 잡힐 것 같군."

하퍼가 말했다.

점잖고 인정 많은 하퍼는 울화가 치밀어 오르는 것을 느꼈다. 처음에는 루비 킨이었고 이제는 파멜라 리브즈였다. 그는 이전에도 했던 말을 중얼거렸다.

'글렌셔에 이게 도대체 무슨 일이지?'

그는 우선 자신의 주 경찰서장에게 전화를 걸었고, 그 다음에 멜쳇 대령에게 연락했다. 비록 시체는 글렌셔에서 발견되었지만, 파멜라 리브즈의 실종 사건은 래드포드셔에서 일어난 일이었기 때문이다.

그의 다음 임무는 그리 기분 좋은 일이 아니었다. 파멜라 리브즈의 부모에게 이 소식을 전해야 했다.

II

하퍼 총경은 현관의 초인종을 누르면서 브래사이드 저택의 정면을 유심히 올려다보았다. 깔끔하고 자그마한 이 전원주택에는 약 1800평 정도의 예쁜 정원도 딸려 있었다. 지난 20년간 시골 전역에서 상당히 많이 지어진 그런 저택이었다. 퇴역 군인이나 은퇴한 관리의 집 같은 분위기였다. 여기에 사는 이들은 교양 있고 점잖은 사람들로, 이들을 최대한 깎아내릴 수 있는 말이라고 해 봤자 약간 따분할 수도 있다는 점 정도였다. 그들은 자식들의 교육에 형편이 닿는 한 많은 돈을 투자하는, 비극과는 인연이 없어 보이는 그런 사람들이었다. 그러나 지금 그들에게 비극이 닥친 것이다. 그는 한숨을 쉬었다.

하퍼 총경이 곧장 거실로 안내받아 들어가자 긴장한 모습의 회색 콧수염 남자와 울어서 눈이 빨개진 여자가 자리에서 벌떡 일어났다. 리브즈 부인이 애타게 소리쳤다.

"파멜라의 소식을 가지고 오셨다고요?"

그러나 리브즈 부인은 총경의 동정 어린 눈빛에 충격을 받고 뒷걸음질을 쳤다.

하퍼가 말했다.

"나쁜 소식을 들을 마음의 준비를 하셔야 할 것 같습니다."

"파멜라……."

리브즈 부인의 목소리가 떨렸다.

리브즈 소령이 날카롭게 말했다.

"제 아이에게…… 무슨 일이 일어났습니까?"

"네."

"죽었단 말씀인가요?"

리브즈 부인이 울음을 터뜨렸다.

"안 돼, 그럴 리가!"

그리고는 왈칵 눈물을 쏟았다. 리브즈 소령은 아내를 감싸 안고 자기 쪽으로 끌어당겼다. 그는 입술을 떨었지만 묻는 듯한 눈빛으로 하퍼를 쳐다보았다. 하퍼는 고개를 숙였다.

"사고였습니까?"

"그렇지는 않습니다. 리브즈 소령님. 파멜라는 채석장에 버려진 불에 탄 차 안에서 발견되었습니다."

"차 안에서요? 채석장에 있는?"

그가 깜짝 놀랐다는 것은 한눈에 봐도 알 수 있었다. 리브즈 부인은 격렬하게 흐느끼면서 쓰러지듯 소파에 주저앉았다.

하퍼 총경이 말했다.

"잠깐 기다려 드릴까요?"

리브즈 소령이 날카롭게 물었다.

"대체 어떻게 된 겁니까? 타살이란 말씀인가요?"

"그런 것 같습니다. 그래서 괜찮으시다면 몇 가지 여쭤 보고 싶습니다."

"네, 물론이죠. 총경님이 말씀하신 게 사실이라면 한시도 지체해선 안 되니까요. 하지만 믿을 수가 없습니다. 누가 파멜라 같은 아이를 해치려고 할까요?"

하퍼가 감정을 드러내지 않고 말했다.

"소령님께서는 이미 따님이 실종되었을 때의 정황을 이 지역 경찰에 알리셨죠. 따님은 소녀단 집회에 참석한다고 나갔고, 소령님께서는 따님이 저녁 식사 때까지는 돌아올 거라고 생각하셨다는데, 맞습니까?"

"네."

"따님은 버스를 타고 돌아오기로 했었나요?"

"네."

"소녀단 친구들 얘기에 의하면, 따님은 대회가 끝나고 데인머스에 들려 울워스 가게에 갔다가 나중에 버스로 집에 돌아갈 거라고 말했던 모양입니다. 평상시와 다름없는 행동이라고 생각되시나요?"

"물론입니다. 파멜라는 울워스에 가는 걸 무척 좋아했어요. 그 애는 종종 데인머스에 들러 쇼핑하곤 했죠. 여기서 400미터 정도만 가면 나오는 큰 길에서 버스가 다니거든요."

"그리고 소령님께서 아시는 한 따님에게 다른 계획은 없었고요?"

"네."

"데인머스에서 누구를 만날 약속 같은 건 없었습니까?"

"네, 그런 약속은 분명히 없었습니다. 약속이 있었으면 얘기를 했을 겁니다. 우리는 파멜라가 저녁 식사 시간까지는 돌아올 거라고 생각했습니다. 그래서 시간이 늦었는데 돌아오지 않기에 경찰에 알린 겁니다. 그 애는 좀처럼 늦게 돌아오는 일이 없었으니까요."

"따님에게 탐탁지 않은 친구, 그러니까 소령님께서 사귀지 말라고 한 친구는 없었습니까?"

"아뇨, 그런 문제를 일으킨 적은 한 번도 없었습니다."

리브즈 부인이 눈물을 글썽이면서 말했다.

"팸은 아직 어린애예요. 나이에 비해서도 아주 어렸어요. 게임 같은 걸 좋아했고요. 그 앤 아무리 봐도 조숙한 것과는 거리가 먼 아이였답니다."

"데인머스의 머제스틱 호텔에 묵고 있는 조지 바틀렛 씨를 알고 계십니까?"

리브즈 소령이 그를 쳐다보았다.

"그런 이름은 들어 본 적도 없습니다."

"따님도 그 사람을 몰랐을 거라고 생각하십니까?"

"분명히 몰랐을 겁니다."

그가 예리하게 물었다.

"그 사람이 이 사건과 무슨 관계입니까?"

"그 사람은 따님의 시체가 발견된 미노안 14형 차의 주인입니다."

리브즈 부인이 소리쳤다.

"그럼 그 사람이 분명……."

하퍼가 재빨리 말했다.

"그는 오늘 아침에 차를 분실했다고 신고했습니다. 그 차는 어제 점심 때까지도 머제스틱 호텔의 정원에 있었죠. 누군가 차를 훔쳤을 겁니다."

"하지만 누가 그 차를 훔쳐가는 걸 본 사람도 없나요?"

총경은 고개를 저었다.

"하루 종일 수십 대의 차가 들락날락하니까요. 게다가 미노안 14는 가장 흔한 차종 중 하나라서요."

리브즈 부인이 소리쳤다.

"하지만 어떻게든 해야 하잖아요? 이런 짓을 한 그 악마를 찾아내야 하잖아요? 내 딸…… 오, 불쌍한 내 딸! 산 채로 타 죽은 건 아니죠, 그렇죠? 오, 파멜라……!"

"따님께서 그런 고통을 겪지는 않았습니다, 리브즈 부인. 차에 불이 붙었을 때 따님은 이미 죽어 있었던 것이 분명합니다."

리브즈가 긴장한 목소리로 물었다.

"제 딸이 어떻게 살해됐습니까?"

하퍼는 의미심장한 눈길로 그를 흘끗 보았다.

"모르겠습니다. 증거가 전부 불에 타서 없어졌거든요."

그는 정신이 나간 채 소파에 앉아 있는 부인을 돌아보았다.

"믿어 주십시오, 리브즈 부인. 저희는 모든 수단과 방법을 동원하고 있습니다. 수사가 관건일 뿐입니다. 조만간 어제 데인머스에서 따님을 봤다는 사람을 찾아낼 겁니다. 따님이 누구와 함께 있었는지도 알아낼 수 있을 겁니다. 하지만 그러기엔 시간이 걸립니다. 여기저기서 소녀단원을 보았다는 보고가 수십 건, 아니 수백 건씩 들어올 테니까요. 선택과 인내가 필요한 문제죠……. 하지만 결국엔 진실을 밝혀낼 겁니다, 걱정 마세요."

리브즈 부인이 물었다.

"그 애는 어디에 있나요? 그 애한테 가 볼 수 있을까요?"

리브즈 소령의 눈길이 또다시 하퍼 총경을 향했다. 총경이 말했다.

"군의관이 그 일을 전부 맡아서 하고 있습니다. 소령님께서는 지금 저와 같이 가셔서 정식 절차를 모두 처리하셨으면 합니다. 그러는 동안 파멜라가 말했을지도 모르는 것을 생각해 내 주세요. 아마 그때는 주의 깊게 듣지 않았지만 실마리를 찾는 데 도움이 될지도 모르는 그런 것들을 말입니다. 무슨 말인지 아시겠죠? 그저 무심코 들은 얘기라도 좋습니다. 그것이 저희를 도와주실 수 있는 최선의 방법입니다."

두 남자가 문 쪽으로 걸어갈 때 리브즈가 사진을 가리키며 말했다.

"제 딸입니다."

하퍼는 사진을 주의 깊게 들여다보았다. 하키 팀의 사진이었다. 리브즈는 팀의 중간에 있는 파멜라를 가리켰다.

'예쁜 아이로군.'

하퍼는 양쪽으로 머리를 늘어뜨리고 있는 소녀의 진지한 얼굴을 보면서 생각했다.

차 안에 있던 불에 탄 시체가 생각나서 그는 우울하게 입을 다물었다.

그는 파멜라 리브즈의 죽음이 글렌셔의 미제 사건으로 남아서는 안 된다고 스스로에게 다짐했다.

그는 개인적으로 루비 킨은 자신에게 닥친 화를 자초했을지도 모른다고 인정했지만, 파멜라 리브즈의 경우는 얘기가 완전히 달랐다. 틀림없이 착한 아이였을 것이다. 그 애를 죽인 살인자를 끝까지 추적해서 잡기 전까지 그는 발 빼고 쉴 수 없을 것만 같았다.

제11장

하루인가 이틀 후에 멜쳇 대령과 하퍼 총경은 멜쳇 대령의 커다란 책상을 사이에 두고 마주 앉아 있었다. 하퍼가 상담할 게 있다며 머치 벤햄에 왔던 것이다.

멜쳇이 침울하게 말했다.

"어디까지 알고 있는지…… 아니, 어디서부터 막혔는지 확인해 보세!"

"어디서부터 막혔는지 확인하는 것이 더 적절할 것 같습니다."

"고려해야 할 살인 사건이 두 건이네."

멜쳇이 말했다.

"살인 사건이 두 건. 피해자는 루비 킨과 파멜라 리브즈라는 소녀. 불쌍하게도 신원을 파악할 만한 게 별로 없지만 그걸로 충분해. 애 아버지가 불에 타지 않은 신발을 그 애의 것이 분명하다고 확인했고, 희생자의 소녀단 유니폼에서 이 단추도 나왔으니까. 정말 잔인한 수법이야."

하퍼 총경이 매우 침착하게 말했다.

"정말 그렇습니다."

"차에 불이 붙기 전에 죽은 게 틀림없다니 다행이네. 비스듬히 팽개쳐진 채 의자에 누워 있는 모습이 그 사실을 말해 주니까. 아마 머리를 때려서 죽였겠지, 불쌍하게도."

"아니면 목을 졸렸을지도 모르겠습니다."

하퍼가 말했다.

멜쳇이 날카로운 눈빛으로 그를 바라보았다.

"그렇게 생각하나?"

"글쎄요, 그렇게 죽이는 살인자들도 있으니까요."

"알겠네. 나도 그 아이의 부모를 만나 봤어. 그 불쌍한 아이의 엄마는 넋이 나갔더군. 정말 괴로운 사건이야. 우리가 확실히 결정해야 하는 점은 두 살인 사건 사이에 관련이 있나 하는 문제야."

"저는 분명히 관련이 있는 것 같습니다."

"나도 그렇게 생각하네."

총경은 손으로 꼽아 가면서 요점을 하나하나 열거해 나갔다.

"파멜라 리브즈는 데인베리 다운즈에서 열린 소녀단 대회에 참석했습니다. 친구들의 진술에 의하면 평소와 다름이 없었고 기분도 좋아 보였다고 하더군요. 친구 세 명과 같이 메드체스터까지 오는 버스를 탄 게 아니라, 데인머스에 들러 울워스에서 쇼핑하고 난 다음, 거기서 버스로 집에 돌아가겠다고 말했답니다. 다운즈에서 데인머스로 가는 주요 도로는 외딴 지역으로 우회해서 가게 되어 있습니다. 파멜라 리브즈는 들판 두 개와 보도, 그리고 머제스틱 호텔에서 가까운 데인머스에 이르는 좁은 길을 지나는 지름길을 택했습니다. 사실 그 좁은 길은 호텔의 서쪽을 통과합니다. 따라서 그 애가 살인자에게 불리한 단서, 이를 테면 루비 킨에 관한 어떤 것을 우연히 듣거나 보았을 수도 있습니다. 예를 들어, 범인이 루비 킨을 그날 밤 11시에 만나기로 하는 것 따위 말이죠. 범인은 그것을 알아차리고 소녀의 입을 막아야 했겠죠."

멜첸 대령이 말했다.

"루비 킨의 살인이 우발적인 것이 아니라 계획적이었다는 것은 비약이네, 하퍼."

하퍼 총경이 동의했다.

"저도 그렇게 생각합니다. 우발적으로 홧김에, 욱해서 주먹을 휘두른 것처럼 보이니까요. 하지만 그렇지 않다는 생각도 들기 시작했습니다. 그렇지 않으면 리브즈의 죽음을 설명할 도리가 없으니까요. 만약 그 애가 실제 범행의 목격자라면 그건 대략 밤 11시나 되는 늦은 시간일 텐데, 그 애가 그 시간에 머제스틱 근처에서 뭘 했겠습니까? 부모는 9시부터 딸이 돌아오지 않는다고 초조해하고 있었는데 말입니다."

"가족이나 친구들이 모르는 누군가를 만나러 데인머스에 갔을 수도 있지. 그렇다면 그 애의 죽음은 다른 살인 사건과 완전히 무관하겠지."

"맞습니다, 하지만 그런 것 같지는 않습니다. 심지어 그 마플 양까지 단번에 연관이 있다고 말하지 않았습니까. 그녀는 얘기를 듣자마자 단박에 불에 탄 차에 있던 시체가 실종된 소녀단원의 시체가 아니냐고 물었습니다. 굉장히 똑똑한 노부인이죠. 이런 노부인들은 때때로 아주 예리합니다. 문제의 핵심을 정확하게 짚어내거든요."

"마플 양이 그런 수완을 발휘한 건 한두 번이 아니야."

멜쳇 대령이 무덤덤하게 말했다.

"게다가 차까지 있습니다. 그것이 소녀단원의 죽음을 머제스틱 호텔과 분명하게 연결하는 것 같습니다. 그 차는 조지 바틀렛의 차였어요."

두 사람의 시선이 또 한 번 마주쳤다.

"조지 바틀렛? 그럴지도 모르지. 자네 생각은 어떤가?"

하퍼는 몇 가지 핵심을 찬찬히 열거했다.

"루비 킨이 마지막으로 목격되었을 때 그녀는 조지 바틀렛과 같이 있었습니다. 그는 루비가 방으로 갔다고 말하고 있지만, (그녀가 입고 있던 드레스가 거기서 발견된 것으로 입증되었죠.) 그녀는 그와 같이 외출하기 위해 방에 가서 옷을 갈아입은 건 아닐까요? 그 두 사람은 미리부터 같이 외출하기로 약속하지 않았을까요? ……예를 들어 저녁 식사 전에 그 얘기를 했는데, 파멜라 리브즈가 우연히 듣게 된 건 아닐까요?"

멜쳇이 말했다.

"바틀렛은 다음 날 아침까지도 차를 분실했다고 신고하지 않았어. 차가 없어졌다는 얘길 하면서도 매우 애매모호하게 굴면서 차를 마지막으로 본 것이 정확하게 언제였는지 기억하지 못하는 체했지."

"교묘하게 그랬는지도 모릅니다. 제가 보기에 그 사람은 얼간이인 척하는 머리가 비상한 남자이거나 진짜로 얼간이이거나 둘 중 하나인 것 같습니다."

"우리에게 필요한 건 범행 동기야. 현재 상태로는 그 사람에게는 루비 킨을 죽일 만한 아무런 동기도 없지."

멜쳇이 말했다.

"네. 수사가 거기서 매번 막히고 있죠. 브릭스웰에 있는 빨레 드 당스에서 온 보고도 전부 쓸모없는 것 같던데요?"

"그렇다네! 루비 킨에게는 정해 둔 남자 친구가 없었어. 슬랙이 그 문제를 철저히 조사했네. 슬랙에게도 장점이 있다는 건 인정해야지, 그 친구는 철저하거든."

"맞습니다. 철저하다는 말이 딱 어울리네요."

"찾아낼 만한 것이 하나라도 있다면 벌써 찾아냈을 거야. 하지만 거긴 의심스러운 점이 전혀 없어. 슬랙은 루비 킨과 자주 댄스 파트너를 했던 사람들의 명단을 만들어서 전부 조사해 보기까지 했지만 의심스러운 사람은 한 명도 없었지. 선량한 사람들인 데다가 모두 그날 밤에 알리바이를 증명할 수 있었거든."

"아."

하퍼 총경이 말했다.

"알리바이라. 바로 그 부분에서 문제에 부딪혔습니다."

멜쳇이 그를 날카롭게 쳐다보았다.

"그런가? 그쪽 방면의 수사는 자네에게 일임했네만."

"맞습니다. 그래서 알리바이를 조사했습니다. 굉장히 철저하게요. 런던에도 도움을 요청했습니다."

"그래서?"

"콘웨이 제퍼슨 씨는 개스켈 씨나 제퍼슨 부인이 꽤 잘 살고 있다고 생각하는지 모르지만, 사실은 그렇지 않습니다. 두 사람 다 돈이 몹시 궁한 상태입니다."

"그게 사실인가?"

"사실이다마다요. 콘웨이 제퍼슨 씨가 말한 대로, 그는 아들과 딸이 결혼할 때 상당한 금액을 물려주었습니다. 하지만 그건 이미 10년 전의 일입니다. 제퍼슨 씨의 아들 프랭크 제퍼슨 씨는 자신이 투자를 잘한다고 자부하고 있었습니다. 그는 아주 무모한 투자는 하지 않았지만, 운이 없었고 실패도 몇 번 한 것으로 드러났습니다. 그가 소유했던 재산은 서서히 줄어들었지요. 미망인이 된 제퍼슨 부인은 생계를 유지하고 아들을 좋은 학교에 보내는 것이 어려운 형편이었던 것 같습니다."

"하지만 시아버지에게 도움을 요청한 적은 없지 않나?"

"네. 제 짐작에는 시아버지랑 같이 살기 때문에 생활비가 들어가지 않는 것 같습니다."

"게다가 시아버지는 오래 살지 못할 것이라고 했을 정도로 건강이 안 좋고?"

"맞습니다. 이제 마크 개스켈 씨에 대해 말씀드리겠습니다. 그는 철저한 도박꾼입니다. 아내의 돈을 순식간에 거덜 냈죠. 현재 좀 심각하게 빚더미에 올라앉아 있습니다. 돈이 절실히 필요한 상황이죠. 그것도 거액의 돈이."

멜쳇 대령이 말했다.

"외모도 별로 마음에 들지 않더군. 난잡해 보이는 그런 친구랄까. 게다가 그에게는 더할 나위 없는 범행 동기까지 있지. 그 여자를 제거한다는 것은 2만 5000파운드를 가질 수 있다는 걸 의미해. 맞아, 훌륭한 범행 동기야."

"그 두 사람은 모두 동기를 가지고 있었습니다."

"난 제퍼슨 부인은 고려하고 있지 않네."

"알고 있습니다. 하지만 어쨌든 두 사람 다 알리바이를 가지고 있습니다. 그 시간에 그런 짓은 할 수 없었을 겁니다."

"그날 밤에 그들의 행적은 자세히 조사했나?"

"네. 우선 개스켈 씨부터 말씀드리겠습니다. 그가 장인, 제퍼슨 부인과 함께 저녁을 먹은 후 커피를 마시고 있을 때 루비 킨이 자리에 합세했습니다. 그러고 나서 그는 편지를 써야 한다면서 자리를 떴지요. 하지만 실제로는 자기 차를 타고 드라이브를 나갔습니다. 그는 저녁 내내 브리지 게임에만 매달려 있긴 싫었다고 아주 솔직하게 말했죠. 콘웨이 제퍼슨 씨는 브리지에 미쳐 있었으니까요. 그래서 그는 편지를 쓴다는 핑계를 댔습니다. 루비 킨은 다른 사람들과 남아 있었죠. 마크 개스켈은 그녀가 레이먼드와 춤추고 있을 때 돌아왔습니다. 춤이 끝나자 루비가 와서 같이 음료수를 마셨죠. 그리고는 바틀렛 씨와 춤추러 갔고 개스켈과 다른 사람들은 짝을 정해서 브리지를 시작했습니다. 그때가 10시 40분이었습니다. 그리고 그는 자정이 넘도록 테이블을 떠나지 않았어요. 틀림없습니다. 모든 사람들이 그렇게 말하니까요. 가족들, 웨이터들, 그리고 다른 사람들도 전부 그렇게 말합니다. 따라서 그는 범행을 저지를 수 없었습니다. 제퍼슨 부인의 알리바이도 마찬가지입니다. 그녀도 자리를 떠나지 않았습니다. 따라서 두 사람 다 용의자가 아닙니다."

멜쳇 대령이 종이 자르는 칼로 탁자를 두드리며 몸을 뒤로 젖혔다.

하퍼 총경이 말했다.

"그 여자가 자정 전에 살해되었다고 가정한다면 말이죠."

"헤이독이 그렇게 말했네. 그는 검시 업무라면 완전히 도통한 친구지. 그가 그렇게 말했으면 그런 거야."

"달리 설명할 수도 있지 않을까요? ……건강이 나빴다던가 특이 체질이라든가 하는 측면에서요."

"내가 헤이독에게 물어 보지."

멜쳇이 시계를 보더니 전화기를 집어 들고 전화번호를 불러주었다.

"지금 이 시간이면 집에 있을 거야. 그런데 그 여자가 자정 이후에 살해되었다고 한다면?"

하퍼가 말했다.

"그러면 그들이 용의자일 가능성도 있죠. 그 이후에는 그들도 왔다 갔다 했으니까요. 예를 들어 개스켈이 루비 킨에게 12시 20분에 밖에서 만나자고 했다고 가정해 보죠. 일이 분 정도 빠져나가서 그녀를 목 졸라 죽이고, 호텔로 돌아왔다가 나중에 아침 일찍 시체를 처리했을 수도 있습니다."

멜쳇이 말했다.

"밴트리의 서재에 시체를 놔두려고 50킬로미터 가까이를 차를 타고 갔단 말인가? 젠장, 별로 그럴듯하지 않은 얘기로군."

"네, 그건 그렇죠."

총경이 즉시 인정했다.

그때 전화벨이 울리자 멜쳇이 수화기를 들었다.

"여보세요, 헤이독? 루비 킨 사건 말인데, 그녀가 자정이 지나서 살해되었을 가능성은 없소?"

"10시에서 자정 사이에 살해되었다고 말씀드렸잖습니까."

"알고 있습니다, 하지만 그 시간을 조금만 늘려서 생각할 수는 없겠소?"

"아뇨, 사망 시간을 늦출 수는 없습니다. 자정 전에 살해되었다고 말하면 자정 전에 살해된 겁니다. 의학적 증거를 바꾸려고 하시면 안 됩니다."

"알겠소. 하지만 어떤 생리적인 요인이 있을 수도 있는 일 아니오? 무슨 얘긴지 알겠소?"

"대령님이 스스로 무슨 말씀을 하고 있는지 모르신다는 건 알겠습니다. 그 여자는 완벽하게 건강했고 모든 게 정상이었습니다. 그러니 그 여자가 경찰 관계자들이 점찍은 어떤 비열한 놈의 목에 밧줄을 감는 것을 도와줄 수 있을 것 같지는 않습니다. 이제 이의를 제기하지 마십시오. 경찰의 방식은 잘 알고 있으니까요. 그리고 얘기가 나온 김에 말씀드리는데, 그 여자는 의식하지 못한 채 목이 졸렸습니다. 즉, 범인이 먼저 그녀에게 약을 먹였다는 뜻입니다. 강력한 마취제였죠. 그녀는 목이 졸려서 죽었지만 우선 마취를 당했던 겁니다."

헤이독은 이렇게 말하고 전화를 끊었다. 멜쳇이 침울하게 말했다.

"그랬군."

하퍼가 말했다.

"처음에는 다른 사람이 범인일 것 같다고 생각했습니다……. 소용없어져 버렸지만요."

"그건 왜지? 누군데?"

"분명 대령님도 관심을 갖고 계실 인물입니다. 베이즐 블레이크라는 사람인데 가싱턴 홀 근처에 삽니다."

"건방진 애송이 말이군!"

베이즐 블레이크의 무례한 태도를 생각하자 대령의 표정이 어두워졌다.

"그가 이번 사건과 어떤 연관이 있지?"

"루비 킨을 알았던 것 같습니다. 머제스틱에 와서 꽤 자주 식사를 했고, 그 여자와 춤도 추었습니다. 루비가 없어진 걸 알았을 때 조시가 레이먼드에게 했던 말을 기억하세요? 조시는 '루비가 그 영화사 남자랑 같이 있진 않겠죠?'라고 했습니다. 저는 그녀가 얘기한 사람이 블레이크라는 걸 깨달았습니다. 그 사람은 렘빌 촬영소에서 일하고 있습니다. 조시는 루비가 그 사람한테 조금 빠져 있다는 것 외에는 달리 짐작 가는 것이 없었던 겁니다."

"굉장히 가능성 있는 얘기군, 하퍼. 정말 그럴 듯해."

"그런데 생각만 그럴 듯했더군요. 베이즐 블레이크는 그날 밤에 촬영소의 파티에 참석했습니다. 그 파티란 게 어떤 건지는 아시겠죠. 8시에 칵테일로 시작해서 한밤중에 모든 사람들이 술에 취해 나가떨어질 때까지 계속 마셔 대는 거죠. 그를 조사했던 슬랙 경감 말에 의하면 그는 자정쯤 자리를 떴다고 합니다. 자정에 루비 킨은 이미 죽어 있었죠."

"그의 말을 입증할 사람은 있나?"

"제 짐작에는 대부분의 사람들이 거나하게 취해 있었던 것 같습니다. 지금 별장에 있는 다이나 리 양이라는 젊은 여자가 그의 얘기가 사실이라고 말하고 있기는 합니다만."

"그건 아무런 의미가 없잖은가!"

"네, 아마 그럴지도 모릅니다. 하지만 파티에 참석했던 다른 사람들의 얘기도 대체로 블레이크의 진술이 옳다는 것을 입증하고 있습니다. 시간에 관해서는 좀 애매모호하지만 말입니다."

"그 촬영소는 어디에 있나?"

"렘빌에 있습니다. 런던에서 남서쪽으로 48킬로미터 떨어진 곳입니다."

"음……. 여기서도 그만큼 떨어져 있겠군?"

"네, 대령님."

멜쳇 대령이 코를 만지작거렸다. 그는 약간 불만스러운 말투로 말했다.

"그 사람을 털어 보면 뭔가 나올 것 같은데."

"저도 그렇게 생각합니다. 하지만 그가 루비 킨에게 진지하게 관심을 가졌다는 증거가 없습니다. 사실……."

하퍼 총경이 헛기침을 했다.

"그는 자기의 본래 여자 친구에게 푹 빠져 있는 것 같습니다."

멜쳇이 말했다.

"원 참, 그럼 유령의 소행이란 건가? 그래서 슬랙이 아무런 흔적도 찾지 못하는 것 아니냐고! 그 여자를 죽이고 싶어 했을 제퍼슨의 사위는 그럴 기회가 없었고. 며느리도 마찬가지고. 알리바이가 없는 조지 바틀렛에게는 불행히도 범행 동기가 없고. 블레이크에게는 알리바이가 있고 동기도 없고. 그게 전부라니! 아니야, 기다려 보게, 댄스 파트너 레이먼드 스타도 의심해 봐야 할 것 같은데. 어쨌든 그 사람은 죽은 여자를 자주 만났을 테니까."

하퍼가 느릿느릿 말했다.

"레이먼드가 그 여자에게 그 정도로 관심을 가졌다고는 생각할 수 없는데요. 그렇지 않다면 그는 천부적인 배우예요. 게다가 어쨌든 그에게는 알리바이가 있습니다. 10시 40분부터 자정까지 모든 사람들이 보는 곳에서 여러 여성을 상대로 춤을 추었으니까요. 그에게 혐의를 씌울 수는 없을 것 같습니다."

멜쳇 대령이 말했다.

"어느 누구에게도 혐의를 씌울 수 없군."

"조지 바틀렛이 가장 유력합니다. 범행 동기만 생각해 낼 수 있다면 말입니다."

"그 사람을 조사해 봤나?"

"네, 외아들이었습니다. 어머니 손에 응석받이로 컸더군요. 1년 전에 어머니가 돌아가셔서 막대한 유산을 상속 받았지만, 그걸 빠른 속도로 탕진하고 있습니다. 악랄하다기보다는 약해 빠졌죠."

"어쩌면 정신적으로 문제가 있을지도 모르지."

멜쳇이 희망적으로 말했다.

하퍼 총경이 고개를 끄덕였다.

"혹시 그것으로 사건이 전부 설명될지도 모른다는 생각이 드셨습니까?"

"정신이상자의 범죄로 말인가?"

"네. 젊은 여자만 보면 목을 조르고 싶어지는 그런 놈들 중 하나의 소행이라는 거죠. 의사들은 거기에 긴 이름을 붙이겠지만 말입니다."

"그러면 모든 문제가 해결되겠지."

멜쳇이 말했다.

"하지만 한 가지 마음에 들지 않는 점이 있습니다."

"뭔가?"

"너무 간단하다는 겁니다."

"음……. 맞아, 아마 그럴 거야. 그러면 처음에 얘기를 꺼낸 것처럼, 도대체 우린 어디까지 알고 있는 건가?"

"아무것도 알고 있지 못합니다."

하퍼 총경이 대답했다.

제12장

I

콘웨이 제퍼슨은 잠에서 깨어 기지개를 켰다. 그는 사고 이후로 온몸의 힘이 집중된 것 같은 길고 튼튼한 팔을 쭉 뻗었다. 커튼 사이로 아침 햇살이 부드럽게 비치고 있었다.

콘웨이 제퍼슨은 혼자서 미소 지었다. 밤새 쉬고 나면 그는 언제나 이렇게 행복하고, 상쾌하고, 활기를 되찾은 상태로 눈을 떴다. 새로운 하루가 시작되는 것이다!

그는 잠깐 동안 그렇게 누워 있었다. 그러고 나서 손을 뻗어 특별히 만든 벨을 눌렀다. 그때 갑자기 어떤 기억이 파도처럼 엄습해 왔다.

에드워즈가 조심스럽게 발소리를 죽이며 방에 들어섰을 때까지도 주인의 입에서는 신음 소리가 새어나왔다.

에드워즈는 커튼을 젖히던 손길을 멈추고 물었다.

"어디 편찮으신 건 아닙니까?"

콘웨이 제퍼슨이 퉁명스럽게 말했다.

"아니야, 계속 해, 커튼을 걷어 주게."

밝은 빛이 방 안으로 쏟아져 들어왔다. 에드워즈는 주인의 심경을 이해하고 그를 쳐다보지 않았다.

콘웨이 제퍼슨은 인상을 쓴 채 이것저것 기억하고 생각하면서 누워 있었다. 눈앞에 다시 그 예쁘고 생기 없는 루비의 얼굴이 떠올랐다. 하지만 마음속으로만은 생기 없다는 표현을 쓰지 않았다. 어젯밤이었다면 그 얼굴이 천진난만하다고 말했을 것이다. 순진하고 천진난만한 아이! 그런데 지금은?

극심한 피로가 몰려와 그는 눈을 감았다. 그리고 작은 목소리로 중얼거렸다.

"마거릿······."

그것은 죽은 아내의 이름이었다.

II

"저는 부인의 친구분이 마음에 들어요."

애들레이드 제퍼슨이 밴트리 부인에게 말했다.

두 사람은 테라스에 앉아 있었다.

"제인 마플은 아주 대단한 여자죠."

밴트리 부인이 말했다.

"친절하기도 하고요."

애디가 웃으면서 말했다.

"사람들은 그녀가 추문을 퍼뜨리고 다닌다고 말하죠. 하지만 사실은 그렇지 않아요."

밴트리 부인이 말했다.

"사람의 천성을 나쁘게 보기 때문인가요?"

"그렇다고 할 수 있죠."

"그 반대의 경우를 너무 많이 겪은 후라 오히려 신선한데요."

애들레이드 제퍼슨이 말했다.

밴트리 부인이 예리한 눈길로 그녀를 바라보자 애디가 알아듣게 설명했다.

"보잘 것 없는 것을 그렇게나 높이 평가하고 이상화하는 경우도 있으니 말이에요!"

"루비 킨 얘긴가요?"

애디가 고개를 끄덕였다.

"저는 루비한테 지독하게 굴고 싶진 않아요. 그녀에게는 악의가 전혀 없었으니까요. 그녀는 자신이 원하는 것을 위해 싸워야 했던 거죠. 루비는 나쁜 사람이 아니었어요. 평범하고 좀 어리석었지만 마음씨 고운 아이였죠. 하지만 남자의 돈을 우려먹는 아가씨였던 건 분명해요. 물론 그녀가 그 음모를 꾸미거나 계획했다고 생각하지는 않아요. 그녀가 기회를 재빨리 문 것은 당연한 일이었죠. 어떻게 하면 외로운 노인의 마음에 들지를 알고 있었으니까요."

밴트리 부인이 생각에 잠긴 채 말했다.

"콘웨이 씨는 외로웠던 모양이군요?"

애디는 초조하게 몸을 뒤척였다.

"네……. 이번 여름에는요."

그녀는 잠시 말을 멈추더니 내뱉듯이 말했다.

"마크는 그게 전부 제 잘못이었다고 생각하고 있어요. 어쩌면 그럴 지도 모르죠."

그녀는 잠시 입을 다물고 있었다. 그러더니 말하고 싶은 욕구에 이끌려서, 거의 마지못해 말한다는 식으로 어렵게 얘기를 계속했다.

"저는 참 얄궂은 인생을 살았어요. 제 첫 남편 마이크 카모디는 저와 결혼하자마자 곧 세상을 떠났지요……. 그 때문에 저는 이루 말할 수 없는 충격을 받았죠. 남편이 죽고 나서 피터가 태어났어요. 프랭크 제퍼슨은 마이크의 절친한 친구였고, 그래서 자주 만나러 갔죠. 그는 피터의 대부였거든요. 마이크가 그러길 원했었죠. 저는 프랭크를 매우 좋아하게 되었어요. 그리고…… 아! 그 사람도 참 안 됐어요."

"안됐다고요?"

밴트리 부인이 흥미롭게 물었다.

"네, 맞아요. 이상하게 들리겠죠. 프랭크는 늘 자신이 원하던 모든 것을 가졌으니까요. 게다가 그이의 아버지와 어머니는 그이에게 더

할 나위 없이 잘해 주었죠. 하지만…… 뭐랄까? 아버님은 개성이 참 강한 분이시죠. 그 개성을 견뎌 내며 살다 보면 자신의 개성은 가질 수가 없게 되요. 프랭크는 그렇게 느끼고 있었어요.

저희가 결혼했을 때 남편은 더없이 행복해 했어요. 아버님은 인심이 매우 후하셔서 프랭크에게 거액의 돈을 넘겨주셨죠. 자식들이 독립하길 원하는 만큼 자신이 죽을 때까지 기다릴 필요가 없다고 말씀하시면서요. 정말 고마운 분이세요. 정말 관대하셨고요. 하지만 너무 갑작스러웠던 게 문제였던 거죠. 아버님은 프랭크가 조금씩 독립적인 생활에 익숙해지도록 하셨어야 했어요.

프랭크는 그 일로 우쭐해지고 말았어요. 그이는 아버지만큼 훌륭한 사람이 되고 싶어 했어요. 돈이나 사업을 굴리는 수완도 뛰어나길 바랐고, 통찰력도 있어서 성공하고 싶었던 거예요. 그러나 그이는 물론 그런 인물이 못 되었죠. 돈을 굴릴 궁리는 했을지 모르지만, 돈을 투자하는 데 별로 수완이 없어서 적절하지 못한 시점에 엉뚱한 곳에 투자를 했죠. 굴리는 수완이 뛰어나지 않으면 돈은 무서운 속도로 새나가더군요. 프랭크는 돈을 잃을수록 만회하고자 더욱 혈안이 되었어요. 그래서 상황이 점점 더 나빠졌던 거예요."

"하지만 콘웨이 씨가 아들에게 충고해 줄 수 있지 않았을까요?"

밴트리 부인이 말했다.

"프랭크는 충고를 듣고 싶어 하지 않았어요. 그이는 오직 자기 힘으로 성공하기만을 바랐지요. 그래서 저희는 아버님께는 상황을 전혀 알리지 않았어요. 프랭크가 죽자 유산은 거의 남아 있지 않았어요. 저한테는 푼돈밖에 없었죠. 그래도 저는 그 사실을 아버님께 알리지 않았어요. 실은……."

그녀는 갑자기 뒤를 돌아보았다.

"어쩐지 아버님께 프랭크를 팔아 넘기는 기분이 들 것 같았거든요. 그렇게 하면 프랭크는 싫어했을 거예요. 아버님은 오랫동안 편찮으셨죠. 건강이 회복되고 나자 아버님은 제가 매우 부유한 미망인이라고 생각하셨어요. 저는 결코 그분의 오해를 풀려 한 적이 없어요. 체면이 걸린 문제였거든요. 아버님은 제가 굉장히 절약하는걸로 알고 계세요……. 하지만 그분은 그걸 그냥 검소함으로 좋게 생각하시죠. 물론 피터와 저는 그 이후로 아버님과 같이 살았고 생활비도 아버님께서 전부 대주셨어요. 그래서 저는 생활에 대해 걱정할 필요가 없었지요."

그녀는 천천히 얘기했다.

"저희는 지난 몇 년간 가족처럼 지내왔어요. 다만…… 아버님에게 저는 한순간도 프랭크의 미망인이었던 적이 없었어요……. 언제까지나 프랭크의 아내였던 거예요."

밴트리 부인은 이 말에 담긴 의미를 파악했다.

"그가 가족의 죽음을 받아들이지 않았다는 말인가요?"

"네. 아버님은 지금까지 잘 버텨 오셨어요. 하지만 그분은 죽음을 인정하지 않음으로써 자신에게 일어난 끔찍한 비극을 이겨 오신 거예요. 마크는 로잘먼드 제퍼슨의 남편이고 저는 프랭크 제퍼슨의 아내예요. 엄밀히 말해서 프랭크와 로잘먼드는 여기 없지만……, 그들은 여전히 존재하고 있어요."

밴트리 부인이 부드럽게 말했다.

"믿음의 승리로군요."

"맞아요. 우리는 매년 그렇게 지내왔어요. 하지만 갑자기…… 이번 여름에 저한테 문제가 생겼어요. 반항하고 싶은 기분이 들었던 거예요. 이렇게 말하긴 정말 싫지만, 저는 더 이상 프랭크를 생각하고 싶지 않았어요! 모두 끝난 일이었어요. 제 사랑과 부부간의 정, 그리고 슬픔은 그가 죽었을 때 끝났던 거예요. 과거에는 존재했지만 이젠 더 이상 존재하지 않는 것이었지요.

말로 설명하려니까 정말 힘드네요. 그건 마치 과거를 깨끗이 잊어버리고 다시 시작하고 싶어지는 것 같은 거예요. 저는 저 자신이고 싶어요. 아직은 꽤 젊고 강한, 게임을 하거나 수영하거나 춤을 출수 있는 애디 말이에요……. 그냥 한 인간이 되고 싶었던 거죠. 착한 휴고는(휴고 맥클린 아시죠?) 저와 결혼하고 싶어 하지만, 저는 물론 심각하게 생각해 본 적이 없었어요. 하지만 이번 여름에 저는 그 문제에 대해 생각하기 시작했어요. 심각하다기 보다는 그냥 막연하게 말이에요……."

그녀는 얘기를 멈추고 머리를 흔들었다.

"그러니 그게 사실일지도 모르겠어요. 제가 아버님을 소홀히 했다는 것 말이에요. 정말로 아버님을 등한시할 생각은 아니었지만, 제 마음이나 생각은 아버님에게서 멀어져 갔어요. 루비가 아버님을 즐겁게 해 주었을 때 저는 오히려 기뻤어요. 더 자유롭게 제가 하고 싶은 일을 할 수가 있게 되었으니까요. 저는 물론 꿈에도 생각하지 못했어요. 아버님이 그렇게…… 그렇게까지 루비에게 열중하게 될 줄은요!"

밴트리 부인이 물었다.

"그걸 알게 됐을 때는 기분이 어땠나요?"

"어이가 없어서 말도 못할 정도였죠……. 정말 기가 막혔어요! 그리고 화도 나더군요."

"나라도 화가 났을 거예요."

밴트리 부인이 말했다.

"저에게는 피터가 있잖아요. 피터의 미래는 전부 아버님에게 달려 있어요. 아버님은 그 애를 거의 친손자처럼 대해 줬어요, 아니면 저 혼자 그렇게 생각한 거겠죠. 물론 친손자는 아니었지만 말이에요. 피터는 아버님의 피붙이가 아니기는 하죠. 그렇다고 상속권을 빼앗기게 되다니!"

무릎에 다부지게 놓여 있던 그녀의 고운 손이 약간 떨렸다.

"전 바로 그런 기분이었어요. 모든 게 남자 돈이나 우려먹는 그런 천박하고 골빈 계집애 때문이라고 생각하니……. 그녀를 죽여 버리고 싶었어요!"

그녀는 비탄에 잠겨서 입을 다물었다. 그녀의 아름다운 담갈색 눈이 두려움에 사로잡힌 채 애원하는 듯한 눈길로 밴트리 부인의 눈을 바라보았다. 그녀가 말했다.

"제가 무서운 말을 해 버렸군요!"

휴고 맥클린이 그들 뒤에 조용히 다가와서 물었다.

"무서운 말이라뇨?"

"앉으세요, 휴고. 밴트리 부인 아시죠?"

맥클린은 자기보다 나이 많은 이 부인과 이미 인사를 나누었다. 그는 야비하고 끈질기게 캐물었다.

"무서운 말이라는 게 도대체 뭡니까?"

애디 제퍼슨이 말했다.

"루비 킨을 죽여 버리고 싶었다는 말이었어요."

휴고 맥클린은 잠시 곰곰이 생각하더니 입을 열었다.

"내가 당신이라면 그런 말은 하지 않았을 겁니다. 오해받을지도 모르니까요."

휴고의 침착하고 사려 깊은 회색 눈동자가 의미심장하게 그녀를 바라보았다.

"조심해야죠, 애디."

그의 목소리에는 경고가 담겨 있었다.

III

마플 양이 호텔을 나와서 몇 분 후에 밴트리 부인과 만났을 때, 휴고 맥클린과 애들레이드 제퍼슨은 함께 바다로 나 있는 오솔길을 걷고 있었다.

마플 양이 자리에 앉으면서 한마디 했다.

"저 사람은 무척 헌신적인 것 같네요."

"몇 년 동안 애디만 바라봤다고 하잖아요! 그런 남자는 흔치 않은데 말이에요."

"맞아요. 베리 소령처럼요. 그는 10년 동안이나 영국인과 인도인의 혼혈인 미망인을 따라다녔어요. 그녀의 친구들 사이에선 웃음거리였죠! 결국 그녀도 두 손을 들었지만……. 유감스럽게도 두 사람의 결혼식 열흘 전에 그녀가 운전사랑 사랑의 도피를 했지 뭐예요! 그녀도 평소에는 상식적으로 행동하는 좋은 사람이었는데."

"사람들이 참 별난 행동을 하긴 해요."

밴트리 부인이 맞장구를 쳤다.

"당신이 방금 전에 여기 있었으면 좋았을 텐데. 애디 제퍼슨이 자신에 관해 전부 얘기해 줬어요. 남편이 어떻게 전 재산을 탕진했는지에 대해서도 얘기했고. 그런데도 제퍼슨 씨에게 알리지 않은 이유를 설명해 주더군요. 그러고 나서 올 여름에 마음이 변했다는 얘기를 했어요."

마플 양이 고개를 끄덕였다.

"네. 끝없이 과거 속에서 살아야 하는 것에 반발심을 느꼈겠죠? 결국 무슨 일에나 때가 있는 법이에요. 언제까지나 차양을 내리고 집 안에 앉아 있을 순 없죠. 제퍼슨 부인은 차양을 올리고 미망인이라는 상복을 벗은 것 같아요. 하지만 시아버지는 물론 그게 탐탁지 않았겠죠. 누가 그녀를 그렇게 부추겼는지는 몰랐겠지만, 자신이 따돌림을 당한다고 느꼈을 거예요. 그는 분명히 아직도 그걸 못마땅해 하겠죠. 물론 그렇기 때문에 부인이 강신술에 푹 빠져 있을 때의 배저 씨처럼, 그에게도 어떤 일이 생길 기회가 무르익었던 거였어요. 자신의 얘기에 적당히 귀 기울여 주는 젊고 제법 예쁘장한 아가씨라면 그는 누구라도 좋았던 거예요."

"사촌인 조시가 고의적으로 그녀를 이곳으로 데려왔다는…… 집안 내의 음모라는 말씀이세요?"

밴트리 부인이 물었다.

마플 양은 고개를 저었다.

"아뇨, 그렇게 생각하진 않아요. 조시가 사람들의 반응을 내다볼 수 있는 그런 선견지명을 가진 사람이라는 생각은 안 들거든요. 오히려 그런 쪽으로는 둔한 편일걸요. 그녀는 영리하고 현실적이지만 사고의 폭이 좁아요. 그렇기 때문에 앞날을 내다보지 못하고 결과에 깜짝 놀라는 쪽일 거예요."

"그 일로 모든 사람들이 허를 찔린 것 같군요."

밴트리 부인이 말했다.

"애디……, 그리고 마크 개스켈도 분명히 놀랐겠죠."

마플 양이 미소 지었다.

"그 사람도 아마 숨겨 둔 여자가 있을 거예요. 바람기가 넘치는 대담한 친구니까요! 아무리 아내를 사랑했다 해도, 몇 년 동안 계속 아내의 죽음을 슬퍼하며 홀아비로 지낼 그런 사람은 아니죠. 죽은 가족을 끊임없이 추억하는 제퍼슨 씨의 속박에 그 두 사람은 모두 조바심이 났을 거예요."

"다만 남자 쪽이 좀 더 쉽게 조바심을 냈을 테죠."

마플 양이 냉소적으로 덧붙였다.

IV

바로 그 순간 마크 개스캘은 헨리 클리서링 경과 얘기를 나누면서 자신에 대한 마플 양의 판단을 증명시켜 보이고 있었다. 마크는 특유의 솔직함으로 곧바로 문제의 핵심을 얘기했다.

"저는 이제야 제가 경찰에서 가장 눈여겨 보는 용의자 1호라는 걸 알기 시작했습니다. 경찰에서는 제가 경제적으로 곤란하다는 것을 캐내고 다녔겠죠. 아시다시피 저는 빈털터리이거나, 아니면 거의 빈털터리나 마찬가지입니다. 존경하는 제프가 예정대로 한 달이나 두 달 안에 죽어 준다면, 애디와 저는 예정대로 유산을 나눠 가지게 되어 문제가 전부 잘 해결될 테죠. 사실 저는 빚이 좀 많아서 파산하기 직전입니다. 하지만 위기만 잘 넘기면, 상황은 정반대가 될 겁니다. 성공해서 아주 부자가 되겠죠."

헨리 클리서링 경이 말했다.

"당신은 도박꾼이군요, 마크."

"언제나 도박꾼이었죠. 모든 것을 걸어라! 이것이 제 좌우명입니다. 맞아요, 누군가 그 불쌍한 아이를 목졸라 죽인 건 저에게는 행운이었던 거죠. 하지만 전 그런 짓을 하지 않았습니다. 저는 살인자가 아닙니다. 제가 사람을 죽일 수 있을 거라고는 생각하지 않아요.

사람을 죽이기엔 너무 태평스러우니까요. 하지만 그걸 믿어 달라고 경찰에 얘기해 봐야 소용없겠죠. 저야말로 수사관의 기도에 대한 회답처럼 보일 테죠. 제게는 범행 동기가 있고, 현장에 있었고, 양심의 가책 따위로 괴로워하지도 않으니까요! 저도 제가 왜 아직 교도소에 들어가지 않았는지 모를 정도라니까요. 그 총경도 엄청 험악한 눈초리로 쳐다보던데."

"당신에게는 알리바이라는 유용한 것이 있으니까요."

"알리바이야말로 이 세상에서 가장 의심스러운 겁니다! 결백한 사람들에게는 결코 알리바이가 없어요! 게다가 그건 전부 사망 시각 같은 것에 좌우되잖아요. 그러니 세 명의 의사가 그 여자가 자정에 죽었다고 말한다 해도, 여섯 명의 다른 의사들이 그녀가 새벽 5시에 죽었다고 단호하게 주장하는 경우도 있을 겁니다. 그러면 제 알리바이는 어떻게 되는 겁니까?"

"어쨌든 당신은 이런 상황에서도 농담이 나오는군요."

"빌어먹을 악취미죠, 그렇지 않습니까?"

마크가 명랑하게 말했다.

"사실 저도 좀 겁이 납니다. 그리고 제가 나이 든 제프를 딱하게 여기지 않는다고 생각하지는 마세요. 충격은 장인어른의 건강에 해로우니까……. 이렇게 된 것이 루비가 딴 짓을 하는 걸 알게 된 것보다는 낫습니다."

"무슨 말씀입니까? 그녀가 딴 짓을 하다니?"

마크가 윙크를 했다.

"루비가 어젯밤에 어디 갔겠습니까? 내기를 해도 좋아요. 분명히 남자를 만나러 간 겁니다. 그러면 제프가 마음에 들어 하지 않았겠죠. 절대로 좋아하지 않았을 겁니다. 그녀가 자신을 속이고 있다는 것을, 그녀가 겉모습처럼 재잘거리길 좋아하는 어리고 천진한 여자가 아니라는 것을 알게 되면…… 장인어른은 좀 이상한 데가 있거든요. 그는 자제심이 굉장히 강한 사람이지만, 그런 자제심도 무너질 수 있어요. 그렇게 되면 큰일입니다!"

헨리 경이 신기한 듯이 그를 쳐다보았다.

"당신은 그를 좋아하는 겁니까, 좋아하지 않는 겁니까?"

"그야 아주 좋아하죠. 그리고 동시에 증오합니다. 설명해 드리죠. 콘웨이 제퍼슨은 주변 사람들을 통제하고 싶어하는 사람입니다. 그는 자비롭고, 친절하고, 너그럽고, 그리고 애정이 깊은 독재자입니다……. 하지만 그가 곡을 연주하면 다른 사람들은 그의 피리 소리에 맞춰서 춤을 춰야 합니다."

마크 개스켈이 잠시 얘기를 멈추었다.

"저는 아내를 사랑했습니다. 이 세상 어느 누구에게도 똑같은 감정을 느끼지 못할 겁니다. 로잘먼드는 저에게 햇빛이었고, 웃음이었고, 꽃과 같은 사람이었습니다. 그리고 그녀가 죽었을 때 저는 큰 거 한 방을 얻어맞은 권투 선수 같은 느낌이었습니다. 하지만 심판은 이제 제법 오랫동안 카운트를 해 온 셈입니다. 저도 결국은 남자니까요. 저는 여자를 좋아하지만, 재혼하고 싶은 생각은 털끝만큼도 없습니다. 뭐, 그건 상관없어요. 겉모습만이라도 조신하게 지내야 했으니까요. 하지만 좋은 시절을 만족스럽게 보냈죠. 불쌍한 애디는 그러지 못했지만 말입니다. 애디는 정말 좋은 여자죠. 그녀는 남자들이 같이 잠을 자고 싶어 하는 사람이 아니라 결혼하고 싶은 그런 여자입니다. 조금만 더 분발하면 다시 결혼하겠죠. 그래서 매우 행복해지고 남편도 행복하게 해 줄 겁니다. 하지만 제프는 늘 그녀를 프랭크의 아내로 여기죠……. 그래서 그녀에게 자신을 그렇게 생각하도록 최면을 걸었던 겁니다. 그는 그 사실을 모르지만, 저희는 지금까지 감옥 안에서 살아왔어요. 저는 오래전에 쥐도 새도 모르게 감옥에서 탈출했죠. 애디는 이번 여름에 탈출했지만 그것이 장인어른에게는 충격이었나 봅니다. 그게 그의 세계를 망쳐 버렸고, 그 결과 루비 킨 문제로 번진 겁니다."

그는 참지 못하고 노래를 불렀다.

"하지만 그녀는 이 세상 사람이 아니에요, 오,
　　나에게는 잘된 일이죠!"

"자. 이리 오셔서 한 잔 드시죠, 클리서링."

헨리 경은 경찰이 마크 개스켈에게 혐의를 두는 것도 그리 놀라운 일이 아니라고 생각했다.

제13장

I

멧캐프는 데인머스에서 가장 유명한 의사였다. 그는 의욕적으로 환자를 보지는 않지만, 병실에 나타날 때면 늘 환자들의 기운을 북돋워 주었다. 그는 조용하고 유쾌한 목소리를 가진 중년 남자였다. 그는 하퍼 총경의 질문을 주의 깊게 듣고 나서, 예의바르고 정확하게 대답했다.

하퍼가 말했다.

"그럼 제가 제퍼슨 부인에게 들었던 얘기가 대체로 옳다고 받아들여도 좋을까요, 멧캐프 박사님?"

"네, 제퍼슨 씨의 건강은 불안정한 상태입니다. 그분은 지금까지 수년간 몸을 혹사해 왔습니다. 다른 사람들처럼 살겠다는 결심에 따라, 그 나이의 보통 남자들보다 훨씬 격렬하게 살아왔어요. 쉬려고 들지 않았고, 여유를 갖거나 느긋하게 하려고 하지도 않았습니다. 저나 다른 의사들이 어떤 얘기를 해도 받아들이려 하지 않았죠. 결국 그분은 지나치게 노후된 기계처럼 되었어요. 심장, 폐, 혈압…… 이런 부분들이 전부 지나치게 무리한 상태입니다."

"제퍼슨 씨가 전혀 귀를 기울이려고 하지 않았다는 말씀인가요?"

"네. 그분을 나무라는 얘기인지도 모르겠습니다. 이건 제가 환자들에게 하는 말은 아니지만, 나이가 들어도 빈둥거리다 죽느니 일하다 죽는 게 낫습니다. 제 동료들도 대부분 그렇게 하고, 그렇게 하는 것이 좋다는 제 말에 찬성합니다. 데인머스 같은 곳에서는 대부분 반대로 생각하죠. 환자들은 사는 것에 집착하고, 과로할까 봐 겁에 질려 있습니다. 심지어 외풍이 들어오거나, 세균이 퍼지거나, 잘못된 음식을 먹을까 봐 두려워합니다!"

"그런대로 사실인 것 같군요. 그러면 결국 이런 결론이 나옵니다. 우선 콘웨이 제퍼슨은 육체적으로, 적어도 근력 면에서는 아주 건강하군요. 그런데 체력을 요구하는 한도 내에서는 어떤 일을 할 수 있습니까?"

하퍼 총경이 말했다.

"팔과 어깨는 굉장히 힘이 셉니다. 사고를 당하기 전에는 건강한 사람이었으니까요. 그는 휠체어를 아주 능숙하게 다루고, 목발을 짚으면 방 안을 돌아다닐 수도 있습니다. 예를 들어 목발을 짚고 침대에서 의자로 이동할 수 있죠."

"제퍼슨 씨처럼 부상을 당한 사람이 의족을 달 수는 없습니까?"

"그분의 경우는 힘들죠. 등뼈를 다쳤으니까요."

"알겠습니다. 그럼 다시 요약해 보죠. 제퍼슨은 근력이 좋군요. 건강 상태도 좋은 편이고요."

멧캐프는 고개를 끄덕였다.

"하지만 심장은 건강하지 않습니다. 조금만 지나치게 긴장하거나 무리를 하는 경우, 또는 충격을 받거나 갑자기 놀라면 생명이 위험할 수 있습니다. 맞습니까?"

"어느 정도는요. 그는 피곤하다 싶어도 그만두지 않을 테니까요. 심장 상태를 악화시키긴 하겠지만 과로 때문에 갑자기 죽을 가능성은 희박합니다. 하지만 갑작스럽게 충격을 받거나 놀라면 죽을 수도 있죠. 그래서 그분 가족들에게 분명하게 경고한 겁니다."

하퍼 총경은 천천히 말했다.

"하지만 사실 충격 때문에 죽지는 않았잖아요. 이보다 더 심한 충격은 없었을 텐데 그분은 아직 살아 있지 않느냐 이겁니다."

멧캐프는 어깨를 으쓱했다.

"맞습니다. 하지만 총경님께서 저와 같은 경험을 하셨다면 환자의 병력을 보고 정확하게 예측하는 것이 불가능하다는 것을 이해하실 겁니다. 충격을 받으면 바로 죽어 버릴 것 같은 사람이 실제로는 충격에 노출되어도 죽지 않는 등의 일들이 일어나기도 합니다. 인간의 몸은 상상 이상으로 강한 면이 있지요. 게다가 제 경험으로 보면 물리적 충격이 정신적 충격보다 흔히 더 치명적입니다. 쉽게 말해서, 제퍼슨 씨가 예뻐하던 여자가 몹시 끔찍하게 죽음을 당했다는 것을 알게 되는 것보다 갑자기 문이 요란한 소리를 내며 닫히는 쪽이 더 위험할 수 있습니다."

"그건 왜 그런가요?"

"나쁜 소식을 들으면 거의 항상 거기에 대한 방어적인 반응이 일어납니다. 소식을 듣는 사람은 정신이 멍해져서 생각을 할 수가 없게 되죠. 처음에는 그 사실을 받아들일 수 없을 겁니다. 완전히 실감하려면 시간이 좀 걸리니까요. 하지만 문이 쾅 하고 닫힌다거나, 누군가 찬장에서 튀어나오거나, 길을 건너는데 갑자기 차가 쌩하고 달려오면…… 이런 일들은 모두 눈 깜짝할 사이에 벌어지는 일들이죠. 그런 경우엔 놀란 나머지 심장이 소위 방망이질하듯 뛰는 겁니다."

하퍼 총경이 천천히 말했다.

"하지만 제퍼슨 씨가 어쩌면 그 여자가 살해된 것에 대한 충격으로 죽었을지도 모르는 일 아닙니까?"

"'어쩌면'이라고요?"

의사가 의아한 눈빛으로 상대방을 쳐다보았다.

"당신 생각은 설마……."

"제가 뭘 생각하는지는 저도 모르겠습니다."

하퍼 총경은 속이 타서 이렇게 말했다.

"하지만 헨리 경께서도 그 두 가지가 아주 그럴싸하게 들어맞는 다는 것을 인정하실 겁니다."

잠시 후에 그는 헨리 클리서링 경에게 이렇게 말했다.

"일석이조인 셈이죠. 우선 그 여자를 죽이면 그 소식을 듣고 충격 으로 제퍼슨 씨도 죽을 거라는 겁니다……. 제퍼슨 씨가 유언을 바 꿀 기회가 있기 전에 말이죠."

"그 친구가 유언을 바꿀 거라고 생각하나?"

"그건 저보다 헨리 경께서 더 잘 아실 것 같은데요. 어떻게 생각 하십니까?"

"모르겠네. 나는 루비 킨이 나타나기 전에 그 친구가 마크 개스켈 과 제퍼슨 부인 앞으로 유산을 남겼다는 것을 우연히 알게 되었지. 그가 왜 지금에 와서 마음을 바꾸려는지 모르겠단 말이야. 하지만 물론 그렇게 할 수도 있겠지. 유산을 고아원에 남기든 젊은 댄서에 게 내주든 그 사람 마음이니까."

하퍼 총경이 동의했다.

"사람이 무슨 생각을 할지는 아무도 모르니까요……. 특히 재산 을 분배하는 데 어떤 도덕적 의무도 없다고 느끼는 경우에는 말입 니다. 이번 경우에는 혈육이라고는 아무도 없으니까요."

헨리 경이 말했다.

"콘웨이는 그 아이를…… 피터를 좋아한다네."

"그가 피터를 손자로 생각한다고 보십니까? 그 문제는 저보다 잘 아시겠죠."

헨리 경이 천천히 입을 열었다.

"아니, 그렇게 생각하지 않네."

"여쭤보고 싶은 게 한 가지 더 있습니다. 저 혼자서 판단할 수 없는 문제라서 말입니다. 하지만 경의 친구이시니 아마 아시겠죠. 제퍼슨 씨가 개스켈 씨와 젊은 제퍼슨 부인을 얼마나 좋아하는지 무척 알고 싶습니다."

헨리 경이 얼굴을 찡그렸다.

"무슨 소린지 모르겠네만."

"그럼 이렇게 여쭤 보겠습니다. 그가 그들을 인간적으로 얼마나 좋아하고 있습니까? 그들과의 관계를 떠나서 말입니다."

"아, 그런 뜻이었군."

"네. 제퍼슨 씨가 그 두 사람 모두에게 각별한 애정을 품었다는 것은 의심할 여지가 없습니다. 하지만 제가 보기에 그는 그들이 각각 사위와 며느리였기 때문에 그들을 좋아한 것입니다. 하지만 예를 들어 그들 중 한 명이 재혼했다면 어떻게 됐을까요?"

헨리 경이 곰곰이 생각하고 나서 이렇게 말했다.

"재미있는 문제로군. 잘은 모르겠네. 그저 생각에 불과하네만 그의 태도가 많이 달라지지 않았을까 하는 생각이 드네. 물론 그들이 잘 되기를 바랐을 것이고, 유감을 겉으로 표현하진 않겠지만, 내 생각에는…… 그래, 그는 아마 그들에게 더 이상 관심을 가지지 않았을 것 같네."

"두 사람 다 말입니까?"

"그럴 것 같네. 개스켈 씨의 경우는 거의 확실하고, 제퍼슨 부인의 경우도 그렇겠지만, 그건 그렇게까지 확실하지 않네. 그는 그녀를 인간적으로 좋아하기 때문에 아꼈던 것 같아."

"성별도 관련이 있겠죠."

하퍼 총경이 아는 체하면서 한마디 했다.

"개스켈 씨를 아들이라고 생각하는 것보다 그녀를 딸이라고 생각하기가 더 쉬웠겠죠. 반대의 경우도 마찬가지입니다. 여자들은 사위를 가족의 일원으로 쉽게 받아들이지만, 아들의 아내를 딸이라고 생각하는 경우는 많지 않죠."

하퍼 총경이 계속해서 말했다.

"이 길을 따라 테니스장까지 걸어가 보시겠습니까? 마플 양이 거기 앉아 있던데요. 마플 양에게 부탁하고 싶은 것이 있어서요. 사실 두 분께서 수사에 도움을 주셨으면 합니다."

"어떤 식으로 말인가, 총경?"

"제가 조사하지 못하는 것을 확인해 주셨으면 합니다. 헨리 경께서는 에드워즈와 얘기를 해 주시면 좋겠습니다."

"에드워즈? 그 사람한테서 무슨 얘기를 듣고 싶은 건가?"

"생각나는 건 전부 물어봐 주세요. 그가 알고 있는 것 전부와 어떻게 생각하는지 말입니다. 가족들 사이의 관계라든가, 루비 킨 사건에 대해 어떻게 생각하는지도요. 내부 사정이라면 어느 누구보다도 잘 알겠죠. 분명히 그럴 겁니다! 에드워즈는 저한테는 얘기하지 않겠지만 헨리 경께는 털어놓을 거예요. 그러면 거기서 뭔가 밝혀질지도 모르죠. 물론 헨리 경께서 괜찮으시다면 말입니다."

헨리 경이 진지하게 말했다.

"거절할 이유는 없지. 어차피 진실을 밝혀 달라는 부탁을 받고 온 거니까. 최대한 노력해 보겠네."

그가 덧붙여 말했다.

"마플 양은 어떤 식으로 돕기를 바라나?"

"소녀단 여자 아이들을 조사해 줬으면 합니다. 파멜라 리브즈와 제일 친했던 아이들을 대여섯 명 모았거든요. 어쩌면 그 애들이 뭔가 알지도 모르죠. 실은 생각을 좀 해 봤는데요. 그 아이가 정말로 울워스에 가려고 했다면 다른 아이한테 같이 가자고 했을 것 같습니다. 여자 아이들은 같이 어울려서 쇼핑하는 걸 좋아하니까요."

"그건 맞는 말인 것 같네."

"그래서 울워스에 간다는 건 그저 구실이었을지도 모른다고 생각합니다. 저는 그 소녀가 실제로 어디로 가려고 했는지 알고 싶습니다. 그녀가 무심결에 뭔가 말실수를 했을지도 모르죠. 만약 그렇다면, 이 소녀들에게서 그것을 알아내는 데는 마플 양이 적격이라고 생각합니다. 마플 양은 소녀들에 대해 좀 알고 있을 테니까요. 저보다야 많이 알겠죠. 게다가 그 아이들은 경찰을 무서워하니까요."

"마플 양의 전공인 '마을 내부 문제'인 것 같군. 마플 양은 아주 예리하니까."

총경이 미소 지으며 말했다.

"헨리 경 말씀이 맞는 것 같습니다. 그녀의 눈을 속이기란 매우 어렵죠."

마플 양은 그들이 다가오는 것을 보고 반갑게 맞이했다. 그녀는 총경의 부탁을 듣고 즉시 그 제안에 따르기로 했다.

"총경님을 무척 도와드리고 싶었어요. 어쩌면 제가 도움이 될 수도 있을 거라는 생각이 드네요. 저는 주일학교다, 소녀단이다, 그 외 꽤 가까이에 있는 고아원이다 하는 곳에서 위원회의 일원을 맡고 있고, 부인들이나 하인들과도 얘기를 하러 자주 가정 방문을 하거든요……. 저희 집 하녀들은 아주 어리고요. 저는 여자애들이 언제 사실을 말하고 언제 뭔가를 숨기고 있는지 경험상 아주 잘 알고 있어요."

"마플 양은 전문가이시니까요."

헨리 경이 말했다.

마플 양은 그에게 원망하는 듯한 시선을 보냈다.

"이런, 놀리지 마세요, 헨리 경."

"마플 양을 놀린다는 건 꿈도 꿀 수 없는 일이죠. 오히려 마플 양이 저를 놀린 적은 셀 수 없이 많지만 말입니다."

"마을에서 나쁜 일이 너무 많이 일어난다는 건 누구라도 알 수 있어요."

마플 양이 해명하듯이 중얼거렸다.

"그건 그렇고 마플 양이 물어보신 부분에 대해 알아냈습니다. 총경이 루비의 휴지통에 손톱 자른 게 있었다고 하더군요."

마플 양이 생각에 잠긴 채 말했다.

"손톱이 있었다고요? 그렇다면 그건……."

"그건 왜 궁금해하셨던 거죠, 마플 양?"

총경이 물었다.

"그건 제가 시체를 보았을 때 뭔가 이상한 것 같았던 부분 중 하나였어요. 어찌된 일인지 손이 좀 이상했는데, 처음에는 왜 그랬는지 몰랐어요. 그러다가 화장 같은 걸 진하게 하는 여자들은 보통 손톱을 아주 길게 기른다는 사실을 깨달았죠. 물론 저는 어떤 소녀들은 손톱을 물어뜯는 버릇이 있다는 걸 알고 있어요. 그건 좀처럼 고치기 힘든 버릇 중 하나거든요. 간혹 아름답게 보이려는 허영심이 이 버릇을 고치는 데 도움이 되기도 하죠. 하지만 이 아이는 버릇을 고치지 못했나 보다 했죠. 그러던 중에 피터가 그녀의 손톱이 원래는 길었고, 그중 하나가 어디 걸려서 부러졌다는 얘기를 했어요. 물론 그렇다면 비슷한 길이로 보이려고 나머지 손톱을 다듬었을지도 모르죠. 그래서 저는 손톱 자른 것에 관해서 물었고 헨리 경께서 찾아보겠다고 말씀하신 거예요."

헨리 경이 한마디 했다.

"마플 양이 방금 '시체를 보았을 때 뭔가 이상한 것 같았던 부분 중 하나'라고 말씀하셨는데, 다른 것도 이상하던가요?"

마플 양이 힘차게 고개를 끄덕였다.

"그렇고 말고요! 드레스도 이상했어요. 전혀 안 어울렸거든요."

두 사람은 호기심에 찬 눈빛으로 그녀를 쳐다보았다.

"어디가 그렇게 이상했나요?"

헨리 경이 물었다.

"보셨다시피 그건 낡은 드레스였어요. 조시가 분명히 그렇게 말했고, 제가 봐도 그 드레스는 상당히 낡아빠졌어요. 그러니 아주 이상하다고 생각한 거죠."

"이유를 모르겠는데요."

마플 양이 약간 얼굴을 붉혔다.

"제 짐작엔, 루비 킨이 옷을 갈아입고 아마 제 어린 조카들이 '홀딱 반한 상대'라고 부르는 누군가를 만나러 나간 게 아닐까요?"

총경의 눈이 약간 번득였다.

"그럴 수도 있겠군요. 그녀가 누군가…… 소위 남자 친구와 데이트가 있었다는……."

"그렇다면 왜 낡은 드레스를 입고 있었을까요?"

총경은 생각에 잠겨서 머리를 긁적거렸다.

"무슨 말씀인지 이해하겠습니다. 그렇다면 새 드레스를 입었을 거라는 거죠?"

"자기가 가진 것 중에서 제일 좋은 옷을 입었을 거예요. 여자애들은 그렇거든요."

헨리 경이 끼어들었다.

"그렇군요, 하지만 이건 어떨까요, 마플 양. 그녀가 그 사람을 만나기 위해 밖으로 나갔다고 가정해 보세요. 어쩌면 오픈카를 탔거나 험한 길을 걸었을지도 모르죠. 그러면 새 옷을 더럽히게 될까 봐 헌 옷을 입었을 겁니다."

"그렇게 하는 게 현명하겠네요."

총경이 동의하자 마플 양이 그를 돌아보며 힘주어 말했다.

"현명한 일은 바지랑 풀오버, 혹은 트위드옷으로 갈아입는 거예요. (속물처럼 굴긴 싫지만 어쩔 수 없을 것 같네요.) 우리 계층 여자들이라면 당연히 그렇게 할 거예요."

마플 양이 자신의 화제에 열중해서 얘기를 계속했다.

"교육을 잘 받은 여자는 늘 때와 장소에 맞는 옷차림이 되게끔 대단히 신경을 쓰거든요. 그러니까 교양 있는 여자라면 아무리 더운 날이라도 꽃무늬 실크 원피스를 걸치고 크로스컨트리 경마장에 나타나지 않을 거란 얘기죠."

"그렇다면 연인을 만나기에 적당한 옷은 뭐죠?"

헨리 경이 물었다.

"호텔 안이나 이브닝드레스를 입고 갈 만한 장소에서 만나기로 했다면, 물론 제일 좋은 이브닝드레스를 입었겠죠. 하지만 바깥에서 만난다면 이브닝드레스를 입으면 이상해 보일 거라고 생각해서 가장 멋진 스포츠웨어를 입고 갈 거예요."

"맞습니다, 패션의 여왕님. 하지만 루비라는 그 여자는……."

마플 양이 말했다.

"물론 루비는……. 음, 솔직하게 말해서 루비는 숙녀가 아니었죠. 그녀는 아무리 때와 장소에 맞지 않는다 해도 가장 좋은 옷을 입는 그런 부류의 사람이었어요. 작년에 스크랜터 록스로 소풍을 간 적이 있었더랬죠. 그때 여자애들이 입었던 거창한 옷차림을 보셨으면 놀라셨을 거예요. 얇은 비단 드레스에 에나멜 가죽구두를 신고 우아한 모자까지 쓴 애들도 있었답니다. 바위 위를 기어오르고 잡초와 덤불 속을 거닐어야 하는데 말이죠. 그리고 젊은 남자들은 최고급 양복을 입었죠. 물론 하이킹은 또 경우가 달라요. 그때는 거의 모두들 유니폼을 입은 거나 마찬가지였거든요. 하지만 여자 아이들은 아주 날씬하지 않으면 반바지를 입는 게 별로 어울리지 않는다는 걸 모르는 것 같아요."

총경이 천천히 말했다.

"마플 양 생각으로는 루비 킨이……?"

"루비 킨은 입고 있던 옷…… 그녀의 옷 중에서 가장 좋은 분홍색 드레스를 그대로 입고 갔을 거예요. 더 좋은 새 옷이 있었다면 그걸로 갈아입었겠지만 말이죠."

"그렇다면 그녀가 그런 옷을 입고 있었던 걸 어떻게 설명하시겠습니까, 마플 양?"

마플 양이 말했다.

"아직 모르겠어요. 하지만 그게 의미심장하다는 생각을 떨쳐버릴 수가 없군요."

III

철망 안쪽에서 레이먼드 스타가 가르치는 테니스 강습이 끝났다. 뚱뚱한 중년 여자가 귀에 거슬리는 목소리로 감사하다고 몇 마디 하고 나서, 하늘색 카디건을 집어 들고 호텔 쪽으로 가 버렸다.

레이먼드는 그녀의 뒤에 기분 좋은 말을 던졌다.

그러고 나서 세 명의 구경꾼들이 앉아 있던 벤치로 향했다. 손에는 공들이 달랑거리며 담겨 있는 그물을 들고 있었고, 겨드랑이에는 라켓을 낀 채였다. 그의 얼굴에서 밝고 즐거운 표정이 온데간데없이 사라졌다. 그는 지치고 괴로워 보였다.

그가 헨리 경을 포함한 세 명에게 다가서며 말했다.

"겨우 끝났군요."

그리고는 다시 얼굴에 미소를 띠었는데, 그 매력적이고, 천진난만하며, 감정이 그대로 드러나는 미소는 햇볕에 탄 얼굴이나 유연한 몸놀림과 아주 조화롭게 어울렸다.

헨리 경은 자기도 모르게 이 남자가 몇 살이나 됐을지 궁금해졌다. 스물다섯? 서른? 서른다섯? 짐작이 가지 않았다.

레이먼드를 머리를 절레절레 흔들면서 말했다.

"저분은 평생 테니스 치기는 틀린 것 같아요."

"이런 일이 굉장히 따분하시겠어요."

마플 양이 말했다.

레이먼드가 시원스럽게 대답했다.

"가끔은 그렇죠. 특히 여름이 끝날 무렵에는 그렇습니다. 한동안은 급료 받을 생각에 기운이 나기도 하지만, 결국에는 그것조차도 더 이상 자극제가 되지 못하니까요."

하퍼 총경이 자리에서 일어서더니 갑자기 이렇게 말했다.

"괜찮으시다면 30분 후에 모시러 오겠습니다, 마플 양."

"좋아요, 감사합니다. 기다리고 있을게요."

하퍼가 자리를 떴다. 레이먼드는 그의 뒷모습을 보면서 서 있다가 이렇게 말했다.

"잠깐 앉아도 되겠습니까?"

"그러시죠. 담배 피우시겠습니까?"

헨리 경이 말했다. 그는 자신이 왜 레이먼드 스타에게 약간의 적대감을 가졌는지 의아해 하면서 담배 케이스를 건넸다. 단지 그가 프로 테니스 코치이자 댄서였기 때문이었을까? 만약 그렇다면 문제는 테니스가 아니라 춤이었을 것이다. 영국인들은 춤을 지나치게 잘 추는 남자에겐 으레 불신을 품게 마련이라고 헨리 경은 생각했다. 이 친구는 너무 세련되게 춤을 춘단 말이야! 라몬? 레이먼드? 어떤 것이 진짜 이름일까? 그가 불쑥 이 질문을 던지자 상대방은 즐거워하는 것 같았다.

"라몬은 원래 제 예명이었습니다. 라몬과 조시……. 스페인 풍이라는 느낌이 들지 않습니까? 그러자 오히려 외국인에 대한 편견들을 가지더군요. 그래서 아주 영국적인 레이먼드로 바꿨죠."

마플 양이 말했다.

"그럼 진짜 이름은 완전히 다른 건가요?"

그가 그녀에게 미소 지었다.

"사실 진짜로 이름에 라몬이 들어간답니다. 할머니가 아르헨티나인이셨거든요."

'그래서 엉덩이를 그렇게 경쾌하게 흔들 수 있었군.'

헨리 경은 생각했다.

"하지만 제 첫째 이름은 토마스예요. 실망스럽게도 아주 무미건조한 이름이죠."

그가 헨리 경을 향해 말했다.

"혹시 데번셔 주 출신 아니세요? 스테인에서 오지 않으셨어요? 저희 일가친척들이 그쪽에서 살았죠. 알스몬스턴에서요."

헨리 경의 얼굴이 밝아졌다.

"알스몬스턴 스타 가문이란 말인가요? 미처 몰랐군요."

"아닙니다. 알아차리실 거라고 생각하지도 않았습니다."

그는 약간 씁쓸한 목소리로 말했다.

헨리 경이 어색하게 말했다.

"운이 나빴지."

"그 토지는 우리 집안에서 한 300년 정도? 네, 틀림없이 그 정도 살다가 팔아 버린 겁니다. 하지만 우리 일가는 그곳을 떠나지 않을 수 없었습니다. 그 동네에서 더 이상 쓸모없게 되었던 거죠. 형은 뉴욕으로 갔어요. 출판업을 하고 있죠……. 잘 지내고 있다고 하더군요. 나머지 사람들도 여기저기로 뿔뿔이 흩어졌어요. 요즘은 사립

중학교를 나온 거 외에 아무 것도 내세울 것이 없는 저 같은 사람들은 직장을 얻기가 힘든 것 같아요. 가끔씩 운이 좋으면 호텔의 접수 담당으로 고용되기도 하죠. 거기서는 옷차림과 몸가짐을 중시하니까요. 제가 얻을 수 있었던 유일한 일자리는 위생용품 회사의 전시실에서 상품을 소개하는 것이었어요. 복숭아색이나 레몬색 자기로 만든 최고급 욕조를 파는 일이었죠. 화려한 전시실이 몇 개나 됐는데, 제품들의 가격이나 배송 시간을 기억할 수가 없어서 해고되고 말았죠.

제가 할 수 있는 거라고는 댄스와 테니스밖에 없었습니다. 저는 리비에라에 있는 한 호텔에 취직이 되었습니다. 그곳은 수입이 짭짤했어요. 게다가 꽤 잘 나갔죠. 그러다가 한 나이든 대령이 말하는 걸 우연히 들었습니다. 대단히 구식인 데다가 뼛속까지 영국인이고, 입만 열었다 하면 푸나* 얘기만 하던 사람이었죠. 그가 호텔 지배인에게 가서 소리소리 지르며 얘기하더군요. '그 제비족 어딨어? 그 제비족 좀 데려오시오. 내 아내랑 딸이 춤을 추고 싶어 하잖아. 그 친구 어디 있소? 그 친구가 얼마나 받아먹지? 그 제비 좀 데려오라니까.'"

레이먼드는 얘기를 계속했다.

"바보 같은 생각인지 모르지만 저는 그 자리를 그만두었습니다. 그리고 여기로 왔죠. 돈은 덜 받지만 일은 더 즐거우니까요. 주로 하

---

* 인도 마하라슈트라 주(州)에 있는 도시.

늘이 무너져도 테니스를 칠 수 없을 뚱뚱한 여자들에게 테니스를 가르치는 일을 합니다. 그리고 파트너가 없는 부자 고객들의 따님들과 무도회에서 춤을 추는 일도 하죠. 뭐 어쩔 수 없죠, 그게 인생인 것 같아요. 궁상맞게 신세타령이나 해서 죄송합니다!"

그가 웃었다. 이가 하얗게 빛났고, 눈가에는 잔주름이 잡혔다. 그는 갑자기 건강하고 행복하게, 또 아주 생기발랄해 보였다.

헨리 경이 말했다.

"얘기를 나누게 되어 반가웠습니다. 전부터 당신하고 얘기해 보고 싶었거든요."

"루비 킨에 관해서요? 그 일이라면 별로 도움이 안 될 겁니다. 누가 그 여자를 죽였는지 모르니까요. 그 여자에 대해 아는 것도 별로 없고요. 루비는 저한테 시시콜콜하게 비밀을 털어놓지는 않았거든요."

마플 양이 물었다.

"그 여자를 좋아하셨나요?"

"특별히 그렇지는 않습니다. 싫어하지도 않았고요."

그는 무관심한 말투로 말했다.

헨리 경이 말했다.

"그럼 얘기해 줄 만한 게 아무 것도 없군요?"

"그런 것 같습니다. 있었다면 하퍼 총경에게 얘기했겠죠. 그저 흔히 있을 수 있는 사건인 것 같은데요. 별다른 단서나 범행 동기도 없는 시시하고 야비하고 하찮은 범죄 말입니다."

"범행 동기가 있는 사람도 두 명 있죠."

마플 양이 말했다.

헨리 경은 그녀를 날카롭게 쳐다보았다.

"정말입니까?"

레이먼드는 놀란 것 같았다.

마플 양은 설명하기를 요구하는 듯이 헨리 경을 쳐다보았고, 그는 마지못해 입을 열었다.

"그녀가 죽은 것으로 인해 제퍼슨 부인과 개스켈 씨는 아마 5만 파운드나 되는 유산을 받게 될 겁니다."

"뭐라고요?"

레이먼드는 정말로 깜짝 놀란 것 같았다. 아니, 깜짝 놀란 것 이상이었다. 혼란스러워했다.

"하지만 그건 말도 안 됩니다……. 전혀 터무니없는 생각이에요……. 제퍼슨 부인은…… 두 사람 중 어느 쪽도 그 사건과 관련되어 있을 리가 없습니다……. 도무지 믿기지 않는 일입니다."

마플 양이 헛기침을 하고나서 부드럽게 말했다.

"레이먼드 씨는 좀 이상주의자인 것 같네요."

그가 웃었다.

"제가요? 아닙니다! 전 그야말로 현실적이고 냉소적인걸요."

마플 양이 말했다.

"돈이야말로 아주 강력한 범행 동기죠."

레이먼드가 흥분해서 말했다.

"아마 그럴지도 모르죠. 하지만 그 두 사람 중 어느 한 명도 무참하게 여자를 목 졸라 죽이는 일은……."

그는 머리를 흔들고는 자리에서 일어났다.

"저기 제퍼슨 부인이 오시고 있네요. 테니스 강습 시간이군요. 늦었네요."

그는 즐거운 것 같았다.

"10분이나 늦었어요!"

애들레이드 제퍼슨과 휴고 맥클린이 그들을 향해 서둘러 오솔길을 걸어오고 있었다.

애디는 늦은 것을 미안해하는 듯 미소를 띤 채 그대로 테니스장으로 걸어갔다. 맥클린은 벤치에 앉았다. 그는 마플 양에게 담배를 피워도 괜찮겠냐고 예의바르게 묻고 나서, 테니스장을 여기저기 뛰어다니는 두 사람의 모습을 마땅찮은 눈길로 쳐다보면서 한동안 말없이 담배만 피워 댔다.

그가 마침내 입을 열었다.

"애디가 왜 강습을 받으려는 건지 모르겠습니다. 시합을 한다면야 좋죠. 저만큼 시합을 즐기는 사람도 없으니까요. 하지만 왜 하필 강습을 받는 걸까요?"

"실력을 향상시키고 싶은 거겠죠."

헨리 경이 말했다.

"애디는 테니스를 잘 치는 편입니다. 좌우간 그만하면 충분하죠. 제기랄, 윔블던에서 경기를 할 것도 아니잖아요."

그는 또 일이 분간 입을 다물고 있었다. 그러더니 이렇게 말했다.

"저 레이먼드란 친구는 뭐하는 작자입니까? 이런 코치들은 어디 출신이지? 척 보기엔 스페인계인 것 같은데."

"데번셔 스타 집안 사람이랍니다."

헨리 경이 말했다.

"네? 정말입니까?"

헨리 경이 고개를 끄덕였다. 이 소식이 휴고 맥클린에게 불쾌했던 것만은 분명했다. 그는 이전보다 더 못마땅한 얼굴을 했다.

그가 말했다.

"애디가 왜 저를 불렀는지 모르겠습니다. 이런 사건이 일어나도 눈 하나 깜짝하지 않는 것 같은데 말입니다! 어느 때보다도 좋아 보이고 말이죠. 왜 저를 불렀을까요?"

헨리 경이 호기심을 가지고 물었다.

"그녀가 언제 당신을 불렀습니까?"

"음……. 이번 사건이 일어났을 때였죠."

"당신은 어떻게 그 소식을 알게 되었나요? 전화를 받았나요, 아니면 전보를 받았나요?"

"전보였습니다."

"궁금해서 그러는데, 전보는 언제 전송된 건가요?"

"글쎄요……. 정확히는 모르겠습니다."

"몇 시에 받으셨습니까?"

"정확하게는 제가 전보를 받은 게 아닙니다. 사실은 전보가 왔다고 전화로 연락받았습니다."

"이런, 어디에 계셨는데요?"

"사실 전 그 전날 오후에 런던을 떠나서 데인베리 헤드에 머물고 있었습니다."

"아니, 여기서 꽤 가까운 곳에 계셨군요?"

"네, 좀 우습게 됐죠? 골프를 한 게임 치고 돌아왔는데 연락을 받아서 즉시 여기로 달려왔습니다."

마플 양은 그를 골똘히 바라보았다. 그는 흥분했고 기분도 언짢아 보였다. 그녀가 말했다.

"데인베리 헤드는 날씨가 아주 좋다고 하더군요, 물가도 별로 비싸지 않고요."

"네, 비싸지 않습니다. 전 비용이 많이 드는 곳을 감당할 여력이 없거든요. 데인베리 헤드는 작고 멋진 곳입니다."

"언젠가 우리 모두 거기로 드라이브라도 가면 어때요?"

마플 양이 말했다.

"네? 아…… 네. 그래야죠."

그가 자리에서 일어섰다.

"저도 식욕이 나게 운동 좀 해야겠습니다."

그는 단호하게 걸어가 버렸다. 헨리 경이 말했다.

"여자들이란 헌신적인 남자에겐 매정하다니까."

마플 양은 미소를 지었지만 아무런 대답도 하지 않았다.

헨리 경이 물었다.

"그가 좀 멍청한 것 같나요? 마플 양이 어떤 인상을 받았는지 알고 싶은데요."

마플 양이 말했다.

"아마 생각의 폭이 좀 좁은 사람이 아닐까 싶네요. 하지만 가능성은 있는 것 같아요……. 확실히 가능성이 있어요."

이번에는 헨리 경이 일어섰다.

"저도 슬슬 일어나서 볼 일을 봐야겠습니다. 밴트리 부인이 마플 양을 찾아서 이쪽으로 오고 있네요."

밴트리 부인은 숨을 헐떡이며 다가와서 가쁜 숨을 몰아쉬며 의자에 앉았다.

그녀가 말했다.

"지금까지 객실 담당 종업원들이랑 얘기를 했답니다. 하지만 전혀 도움이 안 되더라고요. 아무 것도 찾아내지 못했지 뭐예요! 정말로 그 여자가 호텔 사람들 몰래 누군가를 사귈 수 있다고 생각해요?"

"아주 흥미로운 문제네요. 아마 불가능하겠죠. 만약 그게 사실이라면, 틀림없이 누군가 알고 있을 거예요. 하지만 그 여자는 그런 문제에는 아주 약삭빨랐던 게 틀림없어요."

밴트리 부인은 테니스장에 주의를 뺏겼다. 그녀는 만족스럽게 말했다.

"애디의 테니스 실력이 많이 늘었는데요. 저 테니스 코치는 매력적인 청년이네요. 애디도 아주 예뻐 보이고요. 그녀는 아직도 매력적이에요. 재혼한다고 해도 전혀 이상하지 않을 정도로."

"제퍼슨 씨가 죽으면 돈도 많아지겠죠."

마플 양이 말했다.

"항상 그렇게 삐딱하게만 생각하지 마세요, 제인! 그보다 왜 아직까지 사건을 해결하지 못한 거예요? 일이 전혀 진척되고 있는 것 같지 않잖아요. 당신이라면 금방 알아낼 줄 알았는데."

밴트리 부인은 책망하는 듯한 말투로 말했다.

"그건 무리죠. 저도 금방 알지는 못했어요. 한동안은요."

밴트리 부인이 깜짝 놀라서, 믿지 못하겠다는 눈빛으로 그녀를 쳐다보았다.

"그럼 이제는 누가 루비 킨을 죽였는지 안다는 얘기인가요?"

마플 양이 말했다.

"물론이죠, 알고 있어요."

"도대체 누구 짓이죠? 빨리 말해 주세요."

마플 양이 단호하게 고개를 저은 후 입술을 오므렸다.

"미안해요, 돌리. 그렇게는 안 돼요."

"왜 안 된다는 거죠?"

"당신은 입이 가볍잖아요. 아마 여기저기 다니면서 사람들한테 전부 얘기할걸요. ……그게 아니라면 힌트라도 주겠죠."

"아니에요, 얘기하지 않을 게요. 절대로 아무한테도 말하지 않을 거예요."

"그렇게 말하는 사람들이야말로 늘 약속을 지키지 않죠. 아무리 그래도 소용없어요. 아직 갈 길이 멀거든요. 아직 확실하지 않은 부분이 꽤 많아요. 패트리지 부인이 적십자 모금을 하겠다고 했을 때 제가 그토록 반대했던 것을 기억하세요? 하지만 전 그 이유를 말할 수 없었어요. 그건 사실 그녀가 우리 집 하녀 앨리스와 똑같이 코를 씰룩거렸기 때문이었어요. 그 애는 책값을 내라고 심부름을 보낼 때마다 1실링 정도 덜 지불하고는 '나머지는 다음 주에 계산할 때 드릴게요.'라고 말했죠. 패트리지 부인의 경우는 규모가 훨씬 더 컸을 뿐이지 다를 바가 없었어요. 그녀가 모금 명목으로 횡령한 금액은 75파운드나 됐거든요."

"패트리지 부인이 무슨 상관이에요?"

밴트리 부인이 말했다.

"하지만 당신에게 설명해야 했기 때문에 얘기한 거예요. 원한다면 힌트를 드리죠. 이번 사건의 문제는 모든 사람들이 너무 쉽게 속았고 서로를 잘 믿었다는 데 있어요. 사람들이 얘기하는 것을 전부 그대로 믿어선 안되죠. 전 뭔가 의심스러운 점이 보이면 아무도 믿지 않아요! 인간의 본성을 그만큼 잘 알고 있으니까요."

밴트리 부인은 잠시 말이 없었다. 그러더니 어조를 바꾸어서 말했다.

"제가 이번 사건을 즐기면 안 될 이유가 어디 있겠냐고 말씀드리지 않았던가요? 바로 제 집에서 진짜 살인사건이 일어난 거라고요! 그런 일은 다시는 일어나지 않을 거예요."

"저도 그랬으면 좋겠어요."

마플 양이 말했다.

"사실 저도 그래요. 한 번이면 충분하죠. 하지만 그건 우리 집에서 일어난 살인이잖아요, 제인. 저도 그 사건을 즐기고 싶다고요."

마플 양은 그녀를 흘긋 쳐다보았다.

밴트리 부인이 도전적으로 물었다.

"그렇게 생각하지 않으세요?"

마플 양이 상냥하게 말했다.

"물론이죠, 돌리. 당신이 그렇게 말한다면요."

"그래요, 하지만 당신은 사람들이 하는 얘기를 믿지 않잖아요, 그렇죠? 방금 그렇게 말했으니까요. 휴우, 하지만 당신 말이 전적으로 옳아요."

밴트리 부인의 목소리가 갑자기 씁쓸한 어조를 띠었다. 그녀가 말했다.

"저도 아주 바보는 아니에요. 당신은 세인트 메리 미드 사람들 전부…… 아니 우리 주 사람들 모두가 뭐라고 수군대는지 제가 모를 거라고 생각하겠죠. 너나 할 것 없이 아니 땐 굴뚝에 연기 나겠냐면서 아서가 그 사건에 대해 뭔가 알고 있는 게 틀림없다고 말하고 있어요. 그들은 그 여자가 아서의 정부였다. 아니다, 아서의 사생아였다……. 그래서 그 여자가 아서를 협박했을 거라고 말하고 있어요. 사람들은 그 빌어먹을 머리에 떠오르는 생각이라면 아무거나 떠들어 대고 있다고요! 그리고 앞으로도 그러겠죠. 아서도 처음에는 그걸 알아차리지 못하겠죠. 그는 무엇이 잘못되었는지도 모를 거예요. 나이만 먹었지 바보 같아서 사람들이 자신을 그런 식으로 생각할 거라고는 꿈에도 모를 걸요. 그는 따돌림당하고 불신의 눈길을 받겠죠.(어떤 식으로든 말이에요!) 그러다가 조금씩 깨닫기 시작할 테고, 어느 날 갑자기 충격을 받고 상처를 입은 채로 조개처럼 틀어박혀 하루하루 비참하게 그저 참으면서 지낼 거예요.

그에게 그런 일이 벌어질까 봐 제가 그 사건에 대해 하나하나 밝혀내기 위해서 여기 온 거라고요! 이 사건은 해결되어야만 해요! 그렇지 않으면 아서의 인생은 송두리째 파멸할 거예요……. 하지만 전 그렇게 되도록 놔두지 않을 거예요. 절대로!"

그녀는 잠시 얘기를 멈추었다가 이렇게 말했다.

"전 상관도 없는 일 때문에 남편에게 험한 일을 겪게 하진 않을 거예요. 그것이 제가 그를 혼자 집에 남겨두고 데인머스까지 온 유일한 이유이죠. 진실을 밝히겠다는 것 말이에요."

"알아요. 그래서 저도 여기 있는 거잖아요."

마플 양이 말했다.

제14장

I

에드워즈는 조용한 호텔 방에서 헨리 클리서링 경이 하는 얘기를 공손하게 듣고 있었다.

"자네에게 물어보고 싶은 것이 있네, 에드워즈. 하지만 자네가 우선 여기서의 내 입장을 분명하게 이해해 줬으면 하네. 나는 한때 런던 경시청의 경시총감이었지만 지금은 은퇴하고 민간인으로 돌아갔지. 자네 주인은 이 비극을 앞에 두고 나를 불렀다네. 그는 내 능력과 경험을 사건의 진상을 밝히는 데 사용해 달라고 부탁했지."

헨리 경은 잠시 얘기를 멈추었다.

에드워즈는 연하고 지적인 눈동자로 상대방의 얼굴을 바라보면서 고개를 끄덕였다.

"네, 그렇군요."

클리서링은 천천히 신중하게 얘기를 계속했다.

"모든 형사 사건에는 불가피하게 비밀로 하는 정보들이 많이 있다네. 여러 가지 이유로 비밀에 부치는 거지……. 가령 그것이 집안의 비밀을 건드린다거나, 사건과 아무 관계도 없는 것으로 드러나거나, 관련된 당사자들을 거북하거나 난처하게 하는 경우에 말일세."

에드워즈가 다시 맞장구를 쳤다.

"물론입니다."

"에드워즈, 나는 자네가 이 일의 요점을 아주 명쾌하게 이해해 주리라 생각하네. 죽은 여자는 제퍼슨 씨의 양녀가 되려는 참이었어. 그런 일이 일어나는 것을 두고 보지 않을 동기를 갖고 있던 사람이 두 명 있네. 개스켈 씨와 제퍼슨 부인이야."

에드워즈의 눈이 순간적으로 번쩍 빛났다. 그가 말했다.

"그분들이 혐의를 받고 있는 건가요?"

"체포될 위험은 없네. 자네가 궁금해 하는 게 그거라면 말이야. 하지만 경찰은 그들을 의심하지 않을 수 없고 따라서 사건이 해결될 때까지 계속 의심하겠지."

"그분들로서는 불쾌한 입장에 놓인 거로군요."

"매우 불쾌하겠지. 이제 진실을 알아내기 위해서 그 사건에 관련된 단서를 전부 확보해야 하네. 많은 단서들이 제퍼슨 씨와 가족들의 반응이나 말, 그리고 행동에 달려 있네. 틀림없이 그럴 거야. 그들이 어떻게 느꼈고, 어떤 행동을 했고, 어떤 말을 했나, 난 자네에게 이런 정보를 묻고 있는 거라네……. 자네만이 알고 있을 그런 내막 말이야. 자네는 자네 주인의 기분을 잘 알고 있겠지. 그걸 지켜보면서 자네는. 그의 기분이 변하는 이유까지 알게 되었을 거야. 난 경찰로서가 아니라 제퍼슨 씨의 친구로서 이런 질문을 하는 거네. 그러니까 자네가 말하는 것이 그 사건과 관련이 없다고 생각되면, 그 얘기를 경찰에 전하지 않겠네."

그는 잠시 얘기를 멈추었다. 에드워즈가 조용히 말했다.

"알겠습니다. 제가 아주 솔직하게 얘기하길 바라시는 거죠? 보통은 입 밖에 내서는 안 될 얘기…… 실례되는 표현입니다만, 헨리 경께서도 짐작도 못할 그런 얘기를 말입니다."

헨리 경이 말했다.

"자넨 정말 이해력이 뛰어난 친구야, 에드워즈. 그게 바로 내가 하고자 하는 얘기라네."

에드워즈는 잠시 잠자코 있더니 얘기를 하기 시작했다.

"물론 저는 제퍼슨 씨를 아주 잘 알고 있습니다. 그분을 제법 오래 모셨으니까요. 게다가 기분이 좋을 때뿐만 아니라 이상한 행동을 하는 순간에도 봐 왔습니다. 저는 가끔씩 제퍼슨 씨가 싸워 온 방식으로 운명과 대결하는 것이 과연 좋은 일인지 속으로 질문을 던져 본답니다. 운명은 그분에게서 너무 많은 것을 빼앗아 갔어요. 가끔씩 그분이 낙심한 나머지 불행하고, 외롭고, 실의에 빠진 노인처럼 지낼 수 있었다면 더 나았을지도 모른다는 생각을 합니다. 하지만 그러기엔 그의 자존심이 허락지 않았던 겁니다! 그분은 죽을 때까지 계속 싸울 겁니다. 그게 그분의 방식이니까요.

하지만 그런 것 때문에 자주 신경질을 부리게 되었죠. 제퍼슨 씨는 온화한 신사처럼 보이지만, 저는 그분이 자신의 열정이 방해받을 때 불같이 화를 내는 것을 압니다. 그분을 화나게 하는 것이 있다면 그건 바로 기만입니다."

"그렇게 얘기하는데 어떤 특별한 이유라도 있나, 에드워즈?"

"네, 그렇습니다. 저에게 아주 솔직하게 얘기하라고 하셨죠?"

"그랬지."

"그렇다면, 제가 보기에 제퍼슨 씨가 푹 빠져 있던 아가씨는 그럴 가치가 없는 사람이었다고 생각합니다. 솔직히 흔해빠진 아가씨였죠. 게다가 제퍼슨 씨에게 별로 관심도 없었습니다. 그녀가 보인 호의나 감사는 전부 허튼 수작일 뿐이었죠. 그녀에게 악의가 있었다는 것은 아니지만, 그녀는 결코 제퍼슨 씨가 생각하던 그런 여자가 아니었습니다. 제퍼슨 씨는 빈틈없고 남들에게 좀처럼 속지 않는 분인데, 정말 이상한 일이었습니다. 하지만 젊은 여자에 대해서는 남자들은 온전한 판단력을 유지하지 못하니까요. 제퍼슨 씨는 늘 며느리가 함께해 주는 것에 깊이 의지해 오고 있었는데, 제퍼슨 부인이 이번 여름에 상당히 변하셨죠. 제퍼슨 씨는 그걸 알아차리고 기분이 상하셨나 봅니다. 마크 개스켈 씨는 별로 좋아한 적이 없었지만 며느리는 예뻐하셨으니까요."

헨리 경이 불쑥 말했다.

"그런데도 개스켈 씨를 계속 곁에 두었단 말인가?"

"네, 하지만 그건 로잘먼드 아가씨, 아니 개스켈 부인을 위해서였습니다. 제퍼슨 씨는 따님을 눈에 넣어도 아프지 않을 만큼 아끼셨습니다. 아가씨라면 끔찍이 위하셨죠. 마크 씨는 로잘먼드 아가씨의 남편이셨지 않습니까. 제퍼슨 씨는 언제나 마크 씨를 그렇게 생각하셨던 겁니다."

"마크 씨가 다른 사람과 결혼했다면 어떨까?"

"펄펄 뛰면서 화를 내셨을 겁니다."

헨리 경은 이맛살을 찌푸렸다.

"그렇게나 심하게 화를 냈을까?"

"겉으로 드러내진 않겠지만 아마 그러셨을 겁니다."

"제퍼슨 부인이 재혼한다면?"

"그것도 별로 내켜하지 않으셨을 겁니다."

"하던 얘기를 계속해 보게, 에드워즈."

"제퍼슨 씨가 그 아가씨한테 빠져 있었다는 얘기를 하고 있었죠. 제가 모시던 신사분들에게는 종종 그런 일이 있었습니다. 그런 일은 일종의 질병처럼 찾아 오죠. 그들은 여자를 보호하고, 아낌없이 선물을 안겨 주고 싶어 하죠. 하지만 대개 여자들은 자신을 아주 잘 지킬 줄 아는 동시에 절호의 기회를 놓치지 않는 안목을 가지고 있더군요."

"그럼 자네는 루비 킨이 책략가라고 생각하나?"

"글쎄요, 그녀는 너무 어려서 그 정도로 노련하지는 않았습니다. 하지만 일단 상황이 닥치자 대성할 소질이 다분하더군요. 5년만 지나면 그쪽 방면에선 선수가 되었겠죠."

헨리 경이 말했다.

"자네의 의견을 들려줘서 기쁘네. 아주 유익했어. 그런데 제퍼슨 씨가 가족들과 이 문제를 의논할 때의 일은 기억나나?"

"의논이랄 게 별로 없었습니다. 제퍼슨 씨는 생각하시던 것을 통보했고 반대 의견은 그냥 억눌러 버리셨거든요. 마크 씨가 약간 반발하자 곧바로 그의 입을 막아 버리셨죠. 제퍼슨 부인은 별로 말이 없었습니다. 조용한 분이니까요. 그저 제퍼슨 씨에게 너무 서두르지 말라고 권유하셨을 뿐이었습니다."

헨리 경이 고개를 끄덕였다.

"그 밖에 다른 일은 없었나? 루비 킨의 태도는 어땠지?"

그는 눈에 띄게 싫은 티를 내면서 말했다.

"너무 좋아서 어쩔 줄 몰라 했던 것 같습니다."

"그래, 그 아가씨가 너무 좋아서 어쩔 줄 몰라 했단 말이지. 에드워즈, 자네는 음……."

그는 적당한 말을 찾으려고 했다.

"그 아가씨가 다른 남자한테 마음이 팔려 있었다는 낌새는 못 느꼈나?"

"제퍼슨 씨는 결혼하자고 한 게 아닙니다, 헨리 경. 그분은 그 여자를 입양하려고 했을 뿐입니다."

"'다른 남자'란 말은 취소할 테니 질문에 대답해 주게."

에드워즈가 천천히 대답했다.

"사건이 있기는 했습니다. 저도 우연히 목격하게 되었지만 말입니다."

"그것 참 반가운 얘기로군. 말해 보게."

"어쩌면 별 것 아닌 일인지도 모르겠습니다. 어느 날 그 아가씨가 마침 핸드백을 열었다가 작은 스냅사진을 한 장 떨어뜨렸습니다. 제퍼슨 씨가 잽싸게 그걸 집어 들고는 이렇게 물었죠.

'이봐, 아가씨, 이 사람이 대체 누구지?'

그건 젊은 남자의 스냅사진이었습니다. 좀 헝클어진 머리를 하고 넥타이를 아주 삐뚤게 매고 있는 까무잡잡한 청년이었죠.

킨 양은 그 사진에 대해 아무 것도 모르는 체하더군요. 그녀는 이렇게 말했습니다.

'모르겠어요, 제피. 정말이에요. 어쩌다 그런 게 핸드백에 들어갔을까요. 난 넣은 적이 없는데!'

하지만 제퍼슨 씨도 그 말에 속아 넘어갈 정도로 바보는 아니죠. 그 얘기로는 충분하지 않았습니다. 제퍼슨 씨는 화가 난 것 같았습니다. 눈썹을 찌푸리면서 쉰 목소리로 이렇게 말했으니까요.

'거짓말하지 마. 그 사람이 누군지 잘 알고 있잖아.'

그녀는 재빨리 태도를 바꾸었습니다. 깜짝 놀라서 이렇게 말하더라고요.

'이제야 알겠어요. 가끔씩 여기 와서 같이 춤을 추는 사람이에요. 이름은 모르겠고요. 그 바보가 제 가방에 자기 사진을 집어넣은 게 틀림없어요. 이런 남자들은 진짜 멍청한 짓만 골라서 한다니까!'

그녀는 머리를 치켜들고 낄낄 웃으면서 얼렁뚱땅 넘겨버리더군요. 하지만 그 얘기도 그럴싸해 보이지 않았습니다. 그렇지 않습니까? 제퍼슨 씨도 그 말을 곧이곧대로 믿은 것 같지는 않았죠. 그분은 루비를 한두 번 날카롭게 쏘아 보았습니다. 그리고 다음부터 그녀가 외출하면 어디 갔다 왔냐고 물으셨죠."

헨리 경이 말했다.

"호텔 근처에서 그 사진 속의 인물을 본 적은 없나?"

"제가 기억하기로는 없습니다. 물론 사람들이 모이는 아래층에는 별로 내려가지 않지만요."

헨리 경이 고개를 끄덕였다. 그는 몇 가지 질문을 더 했지만 에드워즈는 더 이상 아는 것이 없었다.

II

하퍼 총경은 데인머스의 경찰서에서 제시 데이비스, 플로런스 스몰, 비어트리스 헤니커, 메어리 프라이스, 그리고 릴리언 리지웨이라는 소녀들과 면담을 하고 있었다.

그들은 거의 같은 나이였지만 정신 연령은 각기 달랐으며, 출신도 주민(州民)에서 농부나 상인의 딸에 이르기까지 다양했다. 그러나 그들의 얘기는 한결같았다. 파멜라 리브즈는 평소와 다른 점이 없었고, 울워스에 갔다가 나중에 버스로 집에 돌아가겠다는 말밖에는 하지 않았다는 것이다.

하퍼 총경의 사무실 구석에는 나이 지긋한 여자가 앉아 있었다. 소녀들은 그녀의 존재를 거의 알아차리지 못했지만, 알아차렸다면 그녀가 누군지 궁금해 했을 것이다. 분명히 여자 경관은 아니었다. 어쩌면 그들은 그녀가 자신들과 마찬가지로 조사를 받을 목격자라고 생각했을지도 모른다.

마지막 소녀가 돌아가자 하퍼 총경은 이마의 땀을 닦아내고 마플 양을 돌아보았다. 그의 시선은 미심쩍었을 뿐, 희망에 차 있지는 않았다.

그러나 마플 양은 시원시원하게 말했다.

"플로런스 스몰 양과 얘기를 했으면 하는데요."

하퍼 총경은 눈썹을 치켜떴지만, 고개를 끄덕이더니 벨을 눌렀다. 경찰관이 나타났다.

하퍼가 말했다.

"플로런스 스몰을 들여보내게."

그 소녀는 경찰관의 안내를 받아 다시 방에 들어왔다. 그녀는 부유한 농부의 딸로, 큰 키에 금발 머리, 좀 미련해 보이는 입매에 겁먹은 갈색 눈을 하고 있었다. 그녀는 긴장한 듯 손을 비틀었다.

하퍼 총경이 마플 양을 바라보자 그녀가 고개를 끄덕였다.

총경이 자리에서 일어섰다.

"이 부인께서 몇 가지 질문을 하실 거란다."

그는 문을 닫고 방을 나갔다.

플로런스는 마플 양에게 불안스러운 눈길을 던졌다. 그녀의 눈은 아버지가 키우는 송아지의 눈과 비슷했다.

마플 양이 말했다.

"자리에 앉으렴, 플로런스."

플로런스 스몰은 고분고분하게 자리에 앉았다. 스스로는 깨닫지 못하고 있었지만, 그녀는 갑자기 마음이 느긋해지면서 불안감이 가시는 기분이었다.

경찰서의 낯설고 무서운 분위기가 좀 더 익숙한 것으로 바뀌었다. 그것은 남에게 명령을 내리는 것이 일인 사람이 쓰는 명령조의 말투였다.

"불쌍한 파멜라가 살해되던 날 했던 행동에 대해 무엇이든지 전부 알려 줘야 한다는 건 알고 있지, 플로런스?"

플로런스는 잘 알고 있다고 작은 목소리로 중얼거렸다.

"그리고 넌 최선을 다해서 도와주고 싶겠지?"

플로런스는 경계하는 듯한 눈초리로 물론 그렇다고 대답했다.

"알고 있으면서 숨기는 건 중대한 범죄란다."

소녀가 무릎 위에 놓인 손가락을 초조하게 비틀었다. 그녀는 긴장해서 한두 번 침을 꿀꺽 삼켰다.

마플 양이 계속해서 말했다.

"경찰서에 불려 와서 네가 당연히 놀랐을 거라는 사실은 알고 있어. 더 일찍 얘기하지 않은 것을 나무랄까 봐 걱정스럽기도 하겠지. 어쩌면 그때 파멜라를 말리지 않은 것 때문에 혼날까 봐 무섭기도 하겠고. 하지만 용기를 내서 죄다 털어놓아야 한단다. 알고 있는 걸 지금 얘기하지 않으면 문제가 굉장히 심각해질 거고, 위증죄로 감옥에 갈 수도 있단다."

"저는 정말로……."

마플 양이 잽싸게 말했다.

"이제 속이면 안 돼, 플로런스. 어떻게 된 일인지 다 털어놔 봐! 파멜라는 울워스에 가려던 게 아니었어, 그렇지?"

플로런스는 바짝 타들어가는 혀로 입술을 핥으며 도살장에 끌려가는 소처럼 마플 양을 애원하듯 바라보았다.

"영화사랑 관련이 있는 거지, 그렇지?"

마플 양이 물었다.

플로런스의 얼굴에 깊은 안도와 두려움이 뒤섞인 표정이 스쳐지나갔다. 억제하려는 마음이 스르르 풀려 버렸다. 그녀는 숨을 헐떡거리면서 말했다.

"네, 맞아요!"

"그럴 줄 알았단다. 이제 전부 자세히 말해 줄래?"

마플 양이 말했다. 그녀의 입에서 거침없이 말들이 튀어나왔다.

"아! 전 정말 걱정이 되서 미칠 것만 같았어요. 팸에게 절대로 얘기하지 않겠다고 약속했거든요. 그리고 나서 그 애가 차 안에서 불에 탄 채 발견되었을 땐 너무 무서워서 저도 죽으려고 생각했어요……. 전부 제 잘못인 것 같았거든요. 제가 그 애를 말렸어야 했어요. 하지만 전 그게 잘못이라고는 꿈에도 생각지 못했어요. 나중에 경찰이 그날 그 애가 평소와 똑같았냐고 묻기에 생각해 볼 겨를도 없이 그렇다고 대답했죠. 그리고 처음에 아무 말도 하지 않았기 때문에 그 후에도 어떻게 얘기해야 할지 막막하더라고요. 게다가 실제로도 저는 아무 것도 몰라요……. 팸이 얘기해 준 것 말고는요."

"팸이 무슨 얘기를 했니?"

"대회에 가는 도중에 버스를 타려고 오솔길을 걸어 올라가고 있을 때였어요. 팸이 비밀을 지킬 수 있냐고 물어서 그러겠다고 대답했죠. 그랬더니 그 애가 말하지 않겠다고 맹세하라고 했어요. 글쎄 걔가 대회가 끝난 다음에 카메라 테스트를 하러 데인머스에 가겠다는 거예요! 영화 제작자를 만났대요……. 할리우드에서 막 돌아온 영화 제작자였어요. 그 사람은 영화에 출연시킬 여배우감을 찾고 있었고, 팸에게 자신이 찾고 있던 바로 그 사람이라고 말했어요. 하지만 팸에게 너무 기대하지는 말라고 했다나요. 카메라 테스트를 받기 전에는 알 수 없다면서요. 카메라 테스트 결과가 안 좋으면 소용없게 될지도 모른다나 봐요. 그 사람은 그 역할이 베르그너* 역 같은 거라고 말했대요. 그 역할에는 상당히 어린 사람이 필요했어요. 레뷔** 배우처럼 여기저기를 전전하다가 멋지게 성공하는 여학생 역이었거든요. 팸은 학교에서 연극을 해 와서 연기도 매우 뛰어났지요. 그는 팸이 연기를 잘 하긴 해도 맹훈련을 받아야 한다고 말했대요. 그저 즐겁기만 한 게 아니라 지독하게 고생스러울 수도 있

---

* 독일의 여배우로 나치가 득세하자 영국으로 피신하여 활동했다.
** 춤과 노래, 시사풍자 등을 엮어 구성한 가벼운 촌극.

다고 했대요. 그 애는 자신이 견뎌 낼 수 있다고 생각했을까요?"

플로런스 스몰은 잠시 숨을 돌렸다. 마플 양은 수많은 소설과 영화 줄거리의 그럴듯한 재탕을 듣고 있는 것 같아 좀 불쾌해졌다. 파멜라 리브즈는 대부분의 다른 소녀들처럼 낯선 사람과 얘기하지 말라는 주의를 들었을 것이다. 하지만 영화의 마력이 그것을 전부 잊게 했을 것이다.

플로런스가 얘기를 계속했다.

"그 사람은 철저히 사무적으로 말했대요. 카메라 테스트에 합격하면 계약을 하겠지만, 팸은 어리고 경험이 없기 때문에 계약서에 서명을 하기 전에 변호사가 확인해야 한다고 했어요. 하지만 팸은 이런 얘기를 입 밖에 내지 않기로 했대요. 그는 팸에게 부모님과 문제가 있겠냐고 물었고 팸은 아마 그럴 거라고 했대요. 그러자 그가 이렇게 말했대요.

'너 같이 어린 애들과 일하면 늘 그 점이 문제야. 하지만 이번 기회가 100만 번에 한 번 생길까 말까 한 엄청난 기회라는 걸 부모님께 잘 설명해 드리면 그분들도 이해하실 거라고 생각해.'

하지만 그는 뭐니 뭐니 해도 테스트 결과를 알기 전에는 자세히 의논해 봐야 소용없다고 말했대요. 테스트에서 떨어져도 실망하지 말라고도 했고요. 그는 할리우드와 비비안 리에 대해 얘기해 줬어요. 그녀가 어떻게 순식간에 런던 사람들을 사로잡았는지에 대해서, 그리고 어떻게 그렇게 선풍적 인기를 끌며 일약 유명 여배우가 되었는지에 대해서요. 그 사람은 렘빌 촬영소와 합작해서 영국의 영화 산업을 일으키기 위해 미국에서 돌아왔대요."

마플 양이 고개를 끄덕였다. 플로런스가 얘기를 계속했다.

"그렇게 해서 약속이 잡혔어요. 대회가 끝난 후 데인머스에 가서 그가 머무는 호텔로 찾아가면 그 사람이 팸을 영화사에 데려가기로 되어 있었어요. (그 사람은 데인머스에 작은 테스트용 촬영소가 있다고 말했어요.) 팸은 테스트를 받은 후에 버스를 타고 집으로 돌아가기로 했어요. 팸은 쇼핑을 갔다고 말할 작정이었고, 그 사람은 며칠 내로 테스트 결과를 알려 주기로 했어요. 그리고 테스트에 합격하면 사장인 함스테이터 씨가 집으로 찾아가서 부모님께 얘기하기로 했대요.

당연히 너무 근사하게 들렸죠! 전 배가 아플 정도로 부러웠어요! 팸은 태연하게 대회에 참석했죠. 우리는 늘 그 애를 포커페이스라고 불렀거든요. 그리고 나서 그 애는 울워스에서 물건을 사러 데인머스로 간다고 하며 저에게 윙크를 했답니다. 저는 그 애가 오솔길을 걸어가기 시작하는 것을 보았어요……."

플로런스가 훌쩍거리기 시작했다.

"그때 팸을 말렸어야 했어요. 그런 일이 정말일 리가 없다는 걸 진작 알았어야 했는데 말이에요. 누군가에게 말했어야 했는데. 이 일을 어쩌면 좋아, 차라리 죽어 버리고 싶어요!"

마플 양이 그녀의 어깨를 어루만졌다.

"자, 자. 괜찮아, 아무도 너를 나무라지 않을 거야. 넌 옳은 일을 했잖니. 나한테 전부 얘기했으니까."

그녀는 몇 분 동안 소녀를 달래느라 진땀을 뺐다.

5분 후에 그녀는 하퍼 총경에게 그 이야기를 들려주었다. 하퍼 총경의 얼굴은 매우 험악해졌다.

그가 외쳤다.

"교활한 놈 같으니라고! 반드시 그놈을 끝장내고 말겠어요. 이렇게 되면 사건이 좀 다른 양상을 띠게 되겠는데요."

"네, 그렇군요."

하퍼가 그녀를 곁눈질했다.

"놀라지 않으셨어요?"

"그런 일이 있을 거라고 생각했거든요."

하퍼 총경이 궁금증을 이기지 못하고 물었다.

"왜 특별히 그 소녀를 지목하셨나요? 제가 보기엔 그 애들은 하나같이 겁에 질려 있었고 이렇다 할 차이점도 없었는데요."

마플 양이 상냥하게 말했다.

"총경님은 소녀들이 거짓말하는 것을 저만큼 많이 겪어 보지 않으셨잖아요. 기억하실지 모르겠지만, 플로런스는 총경님을 아주 똑바로 바라보았고 다른 아이들처럼 대단히 뻣뻣하게 일어서서 황급히 문 쪽으로 가더군요. 하지만 총경님은 그 애가 문을 열고 나갈 때 주의 깊게 보지 않으셨죠? 저는 그때 그 애가 뭔가 감추고 있다는 걸 단번에 알아챘어요. 그런 애들은 거의 언제나 너무 빨리 안심해 버려요. 저희 집 하녀인 자넷이 항상 그랬거든요. 그 애는 쥐가 케이크 끝부분을 먹어 버렸다고 꽤 설득력 있게 설명하고는 방을 나가면서 히죽히죽 웃어 버림으로써 저도 모르게 본심을 드러내고 말았죠."

"마플 양에게 어떻게 감사드려야 할지 모르겠습니다."

하퍼가 말했다. 그가 생각에 잠긴 채 덧붙였다.

"렘빌 촬영소라 이거죠?"

마플 양은 아무 말도 하지 않았다. 그녀가 자리에서 일어서며 말했다.

"저는 급히 가 봐야 할 것 같아요. 총경님을 도와드릴 수 있어서 정말 다행이에요."

"호텔로 돌아가실 건가요?"

"네, 짐을 챙기러 가요. 가능한 빨리 세인트 메리 미드에 돌아가야 해요. 거기서 해야 할 일들이 많이 있거든요."

제15장

I

마플 양은 응접실의 여닫이 유리창을 열고 나와, 깔끔하게 손질된 정원의 오솔길을 따라 뒷문으로 빠져나갔다. 그러고는 다시 목사관의 뒷문을 지나, 정원을 가로질러 응접실에 가서는 점잖게 유리창을 두드렸다.

목사는 서재에서 일요일에 있을 설교 내용을 작성하느라 바빴지만, 젊고 아름다운 목사의 아내는 아기가 벽난로 앞 양탄자 위에서 기어 다니는 것을 보며 감탄하고 있었다.

"들어가도 될까요, 그리젤다?"

"어머나, 어서 오세요, 마플 양. 데이비드를 좀 보세요! 자꾸 뒤로만 가게 되니까 저렇게 심술이 났어요. 앞에 있는 것에 다가가고 싶은데, 그럴수록 뒤에 있는 석탄 상자 쪽으로 가까이 가지 뭐예요!"

"아이가 아주 건강해 보이네요, 그리젤다."

젊은 엄마는 무관심한 척하려고 애쓰면서 말했다.

"그렇죠? 물론 저는 저애에 대해 별로 신경 쓰지 않아요. 책에서는 전부 아이들을 가능한 내버려 두어야 한다고 하거든요."

마플 양이 말했다.

"아주 현명하네요. 사실은 지금 당신이 특별히 모금하고 있는 게 있는지 물어보러 왔어요."

목사의 아내는 약간 놀란 시선을 던졌다.

"그야 산더미처럼 많죠. 늘 그렇지만요."

그녀가 손가락을 꼽아가며 유쾌하게 말했다.

"교회당 중앙부 복구 기금, 세인트 자일스 선교회, 다음 주 수요일에 있을 자선 바자회, 미혼모 후원 모금, 보이 스카우트 소풍, 자수회, 그리고 주교의 원양 어업 원조 운동이 있어요."

"그중에 어느 것이라도 좋은데, 저한테 위임해 준다면 장부를 들고 가정 방문을 좀 할 수 있을까 싶어서요."

"무슨 계획이 있으세요? 그런 것 같네요. 물론 위임해 드릴 수 있어요. 자선 바자회로 하세요. 이왕이면 현금을 받으셨으면 해요. 끔찍한 향낭이나 우스꽝스러운 펜 훔치개, 차려입으면 인형처럼 보이는 후줄근한 애들 원피스라든가 먼지막이 코트 대신에 말이죠."

그리젤다가 손님을 창가로 배웅하면서 말했다.

"무슨 일인지는 얘기하고 싶지 않으시겠죠?"

"나중에 얘기할게요."

마플 양이 서둘러 나가면서 말했다.

젊은 엄마는 한숨을 쉬면서 양탄자로 돌아왔고, 철저히 내버려 두어야 한다는 자신의 양육 방침을 실천하는 셈치고 아들의 배를 머리로 세 번 들이받았다. 그러자 아기는 신나서 엄마의 머리카락을 붙잡고 소리를 지르며 잡아당겼다. 두 사람이 몇 번이고 뒤엉켜서 뒹굴고 있을 때 문이 열리더니 목사의 하녀가 나타나서 가장 영향력 있는 교구민 방문객(아이를 싫어하는)에게 "사모님은 여기 계시네요."라고 큰소리로 말했다.

그러자 그리젤다는 벌떡 일어나서 위엄을 차리고 좀 더 목사의 아내답게 보이려고 애썼다.

II

마플 양은 연필로 이름을 적어 넣은 작은 검정색 책을 꼭 쥔 채, 교차로에 다다를 때까지 마을 거리를 힘차게 걸어갔다. 여기서 그녀는 왼쪽으로 돌아서 블루 보아 여관을 지나쳐 통칭 '부커 씨의 새 집'이라 불리는 채스워드에 도착했다.

그녀는 대문 안으로 들어가서 현관문을 힘차게 두드렸다.

다이나 리라는 금발의 젊은 여자가 문을 열었다. 그녀는 평소보다 화장을 대충 하고 있었고, 약간 지저분해 보이기까지 했다. 그녀는 회색 슬랙스에 밝은 초록색 스웨터를 입고 있었다. 마플 양이 씩

씩하고 유쾌하게 말했다.

"안녕하세요. 잠시 들어가도 될까요?"

그녀는 의외의 방문에 약간 어리둥절한 다이나 리가 마음을 결정하지 못하는 사이에 얘기를 하면서 안으로 들어갔다.

"감사합니다."

마플 양은 붙임성 있게 생글생글 웃으며 최신 유행의 대나무 의자에 조심스럽게 앉았다.

"이맘때치고는 제법 따뜻하네요, 그렇죠?"

마플 양은 여전히 상냥함을 잃지 않고 얘기를 계속했다.

"네, 좀, 아니 꽤 따뜻하네요."

리 양이 말했다.

그녀는 그 상황에 어떻게 대처해야 할지 몰라서 담배 상자를 열고 손님에게 권했다.

"저어…… 한 대 피우시겠어요?"

"감사합니다만 담배는 안 피워요. 다음 주에 자선 바자회가 있어서 협조를 얻을 수 있을지 알아보려고 들렀어요."

"자선 바자회요?"

다이나 리는 외국어로 문장을 되풀이하는 사람처럼 말했다.

"목사관에서 다음 주 수요일에 열린답니다."

"아!"

리 양이 입을 멍하니 벌렸다.

"저는 안 될 것 같은데……."

"조금이라도 괜찮아요……. 반 크라운 정도는 어떨까요?"

마플 양이 작은 책을 보여 주었다.

"아, 음……. 좋아요, 그 정도면 기부할 수 있을 것 같아요."

그 여자는 안심한 듯 핸드백을 찾으러 돌아섰다.

마플 양이 예리한 눈초리로 방 안을 둘러보았다.

그녀가 말했다.

"난로 앞에 깔개가 없네요."

다이나 리는 돌아서서 그녀를 바라보았다. 그녀는 노부인이 자신을 매우 예리한 눈초리로 유심히 보고 있다는 것을 알았지만, 약간 성가시다는 것 외에 다른 감정은 들지 않았다. 마플 양은 그것을 알아차리고 이렇게 말했다.

"약간 위험할 거 같아서요. 불똥이 튀면 양탄자에 자국이 남을 수도 있잖아요."

'웃기는 노처녀로군.'

다이나는 생각했다. 그러나 약간 애매하긴 하지만 상당히 붙임성 있게 말했다.

"하나 있긴 했어요. 어디로 갔는지는 모르겠지만."

마플 양이 말했다.

"폭신폭신한 양모 종류였던 것 같은데요?"

"맞아요. 양털이었던 것 같아요."

다이나는 이제 재미있어했다.

'참 별난 사람도 다 있네.'

그녀는 반 크라운을 내밀었다.

"여기 있어요."

"감사합니다."

마플 양은 그것을 받고 작은 책을 펼쳤다.

"저…… 이름은 뭐라고 적을까요?"

다이나의 눈초리가 갑자기 앙칼지게 변하더니 경멸하는 빛을 띠었다.

'참견하기 좋아하는 할망구로군. 순전히 뭐 험담할 거나 없는지 염탐하러 온 거야!'

그녀는 악의적인 쾌감을 느끼면서 또박또박 말했다.

"다이나 리입니다."

마플 양은 그녀를 물끄러미 바라보았다. 그녀가 말했다.

"이 집은 베이즐 블레이크 씨의 별장이죠?"

"네, 그리고 저는 다이나 리예요!"

그녀는 머리를 뒤로 젖히고 푸른 눈동자를 반짝이면서 도전적인 목소리로 말했다.

마플 양은 아주 지그시 그녀를 쳐다보다가 입을 열었다.

"주제 넘는다고 생각할지 모르겠지만 내가 충고 한 마디만 해도 될까요?"

"분명히 주제 넘는다고 생각할 거예요. 아무 말씀 안 하시는 편이 좋겠어요."

"그렇다 해도 얘기해야겠어요."

마플 양이 말했다.

"마을에서는 처녀 때 이름을 계속 쓰지 말라고 특별히 말씀드리고 싶군요."

다이나는 그녀를 빤히 쳐다보았다.

"무슨 말씀이세요?"

마플 양은 진지하게 말했다.

"머지않아 아가씨는 동정과 호의가 무척이나 많이 필요한 처지가 될지도 몰라요. 남편분도 이웃에게 좋게 보이는 것이 중요할 거예요. 보수적인 시골에서는 결혼하지 않고 같이 사는 사람들에게 편견을 가지고 있답니다. 두 분 모두 부부가 아닌 동거 관계인 척하면서 재미있어했을 것 같네요. 그러면 아가씨가 '구닥다리 할망구들'이라고 부르는 사람들이 지레 접근하지 않을 테니 방해받을 일도 없었겠죠. 하지만 구닥다리 할망구들도 다 필요한 때가 있답니다."

다이나가 물었다.

"우리가 결혼한 걸 어떻게 아셨어요?"

마플 양은 얕보는 듯한 미소를 띠며 말했다.

"허, 이것 참."

다이나가 집요하게 물었다.

"정말 어떻게 아신 거예요? 설마 서머싯 하우스*에 다녀오신 건 아니시겠죠?"

---

* 런던의 템스 강변에 있는 건물로 등기소, 세무서 등이 모여 있다.

마플 양의 눈이 순간적으로 반짝 빛났다.

"서머싯 하우스요? 오, 아니에요. 하지만 쉽게 짐작할 수 있었답니다. 마을에는 온갖 소문이 다 퍼지죠. 두 분이 말다툼하는 것을 보니 그건 마치 결혼 초기에나 일어날 법한 모습이더군요. 동거 관계에서 있을 법한 모습과는 거리가 멀었답니다. 결혼을 하면 확실히 다른 사람의 성미를 건드릴 수밖에 없다고들 하죠. 합법적인 결합이 없는 상태에선 서로 훨씬 더 조심하고, 자신들이 얼마나 행복하고 모든 것이 평화로운지를 계속 확인해야만 해요. 스스로를 정당화하지 않으면 안 되는 거죠. 그래서 그런 사람들은 감히 싸움을 하지 않아요! 하지만 결혼한 사람들은 싸움과 그리고 음…… 적절한 화해를 상당히 즐기더군요."

그녀는 상냥하게 눈을 반짝이며 잠시 얘기를 멈추었다.

"이런, 저는……."

다이나는 얘기하려다 말고 웃음을 터뜨렸다. 그녀는 의자에 앉아 담배에 불을 붙였다.

"부인은 정말 놀라운 분이군요!"

그러고 나서 그녀는 얘기를 계속했다.

"하지만 왜 갑자기 모든 것을 밝히고 관습을 인정하라고 하시는 거죠?"

마플 양이 근심스러운 얼굴로 말했다.

"왜냐하면, 이제 곧 남편께서 살인 혐의로 체포될지도 모르기 때문이에요."

다이나는 한동안 그녀를 쳐다보았다. 그러고 나서 미심쩍은 듯이 말했다.

"베이즐이 살인을 했다고요? 지금 농담하시는 거죠?"

"아니, 사실이에요. 신문도 못 봤나요?"

다이나는 숨을 헐떡였다.

"그러니까…… 머제스틱 호텔의 그 여자 말이군요. 베이즐이 그녀를 죽였다고 의심을 받는단 말인가요?"

"맞아요."

"말도 안 돼요!"

밖에서 차 소리가 나더니 현관문이 쾅 닫히는 소리가 들렸다. 베이즐 블레이크가 술병을 든 채 문을 확 열고 들어왔다. 그가 말했다.

"진과 베르무트*를 사 왔어. 아니, 이분은……."

그는 말을 멈추고 점잔 빼며 서 있는 방문객에게 의심하는 듯한 눈길을 돌렸다.

다이나가 숨 가쁘게 말하기 시작했다.

"이 부인 미친 거 아니야? 당신이 루비 킨이라는 그 여자를 살해한 혐의로 체포될 거래."

"이런, 세상에!"

---

* 약초, 강장제로 맛을 낸 백포도주의 일종.

베이즐 블레이크가 말했다. 술병들이 그의 손에서 소파 위로 굴러 떨어졌다. 그는 비틀거리며 의자로 가서 그 위에 쓰러지듯 앉은 다음에 손으로 얼굴을 감쌌다. 그가 되풀이해서 말했다.

"이런, 세상에! 이런, 세상에!"

다이나가 쏜살같이 그에게 다가가서 어깨를 붙들었다.

"베이즐, 나를 봐! 사실이 아니지? 난 사실이 아니란 걸 알아! 절대로 믿을 수 없어!"

그가 손을 올려 그녀의 손을 잡았다.

"고마워, 여보."

"하지만 왜 그렇게들 생각하는 거지? 당신은 그 여자를 잘 알지도 못했잖아, 그렇지?"

"아니요, 그는 그 여자를 알고 있었어요."

마플 양이 말했다.

베이즐이 사납게 쏘아붙였다.

"조용히 해요, 할머니. 들어 봐, 다이나. 난 그 여자가 누군지 잘 몰라. 머제스틱에서 한두 번 우연히 마주쳤을 뿐이야. 그게 다야, 맹세코 그게 전부라고."

다이나가 어리둥절한 표정으로 말했다.

"이해가 안 돼. 그럼 왜 당신을 의심하는 거지?"

베이즐 블레이크가 신음을 했다. 그는 손을 눈 위에 얹고 이리저리 흔들었다.

마플 양이 말했다.

"그 난로 앞 양탄자는 어떻게 했나요?"

그가 기계적으로 대답해 버렸다.

"쓰레기통에 버렸습니다."

마플 양은 화가 나서 혀를 찼다.

"바보 같군요……. 정말 바보 같아요. 사람들은 좋은 양탄자를 쓰레기통에 버리지 않아요. 그 여자의 드레스에서 떨어진 스팽글 장식이 붙어서 그랬겠죠?"

"맞아요. 떼어 낼 수가 없더라고요."

다이나가 소리쳤다.

"도대체 무슨 얘기를 하는 거야?"

베이즐이 못마땅하게 대답했다.

"저 할머니에게 물어 봐. 전부 알고 있는 것 같으니까."

"괜찮다면 무슨 일이 있었는지 내 생각을 말하죠."

마플 양이 말했다.

"내가 틀렸다면 지적해도 돼요, 블레이크 씨. 당신은 파티에서 부인과 심하게 말다툼을 하고 나서, 그리고 아마 술을 많이 마시고 여기로 돌아왔을 거예요. 몇 시에 도착했는지는 모르겠지만……."

베이즐 블레이크가 무뚝뚝하게 말했다.

"새벽 2시쯤이었습니다. 처음에는 시내에 나가려고 했는데, 이 부근에 도착하니까 마음이 바뀌더군요. 다이나가 여기로 쫓아올지도 모른다는 생각이 들었거든요. 그래서 여기까지 차를 몰고 왔습니다. 집 안이 온통 깜깜했죠. 저는 문을 열고 불을 켰습니다. 그리고……."

그는 얘기를 멈추고 숨을 죽였다. 마플 양이 이어 말했다.

"그리고 난로 앞 깔개에 쓰러져 있는 여자를 본 거로군요. 흰 이 브닝드레스를 입은 채 목이 졸려 죽은 소녀를요. 그때 그녀를 알아보았는지 모르겠네요."

베이즐 블레이크는 세차게 머리를 흔들었다.

"처음 얼핏 보고 난 다음엔 차마 볼 수가 없었습니다. 얼굴이 온통 푸르죽죽한 데다가 퉁퉁 부어 있었거든요. 그녀는 이미 죽은 상태로 거기에 있었던 겁니다……. 제 방에요!"

그는 몸서리를 쳤다.

마플 양이 부드럽게 말했다.

"물론 당신은 제정신이 아니었을 거예요. 술에 취해 정신이 혼미한데다가 몸도 가누기 힘들었겠죠. 당황해서 어찌할 바를 몰랐을 테고요."

"다이나가 지금 당장이라도 나타날 것만 같았어요. 그리고 제가 시체랑 같이 있는 걸 발견하겠죠……. 여자의 시체 말입니다. 그러면 그녀는 제가 그 여자를 죽였다고 생각할 거고요. 그때 한 가지 생각이 떠올랐습니다. 왠지 모르게 그때는 좋은 생각인 것 같았습니다. 그 시체를 밴트리 영감네 서재에 가져다 놓는 겁니다. 그 빌어먹을 꼬장꼬장한 노인네는 늘 저를 예술 타령이나 하는 계집애 같은 남자라며 비웃었거든요. 그 잘난 체하는 지긋지긋한 노인네는 당해도 싸다고 생각했죠. 미인의 시체가 서재에서 발견되면 꼴이 말이 아니겠거니 하고요."

그는 딱하게도 신이 나서 덧붙였다.

"그때는 좀 취해 있었으니까요. 그렇게 하면 진짜 재미있을 것 같
았습니다. 밴트리 영감과 금발 미인의 시체라."

마플 양이 말했다.

"그랬겠죠. 토미 본드란 아이도 거의 같은 생각을 했거든요. 그
애는 열등감에 사로잡힌 감수성이 예민한 아이였는데, 선생님이 늘
자기를 괴롭힌다고 말했어요. 그 애는 벽시계 안에 개구리를 넣어
서 선생님을 향해 튀어나오게 했죠.

당신도 똑같은 일을 한 거예요. 물론 시체가 개구리보다 더 심각
한 문제이긴 하지만요."

베이즐은 다시 신음하는 듯한 소리로 말했다.

"아침이 되자 술이 깼습니다. 그제야 제가 무슨 짓을 했는지 깨닫
고 간이 콩알만 해졌죠. 그때 경찰이 찾아왔는데, 그 경찰서장도 건
방진 자식이더군요. 저는 그 사람이 무서웠습니다. 그걸 감출 수 있
는 유일한 방법은 지독히 무례하게 구는 거였죠. 그러고 있는데 다
이나가 차를 몰고 온 겁니다."

다이나가 창밖을 내다보고 있었다.

그녀가 말했다.

"지금 차가 한 대 왔는데……. 차 안에 남자들이 있어."

"경찰일 거예요."

마플 양이 말했다.

베이즐 블레이크가 일어섰다. 그는 갑자기 제법 차분하고 단호해

졌다. 그는 미소까지 띠면서 말했다.

"이제 어쩔 도리가 없겠죠? 좋아요. 내 사랑 다이나, 당황하지 마. 심스에게 연락해. 그 사람은 우리 집 변호사니까. 그리고 엄마한테 가서 우리가 결혼했다는 걸 전부 말씀드려. 나쁜 분은 아니거든. 그리고 걱정하지 마. 내가 한 짓이 아니야. 그러니 분명히 별일 없을 거야. 알았지?"

문을 두드리는 소리가 났다. 베이즐은 "들어오세요."라고 소리쳤다. 슬랙 경감이 다른 사람을 한 명 데리고 들어왔다.

그가 말했다.

"베이즐 블레이크 씨?"

"네."

"지난 9월 21일 밤에 루비 킨을 살해한 혐의로 당신을 체포한다는 구속 영장을 가져왔소. 경고하지만 어떤 말을 하건 법정에서 불리하게 작용될지 모르오. 지금 나와 같이 갑시다. 변호사와 얘기하도록 최대한 편의를 봐주겠소."

베이즐이 고개를 끄덕였다. 그는 다이나를 쳐다봤지만 손을 대지는 않았다. 그가 말했다.

"나중에 봐, 다이나."

'침착하군.'

슬랙 경감은 속으로 생각했다.

그는 마플 양에게 가볍게 머리를 숙이며 "안녕하세요."라고 인사했다. 경감은 속으로 생각했다.

'눈치 빠른 할머니야, 벌써 알아차리고 있었군! 그 양탄자를 손에 넣길 잘했어. 촬영소의 주차장 직원에게서 이 친구가 자정이 아니라 11시에 파티장을 떠났다고 알아낸 것도 그렇고. 그의 친구들이 허위 진술을 할 생각이었던 것 같지는 않아. 그들은 술에 취해 있었고 블레이크가 그 다음 날 자신이 12시에 떠났다고 우겨 대니까 곧이곧대로 믿었던 거야. 이 친구는 이제 완전히 끝장이야! 정신병자일지도 몰라! 우선 그 리브즈라는 아이를 목 졸라 죽인 후 차에 태워 채석장으로 옮겼겠지. 그리고 데인머스로 걸어 돌아가서 길가에 세워 둔 자신의 차를 타고 파티장으로 간 거야. 그 다음에 데인머스로 돌아가서 루비 킨을 여기로 데려와서 목 졸라 죽인 다음에 밴트리의 서재에 던져 넣었겠지. 그러고 나서 채석장에 있는 차가 마음에 걸리니까 거기까지 가서 차에 불을 지르고 여기로 돌아온 걸 거야. 여자와 피에 굶주린 미치광이가 틀림없어. 다행히 이 여자는 화를 면했군. 연쇄 살인범일 텐데.'

마플 양과 단둘이 남자 다이나 블레이크가 그녀를 돌아보았다.

"당신이 누구신지 모르겠지만 이 점은 알아 두세요. 베이즐이 한 짓이 아니에요."

마플 양이 말했다.

"나도 알아요. 누가 그런 짓을 저질렀는지도 알고 있어요. 하지만 증명하기는 쉽지 않을 거예요. 당신이 방금 얘기한 어떤 것이 도움이 될지도 모르겠어요. 덕분에 그동안 찾으려고 했던 연결고리가 뭔지 생각났어요. 그렇다면 그건 무엇이었을까요?"

제16장

I

"다녀왔어요, 아서!"

밴트리 부인은 작은 서재의 문을 활짝 열어젖히면서 국왕의 선포라도 되는 것처럼 자신이 돌아온 사실을 큰소리로 알렸다.

밴트리 대령은 즉시 벌떡 일어나서 아내에게 키스하며 정성껏 그녀를 맞이했다.

"이런, 이런, 이것 참 반가운 일이군!"

그 말에는 흠 잡을 데가 없었고, 남편의 태도도 매우 훌륭했지만, 밴트리 부인처럼 오랫동안 남편에게 깊은 애정을 가져온 아내는 속지 않았다. 그녀는 즉시 이렇게 물었다.

"무슨 일이 생겼어요?"

"아니, 물론 아니야, 돌리. 뭐가 문제겠어?"

"모르겠어요."

밴트리 부인이 막연하게 대답했다.

"하지만 뭔가 너무 이상해요, 그렇지 않아요?"

그녀는 얘기하면서 코트를 벗어던졌고, 밴트리 대령은 그것을 조심스럽게 집어 들고 소파 뒤에 걸쳐 놓았다.

모든 것이 평소와 똑같았지만 평소랑 다른 점이 있었다. 밴트리 부인은 남편이 주눅 든 것 같다고 느꼈다. 그는 더 마르고 구부정해 보였다. 눈 밑으로는 살이 늘어졌고, 눈동자는 그녀의 시선을 애써 피하고 있었다.

그는 여전히 쾌활한 척하면서 계속 얘기했다.

"그래, 데인머스에서는 재미있었소?"

"정말 재미있었어요. 당신도 같이 갔으면 좋았을걸."

"갈 수가 없었지, 여보. 여기서도 처리해야 할 일이 많았고."

"하지만 기분 전환으로는 좋았을 거라고 생각해요. 참, 당신은 제퍼슨 씨를 좋아하죠?"

"물론이지, 불쌍한 친구. 멋진 놈이야. 너무 안됐지만."

"제가 없는 동안 어떻게 지냈어요?"

"별 거 없었소. 농장에 가기도 했고. 앤더슨이 지붕을 새로 달겠다고 해서 그러라고 했지. 더 이상 수리가 불가능할 지경이거든."

"래드퍼드셔 의회 회의는 어떻게 됐어요?"

"사실 거긴 안 갔소."

"안 갔다고요? 하지만 당신이 의장이었잖아요?"

"사실은 돌리, 거기에 뭔가 착오가 있었던 것 같아. 거기서 톰슨이 대신 의장을 맡아도 괜찮겠냐고 묻더군."

"그렇군요."

밴트리 부인이 말했다.

그녀는 장갑 한 짝을 벗어서 일부러 휴지통 안에 던져 넣었다. 그녀의 남편이 그것을 꺼내려 가자 그녀가 쌀쌀맞게 말렸다.

"내버려 두세요. 전 장갑이 싫어요."

밴트리 대령은 그녀를 불안하게 쳐다보았다.

밴트리 부인이 가차 없이 물었다.

"목요일에 더프 가에 저녁 먹으러 갔었어요?"

"아, 그거! 그건 연기됐소. 요리사가 아팠거든."

"멍청한 사람들."

밴트리 부인이 말했다. 그녀는 계속 질문을 던졌다.

"어제 네일러 가에는 갔었어요?"

"전화해서 가기 힘들 것 같다고 말했지. 양해해 주길 바랐는데 다행히 잘 이해해 주더군."

"그랬어요?"

밴트리 부인이 험악하게 말했다.

그녀는 책상 옆에 앉아서 건성으로 정원 가위를 집어 들었다. 그리고 그것으로 남은 장갑 한 짝의 손가락을 하나씩 잘랐다.

"뭐하는 거요, 돌리?"

"뭔가 부수고 싶어서 그래요."

밴트리 부인이 말했다. 그녀가 일어섰다.

"저녁 먹은 다음에 어디서 쉴까요, 아서? 서재는 어때요?"

"글쎄, 음······. 거긴 별로일 것 같은데. 여기도 좋잖아······. 응접실도 좋고."

"제 생각에는 서재에서 쉬는 게 좋겠어요!"

그녀의 침착한 시선이 그의 시선과 마주쳤다. 밴트리 대령은 최대한 몸을 꼿꼿이 세웠다. 그의 눈에서 불꽃이 튀었다.

그가 말했다.

"당신 말대로 해요, 여보. 서재에서 쉽시다!"

II

밴트리 부인은 짜증스럽게 한숨을 쉬면서 전화 수화기를 내려놓았다. 그녀는 두 번이나 전화를 걸었지만 그때마다 대답은 한결같았다. 마플 양은 외출 중이라는 것이다.

천성적으로 참을성 없는 성격을 타고 난 밴트리 부인은 그렇게 순순히 단념할 사람이 아니었다. 그녀는 연달아 목사관, 프라이스 리들리 부인, 하트넬 양, 웨더비 양, 그리고 최후의 수단으로 생선장수에게 전화를 했다. 생선가게는 지리적 요충지인 만큼 보통 마을 사람들이 어디 있는지 알고 있었던 것이다.

생선장수는 미안해하며 그날 아침에 마을에서 마플 양을 본 적이 없다고 말했다. 그녀는 평소에 다니던 길로 다닌 것 같지 않았다.

"어디에 있을까?"

밴트리 부인은 조바심 내며 혼잣말을 했다.

그때 뒤에서 공손하게 헛기침하는 소리가 났다. 신중한 로리머가 낮은 목소리로 말했다.

"마플 양을 찾고 계셨죠, 마님? 방금 마플 양이 우리 집 쪽으로 오고 있는 것을 봤습니다."

밴트리 부인은 현관으로 달려가서 문을 활짝 열고 분주하게 마플 양을 맞아들였다.

"안 그래도 사방팔방으로 찾고 있었어요. 어디 계셨어요?"

그녀는 잠깐 뒤를 돌아보았다. 로리머는 이미 눈치 빠르게 모습을 감추었다.

"큰일 났어요. 사람들이 아서에게 차갑게 대하기 시작했어요. 아서는 몇 년은 더 늙어 보인답니다. 뭔가 손을 써야 해요, 제인. 어떻게 좀 해보세요!"

마플 양이 말했다.

"걱정할 필요 없어요, 돌리."

그 목소리에는 약간 묘한 느낌이 묻어나왔다.

밴트리 대령이 작은 서재에서 나왔다.

"아, 마플 양. 안녕하세요. 마침 잘 오셨습니다. 아내가 당신을 찾으려고 미친 듯이 전화를 하고 있었답니다."

"소식을 전해드리는 것이 좋을 것 같아서 왔어요."

마플 양이 밴트리 부인을 따라 작은 서재로 들어가면서 말했다.

"소식이요?"

"방금 베이즐 블레이크가 루비 킨을 살해한 혐의로 체포되었답니다."

"베이즐 블레이크라고요?"

대령이 소리를 질렀다.

"하지만 그 사람은 범인이 아니에요."

밴트리 대령의 귀에는 이 말이 들리지도 않았다. 그가 이 얘기를 들었는지조차 의심스러웠다.

"그자가 그 여자를 목 졸라 죽인 다음에 시체를 이 집까지 끌고 와서 내 서재에 던져 넣었다는 말입니까?"

"시체를 대령님의 서재에 둔 건 맞아요. 하지만 그는 그 여자를 죽이지 않았어요."

마플 양이 말했다.

"터무니없는 소리요! 그자가 시체를 내 서재에 던져 넣었다면, 당연히 그 여자를 죽였겠죠! 그 두 가지를 어떻게 따로따로 생각할 수 있단 말입니까?"

"꼭 그렇다고 볼 수는 없어요. 그는 자기 별장에서 그 여자가 죽어 있는 것을 발견했어요."

대령이 비웃듯이 말했다.

"설마! 시체를 발견했다면 왜 경찰에 연락하지 않았겠습니까? 정직한 사람이라면 당연히 그랬겠죠."

마플 양이 말했다.

"하지만 모든 사람들이 대령님처럼 담력이 있는 건 아니니까요. 대령님은 고지식하지만, 요즘 젊은 세대는 다르답니다."

대령이 자신의 진부한 생각을 되풀이해서 말했다.

"패기라곤 눈 씻고 찾아봐도 없지."

마플 양이 말했다.

"요즘 젊은이들 중에도 힘든 일을 끝까지 견뎌낸 사람이 있답니다. 저는 베이즐에 대해 많은 얘기를 들었어요. 그는 겨우 18살이었을 때 공습 대비 센터에서 일했다더군요. 그는 불에 타고 있는 집에 뛰어 들어가 어린 아이 넷을 차례로 안고 나왔죠. 그리고 다들 위험하다고 말리는 데도 개를 구하기 위해 다시 집에 들어갔어요. 그때 위에서 건물이 무너져 내렸답니다. 그는 가까스로 구출되긴 했지만, 가슴을 크게 다쳐서 거의 1년 동안 깁스를 하고 누워 있어야 했고 그 후로도 오랫동안 건강이 좋지 않았다고 해요. 그때 디자인에 관심을 갖게 된 거였죠."

대령이 기침을 하더니 코를 풀었다.

"그렇군. 나는…… 그런 줄 전혀 몰랐소."

마플 양이 말했다.

"그가 그 일에 대해 떠벌리지 않으니까요."

"맞아요. 용기가 가상하군요. 그 젊은 친구한테는 내가 생각한 것 이상이 있는 것이 틀림없어요. 언제나 그가 병역을 기피했다고만 생각했는데. 괜히 넘겨짚으면 안 된다는 것을 배웠군요."

밴트리 대령은 부끄러워하는 것 같았다.

"하지만 어쨌든, 그는 왜 나한테 살인 누명을 뒤집어씌우려고 했을까요?"

그의 분노가 되살아났다.

"그렇게 생각한 것 같지는 않아요."

마플 양이 말했다.

"그는 그 일을 좀 더…… 좀 더 장난처럼 생각한 모양이에요. 그는 그때 상당히 술에 취해 있었으니까요."

"술에 취해 있었다고요?"

밴트리 대령은 폭음에 대한 영국인 특유의 너그러움을 보이며 말했다.

"아, 그래요, 술 취해서 하는 일로 사람을 판단할 수는 없죠. 케임브리지 대학에 다닐 때 나도 어떤 무기를 휘둘러서……. 뭐, 다 끝난 일입니다만, 그것 때문에 호되게 야단을 맞았죠."

그는 킬킬거리고 웃더니 다시 정신을 수습했다. 그는 평가하는 듯한 예리한 눈초리로 마플 양을 뚫어지게 쳐다보았다. 그가 말했다.

"부인은 그가 범인이 아니라고 생각하신다는 거죠?"

"그가 범인이 아닌 게 확실해요."

"그럼 누가 범인인지 아십니까?"

마플 양이 고개를 끄덕였다.

밴트리 부인은 무아지경에 빠진 그리스 합창단처럼 노래하듯 말했다.

"마플 양은 정말 대단하지 않아요?"

"그렇다면 그게 누구란 말입니까?"

마플 양이 말했다.

"대령님께 도와 달라고 부탁할 참이었어요. 서머싯 하우스에 가면 아주 잘 알게 될 거예요."

제17장

I

헨리 경이 매우 심각한 얼굴을 하고 있었다. 그가 말했다.

"그 방법은 마음에 들지 않는데요."

"저도 알아요. 그건 헨리 경에겐 내키는 방법이 아니시겠죠. 하지만 확실히 하는 게 그만큼 중요하기 때문이에요. 셰익스피어가 『맥베스』에서 얘기한 것처럼 '만전을 기하려면' 말이죠. 제퍼슨 씨도 동의할 거라고 생각하는데요?"

마플 양이 말했다.

"하퍼는 어쩌고요? 하퍼도 이 일을 알고 있어야 합니까?"

"너무 많이 알려 주면 그분의 입장이 곤란해질지도 몰라요. 하지만 헨리 경이 힌트를 주실 수는 있겠죠. 특정한 사람들을 주시하라,

그들의 뒤를 밟아라, 이렇게 말이죠."

헨리 경이 천천히 말했다.

"그게 좋겠네요……."

II

하퍼 총경은 헨리 클리서링 경을 뚫어지게 쳐다보았다.

"이 문제를 분명하게 짚고 넘어 갔으면 합니다. 지금 저에게 힌트를 주고 계신 건가요?"

헨리 경이 말했다.

"내 친구가 방금 나에게 알려 준 것을 자네에게 알려 주고 있는 거라네. 그 친구도 비밀스럽게 얘기한 건 아니니까……. 그는 유언장을 새로 만들기 위해 내일 데인머스에 있는 변호사를 찾아 갈 거라고 했네."

총경의 짙은 속눈썹이 침착한 눈동자 위에 그늘을 드리웠다. 그가 말했다.

"콘웨이 제퍼슨 씨는 그 사실을 사위와 며느리에게도 알릴 생각이신가요?"

"오늘 저녁에 얘기할 거라고 하더군."

"알겠습니다."

총경은 펜대로 책상을 가볍게 두드렸다.

그는 다시 한 번 말했다.

"알겠습니다……."

그러고 나서 하퍼는 날카로운 눈으로 또 한 번 상대방의 눈을 뚫어지게 바라보았다. 그가 말했다.

"그렇다면 헨리 경은 베이즐 블레이크를 체포한 것에 만족하지 않으십니까?"

"자네는 만족하나?"

총경의 콧수염이 흔들렸다. 그가 말했다.

"마플 양입니까?"

두 사람은 서로를 쳐다보았다.

그러고 나서 하퍼가 말했다.

"저에게 맡겨 주세요. 부하들을 잠복시켜 놓겠습니다. 불필요한 행동은 없을 겁니다, 그 점은 약속할 수 있습니다."

헨리 경이 말했다.

"한 가지가 더 있네. 이걸 보는 게 좋을 거야."

그는 종잇조각을 펼쳐서 테이블 건너편으로 밀었다.

이번에는 총경의 얼굴에서 침착함이 사라졌다. 그가 휘파람을 불었다.

"그럼 바로 그거로군요, 그렇죠? 이것으로 사건의 전모가 완전히 바뀌겠는데요. 이것을 어떻게 손에 넣게 되셨습니까?"

헨리 경이 말했다.

"여자들이란 결혼에 끝없는 관심을 가지고 있으니까."

총경이 말했다.

"특히, 나이 지긋한 독신 여성은 더 하겠죠."

III

콘웨이 제퍼슨은 고개를 들어 방에 들어오는 친구를 쳐다보았다. 험악하던 표정에 긴장이 풀리며 미소가 번졌다.

"그들에게 얘기했네. 아주 잘 이해해 주더군."

"뭐라고 얘기했나?"

"루비가 죽었으니 원래 그녀에게 남기려고 했던 5만 파운드는 그녀를 기릴 만한 것에 써야 한다고 느낀다, 직업 댄서로 일하는 어린 소녀들을 위한 런던의 기숙사에 기부할 거다. 이렇게 얘기했지. 지독한 돈 낭비라고 하면서도 그들이 곧이곧대로 믿는 걸 보고 놀랐다네. 마치 내가 정말 그런 일을 할 것처럼 말이지!"

그는 생각에 잠긴 채 덧붙여 말했다.

"그 아이 때문에 웃음거리가 되었어. 주책없는 노인네가 되어가나 봐. 이제야 알겠네. 루비는 예쁜 아이였지만 나는 그 애에게서 내가 보고 싶은 것만 본 거야. 나는 그 애가 또 다른 로잘먼드라고 나 자신을 속였어. 머리색이 똑같잖은가. 하지만 심성이나 지성은 달랐지. 그 종이를 이리 주게……. 제법 재미있는 브리지 게임인걸."

헨리 경은 아래층으로 내려 가서 짐꾼에게 질문을 했다.

"개스켈 씨요? 그분은 방금 차를 타고 나가셨는데요. 런던에 가야 한다고 하셨습니다."

"아, 그렇군. 그럼 제퍼슨 부인은 근처에 계신가?"

"제퍼슨 부인은 방금 주무시러 올라가셨습니다."

헨리 경은 라운지를 살펴보고 댄스홀까지 훑어보았다. 라운지에는 휴고 맥클린이 낱말 맞추기를 하면서 엄청 인상을 쓰고 있었다. 댄스홀에서는 조시가 땀을 비 오듯 흘리는 뚱뚱한 남자의 무지막지한 스텝을 재빠르게 피하면서 꿋꿋이 상대방의 얼굴에 미소를 보내고 있었다. 뚱뚱한 남자는 분명히 춤추는 것을 즐기고 있었다. 레이먼드는 따분해 보이면서도 우아하게 아데노이드*와 빈혈증이 겹친 것 같은 소녀와 춤을 추고 있었다. 그녀는 우중충한 갈색 머리에 고급스럽지만 대단히 어울리지 않는 드레스를 입고 있었다.

헨리 경이 혼잣말로 중얼거렸다.

"그것으로 끝이군."

그는 위층으로 올라갔다.

IV

새벽 3시였다. 바람은 잦아들었고, 잔잔한 바다 위로 달빛이 빛나고 있었다.

콘웨이 제퍼슨의 방에서는 그가 머리를 베개 위에 반쯤 받치고 누워서 내는 거친 숨소리만 들릴 뿐이었다.

---

* 인두편도의 염증비대. 호흡곤란 외에 청력장애를 일으킴.

창가에는 커튼을 흔드는 바람조차 없었다. 그러나 커튼은 흔들리고 있었다……. 한순간 커튼이 반으로 갈라지더니 달빛을 등진 사람의 그림자가 어른거렸다. 그러고 나서 커튼은 제자리로 돌아갔다. 다시 사방이 고요해졌지만, 방 안에는 다른 사람이 있었다.

침입자는 몰래 침대 쪽으로 자꾸만 더 가까이 다가갔다. 베개 위의 깊은 숨소리는 잦아들지 않았다.

방 안에서는 아무런 소리도, 아니 거의 어떤 소리도 들리지 않았다. 엄지와 집게손가락은 금방이라도 살갗을 잡을 듯했고, 다른 손에는 주사기가 들려 있었다.

그때 갑자기 어둠 속에서 한 손이 나오더니 주사기를 들고 있는 손을 덥석 붙잡았고, 다른 팔이 그림자를 단단히 움켜잡았다.

냉정한 경찰의 목소리가 정적을 깨뜨렸다.

"그렇게는 안 되지, 주사기를 내놔!"

불이 켜지자 콘웨이 제퍼슨은 베개 위에 누워서 루비 킨을 죽인 살인자를 무섭게 노려보았다.

제18장

I

헨리 클리서링 경이 말했다.

"왓슨*처럼 말하자면, 당신이 추리를 하신 과정을 알고 싶습니다, 마플 양."

하퍼 총경이 말했다.

"저는 우선 어떻게 그런 생각을 하셨는지 알고 싶은데요."

멜쳇 대령이 말했다.

"또 한 번 해내셨군요, 이런 세상에! 처음부터 전부 설명해 주셨으면 좋겠습니다."

---

* 셜록 홈즈의 조수 겸 사건 기록자.

마플 양은 제일 좋아하는 암갈색 이브닝드레스의 실크 천을 매만졌다. 그녀는 매우 수줍어하며 얼굴을 붉히면서 미소를 지었다.

그녀가 말했다.

"헨리 경께서 말씀하신 제 '추리 과정'은 지극히 아마추어 수준인 걸요. 대부분의 사람들이…… 경찰도 예외는 아니죠. 이 부정한 세상을 너무 지나치게 믿는 건 사실이에요. 사람들은 들은 대로 믿죠. 하지만 저는 그렇지 않아요. 저는 늘 스스로 증명하기를 좋아하는 것 같아요."

"그게 과학적인 태도죠."

헨리 경이 말했다. 마플 양은 얘기를 계속했다.

"이번 경우에는 사실에 기초해 받아들여진 것이 아니라 처음부터 당연하게 받아들여진 게 몇 가지 있어요. 제가 강조했던 것처럼, 사실에는 피해자가 상당히 어리고 손톱을 물어뜯었고 앞니가 약간 튀어나왔다는 것 등이 있었죠. 교정기로 제때 고쳐 주지 않으면 어린 여자아이들은 종종 그렇게 된답니다. (게다가 아이들은 교정기로 심하게 장난을 치고 부모들이 보지 않을 때는 떼어 버리죠.)

이야기가 옆길로 빠졌군요. 어디까지 얘기했더라? 아, 맞아요. 소녀의 시체를 내려다보며 애처롭게 생각하고 있었죠. 젊은 사람이 갑자기 목숨을 잃는 것을 보는 건 언제나 슬픈 일이니까요. 그리고 이런 짓을 한 사람이 누구건 아주 악질일 거라고 생각하고 있었어요. 물론 그녀가 발견된 장소가 밴트리 대령의 서재였다는 건 사실이라고 하기엔 너무 소설적인, 이상한 일이었죠. 사실 그것 때문에 수사가 잘못된 방향으로 빠져 버린 거예요. 범인은 그런 식으로 우리를 혼란에 빠뜨릴 작정은 아니었어요. 원래의 의도는 불쌍한 베이즐 블레이크(훨씬 더 그럴듯한 사람이죠.)의 집에 시체를 버리는 것이었습니다. 그래서 대령의 서재에 시체를 갖다놓은 그의 행동으로 수사가 꽤 지체되었고, 진짜 범인도 상당히 곤란하게 된 것이 틀림없어요.

각본대로라면 블레이크 씨가 가장 유력한 용의자가 되었을 거예요. 경찰은 데인머스에서 조사를 벌일 테고, 그가 죽은 여자를 안다는 사실을 알아냈을 거예요. 그 후에 그가 다른 여자와도 얽혀 있다는 것을 알게 되면, 경찰은 루비가 블레이크 씨를 협박하거나 그 비슷한 일을 하러 왔기 때문에 그가 홧김에 그녀를 목 졸랐을 거라고 생각했을 거예요. 그저 평범하고 야비한 사건, 제가 나이트클럽형 범죄라고 부르는 것이죠!

하지만 모든 일이 꼬여 버렸죠. 그리고 문제의 누군가에게는 굉장히 곤란하게도 제퍼슨 가족에게 너무 빨리 관심이 집중되었어요.

말씀드린 것처럼 저는 아주 의심이 많아요. 제 조카 레이먼드는 제 마음 속이 악의 소굴 같다고 말하죠. (물론 장난삼아 아주 다정하게 놀리는 거지만요.) 그 애 말로는 빅토리아 여왕 시대 사람들은 대부분 그랬다고 하더군요. 빅토리아 시대 사람들이 인간의 본성에 대해 더 잘 알고 있었다는 것은 확실하지만요.

이렇게 약간 건강에 해로운(아니면 건강에 이로운 걸까요?) 마음을 가진 저는 즉시 그 사건을 금전적 관점에서 보았어요. 이 소녀가 죽으면 두 사람이 이득을 얻게 되더군요. 그 사실은 인정하지 않을 수 없었죠. 5만 파운드는 큰 돈이에요. 특히 이 두 사람처럼 경제적으로 어려움을 겪는 경우에는 말이죠. 물론 두 사람은 모두 아주 친절하고 상냥해 보였어요……. 그런 짓을 할 것 같지 않았죠. 하지만 그건 아무도 모르는 일이니까요.

예를 들어 제퍼슨 부인의 경우는, 모든 사람들이 그녀를 좋아하고 있었죠. 하지만 이번 여름에 많이 방황했고, 시아버지에게 완전히 의존해서 살아온 생활에 신물이 난 게 분명한 것 같았어요. 하지만 의사의 얘기를 듣고 그녀는 시아버지가 오래 살 수 없다는 걸 알고 있었죠. 그러니 냉정하게 말해서 그녀에겐 아무 걱정이 없었어요. 적어도 루비 킨이 오지 않았다면 아무 문제도 없었을 거예요. 어떤 여자들은 자식들을 위해 저지르는 범죄는 도덕적으로 거의 정당화된다는 이상한 생각을 가지고 있는데, 제퍼슨 부인은 아들에게 대단히 헌신적이었죠. 마을에서 그런 태도를 한두 번 우연히 겪은 적이 있거든요. '어쨌든 그건 전부 데이지를 위한 행동이었어요.' 이렇게 말하고는 그것으로 자기 행동이 전부 용서 받을 수 있다고 생각한 사람이 있었어요. 상당히 무책임한 생각이죠.

물론 마크 개스켈 씨가 훨씬 더 가능성 있는 인물이었죠. 그는 도박적인 기질을 가진 데다가, 도덕 관념도 별로 없었어요. 하지만 저는 이러저러한 이유로 이 범죄에는 여자가 개입되어 있다고 생각했어요.

말씀드렸다시피 동기 면에서는 금전적인 이유가 아주 유력해 보였죠. 그래서 이 두 사람이 루비 킨이 죽음을 맞이했다는 그 시간에 알리바이를 가지고 있다는 것을 알게 되자 혼란스러웠고요.

하지만 곧 이어 파멜라 리브즈를 태운 차가 불에 타버린 채 발견되자 사건의 전모를 곧 알 수 있었어요. 물론 알리바이는 아무 소용 없었죠.

반쪽짜리 사건 두 가지가 일어났고, 둘 다 상당히 납득은 갔지만 서로 들어맞지는 않았어요. 서로 관련이 있는 건 분명했지만 그게 뭔지 알아낼 수가 없었던 거죠. 제가 그 범죄에 관여하고 있다고 알고 있던 사람에게는 범행 동기가 없었으니까요. 저도 참 멍청했죠."

마플 양이 생각에 잠긴 채 말을 이었다.

"다이나 리가 없었더라면 깨닫지 못했을 거예요. 세상에서 가장 뻔한 것이었는데 말이죠. 서머싯 하우스! 바로 결혼이었던 거예요! 그건 개스켈 씨나 제퍼슨 부인만의 문제가 아니었어요. 결혼으로 인해 가능성은 더 커졌던 거죠. 만약 두 사람 중 한 사람이 몰래 결혼했거나 결혼할 예정이라면, 결혼하기로 한 상대방도 관련된 셈이에요. 가령 레이먼드는 돈 많은 여자와 결혼할 가능성이 충분히 있다고 생각했을지도 모르죠. 그는 제퍼슨 부인을 아주 세심하게 배려했고, 오랜 과부 생활에서 그녀를 눈뜨게 한 것은 레이먼드의 매력이었던 것 같아요. 그녀는 제퍼슨 씨의 며느리로 지내는 것에 꽤 만족해 왔으니까요……. 룻과 나오미*처럼요. 나오미가 룻을 위해

---

* 성경에 나오는 인물로 룻은 나오미의 며느리이다. 남편이 죽은 뒤에도 시어머니 나오미를 계속 모신다.

적당한 결혼 상대를 찾아주느라 노력을 아끼지 않았다는 점은 달랐지만 말이죠.

　레이먼드 외에 맥클린 씨도 있었죠. 제퍼슨 부인은 그를 매우 좋아했고, 결국 그와 결혼할 가능성이 가장 높아 보였어요. 그는 부자가 아니에요. 또 문제의 그날 밤에 데인머스에서 멀지 않은 곳에 있었죠. 이렇게 마치 누구라도 범인일 수 있는 것처럼 보였어요.

　동시에 전 잘 알고 있었어요. 그 물어뜯은 손톱을 무시할 수 없다는 것을요."

　"손톱 말씀이십니까? 하지만 손톱이 찢어져서 나머지도 자른 거 아니었습니까?"

　헨리 경이 말했다.

　"천만에요."

　마플 양이 말했다.

　"물어 뜯은 손톱과 짧게 깎은 손톱은 완전히 달라요! 여자의 손톱에 대해 조금이라도 아는 사람이라면 누구도 그걸 착각할 리가 없어요. 제가 수업에 들어오는 여자 아이들에게 늘 얘기하는 것처럼, 물어 뜯은 손톱은 아주 보기 흉하거든요. 그 손톱은 피할 수 없는 사실이었어요. 그리고 그것이 의미하는 것은 한 가지밖에 없었죠. 밴트리 대령의 서재에서 발견된 시체는 루비 킨이 아니었어요.

　그렇게 생각하자 사건에 관련된 것이 분명한 인물이 곧바로 떠올랐어요. 조시였어요! 조시는 시체를 확인했어요. 그녀는 그 시체가 루비 킨이 아니라는 것을 알고 있었어요, 아니 알고 있었던 게 분명해요. 그런데도 그녀는 그 시체가 루비 킨이라고 했어요. 그녀는 시체가 거기서 발견된 것을 알고 아주 난처해 했을 거예요. 그리고 실제로 그 사실을 무심코 입 밖에 냈답니다. 왜냐고요? 그녀는 시체가 발견되었어야 하는 곳을 누구보다도 잘 알고 있었기 때문이에요! 그곳은 베이즐 블레이크의 별장이었어야 했거든요. 베이즐에게 주목하게 만든 사람이 누구죠? 조시였어요. 조시는 루비가 영화사 사람이랑 같이 있을지도 모른다고 레이먼드에게 말한 적이 있어요. 더구나 그 전에 루비의 핸드백에 그의 사진을 살짝 집어넣기도 했죠. 죽은 소녀에게 그토록 격렬한 분노를 품고 시체를 내려다보면서도 분을 삭이지 못했던 사람이 누구죠? 조시였어요! 조시는 빈틈없이 현실적이고 무자비한 데다가 돈이라면 무슨 짓이든 할 수 있는 여자였어요.

사람들이 남을 너무 쉽게 믿어 버린다고 얘기한 건 바로 이런 의미였어요. 그 시체가 루비 킨의 시체라는 조시의 진술을 의심한 이는 아무도 없었어요. 단지 그녀가 당시에 거짓말을 할 이유가 없어 보인다는 이유 때문이었죠. 동기는 언제나 찾기 어려운 것이죠. 조시는 분명히 사건에 개입되어 있었지만, 루비가 죽으면 그녀는 오히려 불리한 입장이 될 것 같았으니까요. 다이나 리가 서머싯 하우스를 언급하고 나서야 비로소 조시가 어떻게 연관되어 있는지 알았어요.

결혼이죠! 만약 조시와 마크 개스켈이 실제로 결혼했다면…… 그렇다면 모든 것이 분명해요. 이제 우리도 알고 있는 것처럼, 실제로 마크와 조시는 1년 전에 결혼했었죠. 그들은 제퍼슨 씨가 죽을 때까지 그 사실을 감출 생각이었나 봐요.

사건의 경과를 거슬러 올라가는 것은, 즉 계획이 정확히 어떻게 실행되었는지를 보는 것은 아주 흥미로웠어요. 복잡하면서도 간단했죠. 우선 그 불쌍한 소녀 파멜라를 범행 대상으로 선택하고 영화 이야기를 하며 접근했겠죠. 스크린 테스트니 뭐니 하면서. 그 불쌍한 아이는 당연히 테스트를 받지 않고는 배길 수 없었을 거예요. 마크 개스켈이 그럴 듯하게 둘러대면서 그 애를 부추겼을 땐 참을 수 없게 되었겠죠. 파멜라가 호텔로 찾아오자 그는 그 애를 기다리고 있다가 옆문으로 들어오게 해서 조시에게 소개했죠. 분장 전문가라고 하면서요! 정말 생각만 해도 역겨워요! 그 불쌍한 아이는 조시가 머리를 탈색하고, 얼굴에 화장을 하고, 손톱과 발톱에 매니큐어를 바르는 동안 조시의 욕실에 앉아 있었겠죠. 이렇게 하는 동안 그 애에게 약을 먹였을 거예요. 아마 아이스크림 소다 같은 것에 타서 먹였겠죠. 혼수 상태에 빠진 아이를 그들은 아마 맞은편 빈 방 중 하나에 넣어두었을 거예요……. 그 방들은 1주일에 한 번밖에 청소하지 않는다는 걸 기억하시죠?

저녁을 먹고 마크 개스켈은 차를 타고 외출했어요. 그는 해변에 갔다고 말했죠. 바로 그때 루비의 오래된 드레스를 입은 파멜라를 별장으로 데려가서 난로 앞 양탄자 위에 가지런히 눕혀 놓았던 거예요. 그녀는 그때까지도 의식이 없었지만 죽지는 않았죠. 그러고 나서 그가 원피스의 벨트로 목을 졸랐어요. 너무 끔찍하군요. 저는 그저 그 애가 아무 것도 느끼지 못했기를 간절히 바랄 뿐이에요. 전 그가 교수형당할 것을 생각하면 정말 기쁘답니다……. 그때가 10시가 막 지났을 무렵이었을 거예요. 그는 전속력으로 돌아와서 그때까지 살아 있던 루비 킨이 레이먼드와 댄스 공연을 하고 있던 라운지에서 다른 사람들을 만났을 거예요.

저는 조시가 루비에게 미리 지시를 내렸을 거라고 생각해요. 루비는 조시가 말하는 대로 하는 데 이골이 났겠죠. 그녀는 옷을 갈아입고 조시의 방에 가서 기다렸어요. 그녀에게도 아마 식후의 커피에 약을 타서 먹였을 거예요. 그녀가 바틀렛에게 얘기할 때 하품하고 있던 것을 기억하시죠?

조시는 나중에 '그녀를 찾으러' 방으로 올라갔지만…… 조시의 방에 들어간 사람은 조시뿐이었어요. 그녀는 아마 그때 루비를 죽였을 거예요. 주사를 놓거나 어쩌면 뒤통수에 충격을 가했겠죠. 그녀는 아래층에 내려와서 레이먼드와 춤을 추었고, 루비가 어디에 갔을지에 대해 제퍼슨 가족들과 얘기를 나누다가 마침내 침실로 갔어요. 조시는 아침 일찍 루비에게 파멜라의 옷을 입혀서 옆으로 난 충계로 시체를 끌고 내려왔어요……. 힘이 센 아가씨였으니까요. 그러고는 조지 바틀렛의 차를 훔쳐 타고 채석장까지의 3킬로미터를 달린 뒤, 차에 휘발유를 붓고 불을 질렀어요. 그러고 나서 아마 8시나 9시에 도착하도록 시간 맞춰 호텔까지 걸어서 돌아왔겠죠. 루비가 걱정되어 일찍 일어난 것처럼 말이에요!"

"복잡한 계획이로군."

멜쳇 대령이 말했다.

"댄스 스텝만큼 복잡하진 않죠."

마플 양이 말했다.

"그런 것 같군요."

마플 양이 말했다.

"그녀는 매우 치밀했어요. 손톱에서 차이가 날 것이라는 점까지 내다보고 있었으니까요. 그래서 그녀는 용케 루비의 손톱 하나를 숄에 걸려서 부러지게 한 거예요. 그래야 루비가 손톱을 짧게 자른 것처럼 꾸밀 구실이 생길 테니까요."

하퍼가 말했다.

"그렇군요. 그녀는 모든 것을 계산했어요. 그렇다면 마플 양께서 가지고 있던 유일한 실제 증거는 여학생의 물어 뜯은 손톱뿐이었겠군요."

"그것 말고도 있었어요. 사람들은 말을 너무 많이 하곤 하죠. 마크 개스켈은 말이 너무 많았어요. 그는 루비에 대해 말하면서 '그녀의 이가 옥니였다.'고 말했어요. 하지만 밴트리 대령의 서재에 있던 시체는 뻐드렁니였어요."

콘웨이 제퍼슨이 좀 험악한 얼굴로 물었다.

"그리고 마지막의 극적인 피날레는 부인의 아이디어였습니까, 마플 양?"

마플 양이 털어놓았다.

"사실은 그랬어요. 진실을 확인하기 위해서는 아주 좋은 방법 아닌가요?"

콘웨이 제퍼슨이 가차 없이 말했다.

"과연 그렇군요."

마플 양이 말했다.

"아시다시피, 제퍼슨 씨가 유언장을 새로 만들려고 한다는 것을 알게 된 이상 마크와 조시는 손을 써야만 했을 거예요. 그들은 이미 돈 때문에 두 번이나 살인을 저질렀어요. 그러니 세 번째 살인을 하게 될 것도 당연한 일이었죠. 물론 마크는 절대적으로 결백해야 했기 때문에, 런던에 가서 친구들과 식당에서 저녁을 먹고 나이트클럽에 가는 것으로 알리바이를 만들었죠. 조시가 큰일을 맡았어요. 그들은 여전히 베이즐이 루비를 죽인 것으로 누명을 쓰고 있기를 원했기 때문에, 제퍼슨 씨의 죽음은 심장마비 때문인 것으로 보여야 했죠. 총경님 얘기로는 주사기 안에 디기탈린이라는 강심제가 들어 있었다고 하더군요. 그런 상황에서는 어느 의사라도 당연히 제퍼슨 씨가 심장병 때문에 죽었다고 여겼을 거예요. 조시는 이미 발코니에 있는 둥근 돌 하나를 느슨하게 해 놓았더군요. 나중에 그것을 떨어뜨릴 생각이었던 거죠. 제퍼슨 씨는 그 소리에 충격을 받아 사망한 것으로 되었겠죠."

멜쳇이 말했다.

"머리가 기발한 악당이군."

헨리 경이 말했다.

"그럼 마플 양이 말한 세 번째 살인의 희생자는 콘웨이 제퍼슨이었겠군요?"

마플 양이 머리를 흔들었다.

"원, 천만에요……. 베이즐 블레이크 얘기였어요. 그럴 수만 있다면 그는 교수형 신세가 되었을 테니까요."

헨리 경이 말했다.

"브로드무어 형무소에 들어가거나 말입니다."

콘웨이 제퍼슨이 투덜거렸다.

"난 언제나 로잘먼드가 건달과 결혼했다고 생각했지요. 그 사실을 인정하지 않으려 했지만 말입니다. 내 딸은 그를 지독하게 좋아했습니다. 살인자에게 홀리다니! 어쨌든 그 여자뿐만 아니라 그놈도 교수형에 처해지겠죠. 그런 놈이 끝장나고 내막이 드러나서 다행입니다."

마플 양이 말했다.

"그녀는 늘 성격이 강한 사람이었어요. 전부 그녀의 계획이었죠. 그 계획에서 뜻밖의 요소는 루비가 제퍼슨 씨의 마음에 들어서 자신의 기대를 전부 망쳐 버릴 거라고는 상상도 못한 채 스스로 그 아이를 여기로 불러들인 거예요."

제퍼슨이 말했다.

"불쌍하게도. 가여운 루비……."

애들레이드 제퍼슨과 휴고 맥클린이 방으로 들어왔다. 애들레이드는 오늘 밤 그야말로 눈부시다고 할 만했다. 그녀는 콘웨이 제퍼슨에게 다가가서 그의 어깨에 손을 올렸다. 그녀가 약간 주저하면서 말했다.

"드릴 말씀이 있어요, 아버님. 전 휴고와 결혼하기로 했어요."

콘웨이 제퍼슨은 잠시 애들레이드를 쳐다보았다. 그는 무뚝뚝하게 말했다.

"재혼할 때가 되었지. 두 사람 다 축하하네. 그런데 애디, 난 내일 유언장을 새로 쓸 거야."

그녀가 고개를 끄덕였다.

"아, 네. 알고 있어요."

제퍼슨이 말했다.

"아니, 모르는 게 있어. 너에게 1만 파운드를 선물하마. 나머지는 내가 죽었을 때 전부 피터에게 물려줄 거고. 마음에 드니, 얘야?"

"오, 아버님!"

그녀의 목소리가 갑자기 변했다.

"정말 굉장해요!"

"피터는 좋은 아이야. 그 애를 자주 보고 싶구나……. 내가 혼자 남게 되면 말이야."

"오, 그렇게 하세요!"

"피터는 범죄에 대한 감각이 뛰어나더구나."

콘웨이 제퍼슨이 생각에 잠긴 채 말했다.

"그 애는 살해당한 소녀…… 아니 살해된 소녀들 중 한 명의 손톱을 손에 넣었을 뿐만 아니라 손톱에 걸린 조시의 숄 일부를 갖게 될 정도로 운이 좋았어. 결국 살인자의 기념품까지 손에 넣은 셈이지!

녀석이 아주 신났겠어."

II

휴고와 애들레이드는 댄스홀을 지나갔다. 레이먼드가 그들에게
다가왔다.

애들레이드가 재빨리 말했다.

"알려 드릴 소식이 있어요. 저희는 결혼하기로 했답니다."

레이먼드는 더할 나위 없이 완벽한 미소를 띠었다. 화사하면서도
우수에 젖은 그런 미소였다.

그는 휴고를 본체만체하고 그녀의 눈을 뚫어지게 들여다보면서
말했다.

"정말, 진심으로 행복하시기를 바랍니다……."

그들이 지나가자 레이먼드는 두 사람의 뒷모습을 바라보며 서있
었다.

"좋은 여자야."

그는 혼잣말을 했다.

"아주 좋은 여자지. 게다가 돈도 많이 받았을 텐데. 데번셔 스타
가에 대해 벼락치기로 공부하느라 죽도록 고생했건만……. 뭐 할
수 없지. 운이 다한 모양이군. 춤추자, 춤이나 추는 거야!"

레이먼드는 댄스홀로 돌아갔다.

〈끝〉

옮긴이 | 박선영

이화여자대학교 경제학과와 연세대학교 주거환경학과를 졸업하고 LG전자와 도시바전자에서 해외마케팅을 담당했다. 현재 번역가들의 모임 '바른번역' 회원이며 독자와의 만남 공간인 '왓북' 운영진으로 활동 중이다. 큐리어스 시리즈 『인도』, 『일본』, 『캐나다』, 『스코틀랜드』, 『탁월함의 함정』, 『신시장! 사업의 12열쇠』 등을 번역했다.

애거서 크리스티 에디터스 초이스

서재의 시체

1판 1쇄 펴냄 2013년 12월 31일
1판 14쇄 펴냄 2024년 1월 24일

지은이 | 애거서 크리스티
옮긴이 | 박선영
발행인 | 박근섭
편집인 | 김준혁
펴낸곳 | 황금가지

출판등록 | 2009. 10. 8 (제2009-000273호)
주소 | 06027 서울 강남구 도산대로 1길 62 강남출판문화센터 5층
전화 | 영업부 515-2000 **편집부** 3446-8774 **팩시밀리** 515-2007
홈페이지 | www.goldenbough.co.kr

도서 파본 등의 이유로 반송이 필요할 경우에는 구매처에서 교환하시고
출판사 교환이 필요할 경우에는 아래 주소로 반송 사유를 적어 도서와 함께 보내주세요.
06027 서울 강남구 도산대로 1길 62 강남출판문화센터 6층 민음인 마케팅부

© ㈜민음인, 2013. Printed in Seoul, Korea

ISBN 978-89-6017-782-6 04840
ISBN 978-89-8273-108-2 04840 (set)

㈜민음인은 민음사 출판 그룹의 자회사입니다.
황금가지는 ㈜민음인의 픽션 전문 출간 브랜드입니다.